이성의 언어를 위하여

이성의 언어를 위하여

정명환 지음

현대문학

책머리에

이 책은 내가 지금까지 써온 수필 중에서 40여 편을 골라 2부로 엮고 각각 연대순으로 배열한 것이다.

글의 취지를 바꾸지 않는 범위 내에서 몇몇 자구를 수정했다. 개중에는 제목을 새로 설정하거나 바꾼 것도 있다.

독자가 이 글들이 처음 발표되었을 때의 상황을 상기하거나 상상하면 도움이 되리라는 생각에서 발표연도를 아울러 적었다. 그중에서 오래된 것은 40년 전으로 거슬러 올라가기도 한다. 싱거운 이야기가 많겠지만 어느 정도 당시의 사회적 문제를 반영하고 있고 또 일종의 풍속도도 될 것이라고 생각한다. 가령 1963년에 쓴「행복과 불행」을 근년에 쓴「속도의 문명 속에서」와 비교해보면 그간 세상이 얼마나 달라졌고 문제가 새로운 각도에서 제기되고 있다는 것을 짐작하게 될 것이다. 그런 역사적 의미에서라도 오래된 글을 새삼스럽게 엮는 것이 전혀 무익한 일만은 아닐지도 모른다.

그러나 다른 한편으로 생각해보면 세상의 변천에도 불구하고 우리의 의식구조는 크게 달라진 것이 없다고 느껴지기도 한다. 내가 한 젊은 지식인으로서 느꼈던 1960년대의 에토스가 오늘날에는 말끔히 가셨다고 과연 말할 수 있을지 의심이 간다. 그 무렵, 이른바 근대화의 첫 단계에 들어서면서부터 변질하기 시작한 정신적 풍토가 나날이 더 거칠어지고, 내면적 자아로서의 인간은 그만큼 더 궁지에 몰리게 된 것 같다. 제1부의 '세상에 관한 이야기'에 포함된 글들은 그런 우려할 만한 현실을 어느 정도 집중적으로 부각하고 있을 것이다.

제2부인 '자신에 관한 이야기'에 대해서도 한마디 해두려 한다. 나는 평생을 두고 수필의 가장 큰 기능은 자기반성에 있다고 생각해왔지만, 결과는 자학적인 넋두리가 된 듯하다. 지금 되읽어보니 40년 동안 그런 경향이 바뀐 것 같지가 않다. 인생에 대한 깊은 성찰을 보여주지 못하고 다만 자기의 오죽잖은 취약성만을 드러내게 된 것은 부끄러운 일이다. 그러나 이런 넋두리들은, 내가 지적으로나 정적으로나 자만과 자존에 젖어드는 태도를 자못 경계해왔다는 것만은 충분히 보여주리라고 믿는다.

평생을 두고 문학을 공부하면서도 감정의 유로(流露)보다는 이성의 통제를 중시해온 탓인지, 문체가 녹녹하지 못하다. 그러나 이런 생경한 글들의 한계와 아울러 그 효능을 알아주는 독자들이 더러는 있으리라고 생각하면서 스스로 위안하고 있다. 또 이 글들에는 긴 것과 짧은 것이, 다소 무거운 것과 매우 가벼운 것이 섞여 있다. 때로는 서로 모순되는 내용들이 발견될지도 모른다. 바라건대 현명한 독자 여러분이 그 중의 무엇이든 읽어주고, 세상의 일과 자신의 삶을 살피는 과정에서 나의 변변치 못한 생각을 타산지석(他山之石)으로 삼아주면 더할 나위 없이 고마운 일이겠다.

　끝으로 이 책의 출간을 위해서 특별한 호의를 베푸신 현대문학의 양숙진 사장님과 편집부의 여러분에게 감사의 말씀을 드린다.

2003년 초봄
정명환

차례

제1부 · 세상에 관한 이야기

제2부 · 자신에 관한 이야기

1부 · 세상에 관한 이야기

행복과 불행

　현대사회에서 개인의 행복이란 몹시 얻기 어려운 듯이 여겨진다. 행복을 추구하려는 의욕과 행복을 가로막는 여건과의 간격은 대단히 넓어 그 사이에는 심연(深淵)이 가로놓여 있는 것 같기조차 하다. 개인의 운명은 과거의 어느 때보다도 사회의 운명과 밀접히 연결되어 있다. 19세기만 하더라도 개인은 자기의 행복을 위해서 사회와 등을 질 수가 있었다. 사회가 보기 싫으면 전원으로 혹은 상아탑으로 도피하면 되었다. 그러나 오늘날의 극도로 조직화된 사회는 개인의 초탈적(超脫的)인 고립을 불가능하게 만들고 있다. 가장 깊은 산골에도 비행기가 폭탄을 던질 수 있고 가지각색의 조직체가 침투할 수 있다. 따라서 개인의 행복은 배가(倍加)되는 사회의 간섭에 의해서 가로막힌다고까지는 말할 수 없다 하더라도, 적어도 사회와의 매우 복잡한 관계를 도외시하고 논할 수 없는 것만큼은 사실이다.

　가령 옛날에는 '티끌 모아 태산'을 이루기 위해서 정신적으로나 경제적으로 한 걸음 한 걸음 착실히 내딛는 것이 가능했고 또 그것이 규범이었다. 근면은 행복의 보장처럼 생각되어왔다. 그러나 이런 장기적 안목은 지금은 소기의 성과를 가져오지 못한다. 언제 다시 터질지 모르는 전쟁, 유동적인 사회현상, 발전하는 과학문명은 일정한 길을 꾸준히 따라가려는 노력을 포기하도록 종용(慫慂)하고 늘 새로운 적응력을 발휘할 것을 강요하는 것 같다. 미래를 위한 꾸준한 투자는 이루어지지 않고 현재적인 것, 순간적인 것이 인간의 에너지를 흡수해버린다. 그러나 다시 한 번 생각해보자. 이러한 현대적인 사회의 여건이 우리들 한국인의 경우에도 역시 불행의 근본원인이 되고 있는 것일까? 우리들의 불행은 그런 현대적 여건과는 크게 상관없는 다른 것에서 연유하는 것은 아닐까?

*

"현대인은 잃어버린 행복을 어떻게 되찾을 수 있을까?"라는 어려운 문제를 대할 때 우리에게 제시되는 대답에는, 도학자(道學者)의 설교로부터 장사꾼의 돈 버는 법에 이르기까지 여러 가지가 있을 것이다. 그러나 이 문제에 대답하고자 할 때, 우리는 '현대인'이라는 극히 모호한 말에 의해서 기만당하지 않도록 경계하는 것이 무엇보다도 중요하다. 다시 말하면, 1960년대에 살고 있다는 시간적 공통성을 지닌 현대인은 실은 본질적으로 서로 다른 여건과 전망을 지닌 여러 집단으로 구분되어 있어, 자칫하다가는 현대인의 이름으로 전개된 가장 고급의 이야기가 공허한 헛소리처럼 되어버리기가 쉬운 것이다. 우리는 20세기의 현실을 살펴서 기계문명에 의한 인간의 노예화니 또는 가치상실의 비극이니 하는 말을 얼마든지 할 수 있고 또 여기에서 현대인의 불행의 근원을 찾아볼 수도 있을 것이다. 그러나 이러한 현실, 특히 서구적(西歐的)인 현실을 지적한다는 것이 우리나라에서 무슨 뜻을 지닐 수 있는 것인지는 매우 의심스럽다. 기계문명, 인간소외, 가치상실 등의 용어만으로 불행을 설명할 때 우리는 이 나라에서 불행의 신화를 만들어낼 뿐, 불행의 실체에 대한 인식은 더욱더 희박하게 할 것이다. 먹고 살 수 있는 사람들의 불행은 철학적, 문학적 또는 심리적 각도에서 설명되고 또 치료될 수도 있을지 모르지만, 전근대적 빈곤에 시달려 먹고살 수 없는 불행을 그런 각도에서 조명할 수는 없을 것이다.

프랑스의 철학자 알랭은 그의 유명한 『행복론』의 첫머리에서, 어린애가 하도 울어서 어쩔 바를 모르는 유모의 이야기를 하고 있다. 아무리 달래도 듣지를 않아, 그 유모는 마침내 어린애의 성미가 나쁘다거니 또는 제 아비를 닮아서 그렇다거니 하면서 짜증을 냈다. 그러나 결국 알고보니 어린애의 궁둥이에 조그만 바늘이 박혀 있었더라는 것이다.

알랭은 이런 일화를 통해서 우리의 불행의 원인이 매우 구체적이며 가까운 데에 있다는 것을 강조하려고 했다. 한데 오늘날 우리 사회의 행복을 불가능하게 하는 것이 무엇보다도 경제적인 빈곤에 있다는 사실은 알랭이 소개하는 그 유모와 같은 예민한 관찰의 힘을 발휘할 필요도 없이 뻔한 이야기이다. 또한 서양의 경우와는 반대로 기계문명의 혜택을 충분히 입지 못하고 있는 것이 우리의 불행의 한 큰 원인인 것도 두말할 여지가 없다.

물론 행복을 가져오는 정신적인 힘을 강조하는 것이 그것 자체로서 나쁘다는 이야기는 아니다. 또 요새 유행하는 아동유괴의

범죄에 대해서 법의 엄격한 제재를 가하는 것도 사회질서를 위해서 불가피한 일이기는 하다. 그러나 아무리 국민의 도덕심의 앙양(昂揚)과 법질서의 수립을 위하여 애써도 빈곤으로부터의 자유가 이룩되지 않는 한, 늘 소 잃고 외양간 고치기의 결과만을 초래할 것이다.

불행은 무서운 힘으로 파급된다. 사회를 떠나서 나 혼자만 행복을 누릴 수는 없다. 아무리 좋은 술을 마시고 취해도 거리에 나서면 내 소매를 붙잡고 껌을 사달라고 조르는 어린애가 있다. 버스에서 내리려면 하루 18시간의 노동에 지친 여차장에게 떠밀린다. 그들의 불행은 나의 행복을 가로막는다. 알랭이 소개하는 또 다른 일화를 빌리자면 서양의 염세철학은 먹을 수 있는 사람의 소화불량에서 태어나는 것일지도 모르지만, 한국의 염세철학은 그 반대로 먹을 것이 없는 사람의 영양실조에서 태어난다.

*

인간의 욕망에는 한이 없는 이상, 행복에 대한 희구(希求)에 브레이크를 걸 수는 없을 것이다. 뒤집어서 말하면 인간이란 늘 불행을 분비(分泌)하는 동물이라고 해도 좋다. 그러니까 우리나라가 부유하게 되면 모든 사람이 당장에 행복해지리라는 환상을 가질 수는 없다. 이루지 못하는 사랑을 고민하는 청년과 만년의 고독을 견디지 못해 자살하는 노인은 여전히 존재할 것이다. 그리고 이러한 비극은 인간이 신으로 변신하지 않는 한 언제나 일어날 것이다. 또 역으로 생각하면 불행의 의식이야말로 인간의 더욱 훌륭한 미래를 가져오게 하는 원동력이라고도 말할 수 있다. 하늘을 날 수 없는 슬픈 인간조건에 대한 인식이 마침내 비행기를 날게 했고, 우리를 죽음으로 몰아넣는 시간을 넘어서고자 프루스트는 그의 기억의 연금술을 발명했다. 그러나 먹지 못하기 때문에 생기는 불행 그 자체가 진보나 깨달음의 원동력이 될 수는 없다. 또한 서양의 현대사회가 보여주는 바와 같은 정신적, 심리적으로 소외된 인간의 불행도 월수입 60불의 우리 한국인과는 아무런 상관이 없다.

이렇게 생각하면 지금의 시점에서 우리에게 필요한 것은 행복이라기보다도, 다른 종류의 더 고차적인 불행을 체험하기 위한 굶주림의 불행으로부터의 해방이라고 말하는 편이 역설 같지만 한결 합당할지도 모른다. 허무, 소외, 부조리, 가치의 상실과 같은 불행에 관해서 서양 사람들과 함께 논의를 해도 실감이 나는 '새로운 불행'의 풍토가 어서 마련되지 않으면 안 될 것이다.

사르트르의『구토』를 읽고 난 우리나라의 한 문학자가 그 책이 한국에서는 별로 의의(意義)가 없을 것이라고 말한 일이 있다. 이유인즉, 불행의 의식에 시달리는 주인공 로캉탱이 무척 식욕이 왕성해서 고깃덩어리를 잘 먹기 때문이라는 것이었다. 그는 그 말을 농담 삼아 했다. 그러나 나는 지금도 그것이 단순한 농담에 그치지 않고 매우 중요한 뜻을 시사(示唆)한다고 생각하고 있다.

『세대』, 1963년 7월호 ●

언어의 인플레이션

요금이 싸기도 한데다가 버스처럼 한 정거장에서 지루하게 기다리며 호객(呼客)을 하는 일도 없기 때문에 나는 곧잘 전차를 탄다. 지나치게 느리기는 할망정 만원이라도 버스처럼 숨도 못 쉴 지경이 되는 일이 없다는 것도 전차가 자랑할 수 있는 또 한 가지의 장점이다.

그러나 전차에 몸을 실을 경우, 신문이나 잡지를 손에 들고 타면 좋겠지만, 그렇지 않으면 눈 둘 곳이 마땅치 않다. 앞에 앉은 승객과 눈싸움을 할 수도 없고 거리 풍경이래야 답답하기만 하다. 그래서 자연히 머리 위에 붙어 있는 광고판을 쳐다보게 된다.

이와 같이 광고주의 작전에 스스로 걸려들고만 어느 날, 전차회사에서 내건 자체 광고가 내 눈에 띄었다. "전차 속에서는 원칙적으로 현금을 받지 않기로 되어 있습니다." 당연한 이야기다. 그러나 나는 이 글을 읽으면서 광고주의 본뜻과는 반대로 "아아, 현금을 내도 좋단 말이군!"이라고 해석해버렸다. 그리고 이렇게 말을 뒤집어서 해석하게 된 이유가 무엇일까 하고 스스로 물어보았다.

그것은 우선 내가 짓궂은 사람이기 때문이리라. 모든 말을 액면 그대로 받아들이면 자칫 손해를 보기가 쉽다는 불신사조가 내 몸에도 배어서 그런 곡해(曲解)를 하게 된 것이리라. 그러나 이런 자기고백을 길게 늘어놓아야 쓸데없는 짓이다. 나로 하여금 그와 같은 짓궂은 해석을 마치 본능에 의해서인 양 하게 만든 데는 어떤 객관적인 이유가 있고 바로 그것이 더 큰 문제라고 생각되는 것이다. 내가 말하고자 하는 것은 언어의 가치하락이다.

사실 그 광고를 읽었을 때 '원칙적으로' 라는 말이 없었던들 나는 그것을 당연지사(當然之事)로, 즉 전차를 탈 때는 표를 꼭 사가지고 타라는 뜻으로 받아들였을 것이다. 한데 그 말은 이미 '규칙으로 정해져 있으니까 반드시' 라는 뜻을 잃고, '되도록이면' 이라든가 '꼭 그럴 수는 없겠지만' 이라는 것을 뜻하는 처지로 타락하고 말았다. 그래서 '원칙적으로' 라는 말이 들어가 있기 때문에 "경우에 따라서는 현금을 내도 태워주겠다"는 뜻으로 해석해버린 것이다. 사회생활 전체에 걸쳐서 원칙이 서기 어렵고 예외(例外)가 도리어 판을 치니까 '원칙적' 이라는 말의 뜻이 크게 손상되어 도리어 역으로 들리게 된 것이다.

이런 이야기를 하자니 또 한 가지의 일이 생각난다. 어느 관청에 급히 서류를 접수시키러 갔었는데, 시간이 지나서 안 되겠다는 뜻을 담당 직원은 이렇게 표현했다. "글쎄 원칙적으로는 못 받게 되어 있는데요." 그리고 그는 이 말과 더불어 내게 빙그레 웃어 보였다. 그 웃음의 의미가 무엇인지, 또 내가 어떻게 했는지를 여기에서 자세히 설명할 필요는 없을 것이다. 도시 전찻간의 광고의 뜻을 뒤집어 새기게 된 것도 이러한 과거의 몇몇 경험이 내 밑바닥에 깔려 있기 때문인지도 모른다.

말이 제 뜻을 그대로 지니지 못하고 그 가치가 떨어지는 세상이니까 그것은 경제의 경우와 마찬가지로 인플레이션의 현상을 가져온다. '원칙적으로'라는 말이 요새는 넓은 예외의 여백을 암시하기 위해서 사용되기가 일쑤니까, 그것이 지니던 본래의 의미를 나타내려면 가령 '절대적으로'라는 거센 말을 원용(援用)해올 수밖에는 없게 된다. '원칙적으로 안 된다'는 표현이 '될 수도 있다'는 말과 동의어(同義語)로 들리게 되어버린 이 세상에서는 미리부터 '절대로 안 된다'고 단단히 못을 박아야 비로소 듣는 쪽에서도 정말 안 되나보다 하고 간신히 물러서는 것이다. 이백 원을 치러야만, 얼마 전까지 백 원 하던 물건을 얻어 가질 수 있는 것과 마찬가지이다.

우리 주위에는 이런 거센 말들이 수없이 깔려 있다. 고달픈 생활과 거친 표정과 한심스러운 무질서와 함께 도처에서 마주치는 무시무시한 말들…… . 그러나 아무리 무시무시한 말을 들어도 그것을 곧이곧대로 받아들이는 사람은 별로 없다. 그럴수록 말은 더욱 거칠어간다.

프랑스의 시인이며 문명비평가인 발레리는 일찍이 근대도시에서 번쩍이는 네온사인의 강렬한 빛깔이 색채에 대한 우리의 감수성을 무디게 할 것이라고 걱정한 일이 있다. 그러나 색채 감각의 둔화만을 걱정한다면 그것은 아직도 사치스러운 이야기이다. 요새 우리 사회에서는 일체의 감각이 둔화되고, 이 둔해진 감각에 자극을 주려는 그 사나워진 말들이 상승작용(相乘作用)을 하면서 우리를 더욱 무디고 뻔뻔스럽고 동시에 교활하게 만들어놓는다. "차내에서 잡상(雜商)행위를 하는 자는 엄벌에 처할 것을 경고함"이라는 버스 칸의 고시문조차도 인단장수나 연필장수의 승차를 가로막지는 못한다. 마치 중범자(重犯者)를 상대로 한 듯한 '엄벌에 처할 것을 경고함'이라는 이 겁나는 표현이 기껏해야 차장이나 순경에게 떠밀리는 정도의 모욕을 의미할 따름이기 때문이다. 그리고 당장 저녁거리가 없는 그들로서는 밖으로 떠밀린다는 모욕이 모욕으로 느껴진 것은 벌써 아득한 옛날의 이야기이기 때문이다.

사실 본래의 뜻을 지니지 않고 가치하락을 계속하는 이런 종류의 언어의 인플레이션은 경제적 인플레이션과 다만 비슷할 뿐 아니라 그 쌍생아(雙生兒)이기도 하다. 화폐가치의 하락에 따른 곤란한 생활과 언어의 거칠음은 정비례의 관계를 갖는다. "차내에서는 잡상행위를 삼가십시오"라든가 "잡상행위는 못 하게 되어 있습니다"라고 써 붙인다면, 그것은 인플레이션에 시달리는 빈곤한 사람들 앞에서는 전혀 무력하다는 것을 시 당국도 잘 알고 있기 때문에 '엄벌', '경고'와 같은 혹독한 단어를 골라 쓴 것이리라. 그러니 부드러운 말을 쓰자는 운동이 그것 자체만으로는 성공할 수 없을 것이다. 무려 8만여 원이라는 국회의원의 월급액수와 내핍생활의 구호가 거의 동시에 발표되었을 때 명색 대학교수라는 나 자신의 입에서 "망할 자식들"이라는 거친 욕설이 저절로 튀어나왔으니 말이다.

『신사조』, 1964년 2월호 ●

텔레비전과 만화가게

　서양 사람들이 현대문명과 관련해서 자주 쓰는 말이 우리로서
는 알쏭달쏭할 때가 있다. 가령 생존의 부조리라는 말이 많이 쓰
이는데, 그 말을 들으면 금방 이해할 수 있는 것 같으면서도 실감
이 나지 않는다. 카뮈의 『이방인』의 주인공 뫼르소는 매일매일의
출근이 뜻 없다고 느끼지만, 우리의 청년들은 월급 4천 원의 취
직자리를 얻기만 해도 하늘에서 별을 따오기나 한 듯이 기뻐하기
때문이다.

　연전(年前)에 영국의 한 잡지에서 텔레비전이 바보상자(Idiot
box)로 고발되어 있는 글을 읽었을 때에도 나는 고개를 갸우뚱
했다. 하기야 인간이 만든 문명의 이기(利器)가 도리어 문명의
흉기로 둔갑할 수 있다는 것은 나도 잘 안다. 원자력과 마찬가지
로 텔레비전 역시 인간의 장례를 위해서 대단히 걱정스러운 문제
를 안겨줄 수 있으리라. 매일 저녁, 밥만 먹고 나면 머리 속의 사
막을 속악하고 값싼 이미지로 메워나가다가는 다른 일에 유익하
게 쓸 수 있는 시간을 허비할 뿐 아니라 깊이 생각하고 반성하는

인간으로서의 자랑스러운 능력을 잃게 될 것이라는 말은 충분히 납득할 수 있는 일이다.

그러나 오늘날의 우리나라에서는 텔레비전이 아직도 바보상자라기보다는 오히려 경이의 상자(Wonder box)가 아닐까 하는 생각도 해볼 수 있다. 서울에서 비교적 풍족하게 사는 소수의 사람들을 제외하고는 대부분의 국민에게 그것은 여전히 신묘하고 특권적인 기계이다. 경이의 상자 정도가 아니라, 심지어는 마술상자(Magic box)라고도 할 만한 것이다. 그것이 처음으로 몇몇 부잣집에 설치되었을 무렵에는 동네 사람들이 방안에 가득 차고 그래도 모두 수용할 수가 없어서 다락을 이층 관람석으로 삼은 일조차 있었다. 그러나 집주인이 입장료를 받았다는 이야기는 아직까지 들어보지 못했다.

한데 이 마법의 상자가 교묘한 생활수단으로 활용될 수도 있다는 사실을 나는 얼마 전에 알았다.

변두리에 사는 L씨를 찾아갔을 때의 일이다. 화제가 자연히 집안 이야기로 옮아갔다. 그러자 그는 아이들이 하루에도 몇 번씩 일 원짜리 동전을 달라고 졸라대는 통에 귀찮아 죽겠다고 했다. 그야 우리 집 아이들의 경우도 마찬가지니 별로 이상할 것도 없지 않느냐고 말했더니, 그 돈으로 과자나 사탕을 사먹는 것이 아니라 시종 만화책을 빌려 본다는 것이었다. 그리고 그 이유인즉 다음과 같다고 그는 설명해주었다.

바로 옆집에 만화가게가 있다. 만화가게를 해야 할 정도니까 살림이 몹시 어려울 텐데 텔레비전이 있다. 빚을 내서 샀는지 제 돈으로 샀는지는 모르지만, 가게주인은 그 텔레비전과 만화 대본

업(貸本業) 사이에 대단히 긴밀한 관계를 맺어놓았다. 그는 아이들이 만화 한 권을 빌려갈 때마다 제 도장이 찍힌 표를 한 장씩 준다. 그런데 아이들은 만화는 본척만척 해버리지만, 그 표만은 아주 소중히 간직한다. 왜냐하면 그것을 열 장 모으면 마술상자를 구경할 수 있는 특권을 얻게 되기 때문이다. 그러니까 텔레비전이 드문 그 동네에서는 이 특권을 누리는 횟수가 많은 아이가 동무들 사이에서 가장 부러운 존재가 된다. 남에게 지지 않으려면 문턱이 닳도록 가게를 드나들어야 한다. 이렇게 어린아이들의 호기심과 영웅심리를 이용할 줄 아는 그 주인이 근처의 다른 만화가게들을 압도하고 거의 독점기업을 할 수 있게 된 것은 두말할 여지도 없다.

나는 L씨로부터 이런 어처구니없는 이야기를 듣고 나서 그 댁을 나왔다. 돌아오는 길에 자세히 살펴보니 몇 발자국 떨어진 곳에 과연 그 만화가게가 있었다. 서너 명의 아이들이 눈에 띄었다. 모두들 길거리에서 얄팍한 만화책을 넘기고 있었다. 일 원의 가치는 만화책 그 자체보다도 다른 곳에 있는 것이니까 구태여 집에까지 가지고 가서 꼼꼼히 읽어볼 필요도 없기 때문이리라. 그리고 오막살이를 겨우 면한 가게의 기둥에는 밖을 향해서 자그마한 흑판이 걸려 있었다. 나는 서투른 솜씨로 쓰인 '오늘 밤의 프로. KBS 시네마. 아홉 시 반부터'라는 글자를 읽었다. 그러자 동시에 이 프로를 예고할 때에 대개 나오기 마련인 "미성년자에게는 시청이 금지되어 있습니다"라는 아나운서의 목소리가 귀에 들려오는 듯했다.

아이들은 저녁밥을 먹기 전부터 벌써 기대에 부풀어서 어느 배우가 나오고 누가 제일 멋있게 칼을 뽑아드느냐는 따위의 이야기로 열을 올리리라. 그리고 행여 자리가 다 찰까봐 이주 일찍부터 가게에 가서 열 장의 표를 자랑스럽게 내밀겠고, 문 밖에서는 관람의 특권을 누리지 못하는 다른 아이들이 부러운 눈으로 쳐다보리라. 『백설공주』나 『미키 마우스』를 보고 자라야 할 그 아이들이 말이다. 그들이 커서 과연 어떻게 될까 하고 생각하니 우울해지고 무서워지기까지 했다. 내일의 바보들을 만들어낼 오늘의 이 마술상자는 참으로 대단한 위력을 가진 것이기도 하다. 돈벌이란 참으로 무자비한 것이기도 하다. 나는 이런 생각에 잠기면서 만원버스에 올라탔다.

『사상계』, 1964년 5월호●

오리무중

    연륜이 낮을수록 한자에 대한 지식도 낮다는 것은 우리 사회에서 널리 알려져 있는 사실이다. 그렇지만 한자는 여전히 많이 쓰이고 있어서 그 때문에 여러 가지 우스운 일이 생기기도 하고 걱정거리가 생기기도 한다.

    한자를 배우는 데 소비하는 시간을 영어 배우기에 바치면 이후진국의 발전에 큰 도움이 된다고 흥분한 어조로 주장하던 사람들이 해방 후 몇 년 동안에는 상당히 많았다. 그러나 오늘날에는 이런 흥분은 가시고 말았다. 그동안 초중고(初中高)의 각급 학교에서 한자교육을 전적으로 또는 부분적으로 등한시해왔지만, 자라나는 새 세대의 영어 실력도 또 사고능력도 구세대보다 향상한 것 같지는 않기 때문이다. 결국 억울하게 된 것은 젊은이들 자신이다. 한자를 여전히 쓰는 사회에서 한자를 잘 배우지 못한 그들은 어리둥절하다.

    그래서 요새는 다시 한자를 가르치자고 외치는 사람들이 많아지고, 사회적 추세에 눌린 대학들은 옛날에는 중학 입시에나 가히 나올 만한 한자 문제를 입학시험에 내놓는다. 그 결과 골탕을 먹게 된 수험생들은 요행을 바라서, 음(音)만 같으면 그 당장에 머리에 떠오르는 아무 글자나 갖다 써놓는다. 가령 '각서'라고 나오면 '脚書'라고 쓰고 '삼강오륜' 하면 '三江五輪'이라고 적는 것이다. 시험감독을 하다가 이런 학생을 볼 때는 화도 나고 슬퍼지기도 하고 또 동정심도 생긴다.

내가 근무하는 학교의 금년도 입시에서도 역시 한자 쓰기가 출제되었다. 그 중 한 가지로 '오리무중'이 있었다. 이 정도야 누구나 별로 틀리지 않게 쓰겠지 하고 생각하면서 교실을 이리저리 돌아다니다가 한 수험생의 답안지를 보았다. '汚吏無中'이라고 적혀 있었다. 하도 어처구니가 없어서 내 눈을 의심하면서 다시 유심히 보았다. 역시 '汚吏無中'이었다. "기가 막혀서!" 하는 탄식이 저절로 나왔다.

그러나 나의 탄식은 잠시 후 어떤 의아심으로 바뀌고 마침내는 경탄(驚歎)으로 변질되었다. 그렇게 쓸 수도 있을 뿐더러 아주 재미있고 멋있는 표현이며, 우리 사회에서는 반드시 알아두어야 할 신어(新語)라고 여겨졌다. 나는 그 수험생의 얼굴을 쳐다보았다. 한자의 묘미를 체득한 사람 같은 표정은 아니었지만 아주 똑똑해 보였다. 내 눈에는 '五里霧中'이라고 정답을 쓴 대부분의 수험생들이 오히려 평범해 보였다. '汚吏無中'이라니 참으로 신기한 말이다! 비록 출제자의 요구에 들어맞지는 않겠지만 창조력이 넘쳐흐른다. 말하자면 창조적 오류이다.

그러자 내 눈앞에는 일련의 이미지가 떠올랐다. 무슨 뇌물이나 들어오지 않을까, 무슨 이권(利權)이나 없을까 하고 쉴새없이 두리번거리는 썩은 관리들. 그들의 거동에는 '中'이 있을 수 없다.

그러다가 몇천 원 내지는 몇만 원을 받아먹고 나면 그들은 떨기 시작한다. 초인종 소리만 나도 가슴이 덜컥 내려앉고, 또 남들이 제 속을 꿰뚫어보고 있는 것만 같을 것이다. 그러니 그들의 마음에도 '中'은 있을 수 없다. 돈을 먹기 전에도, 먹고 나서도, 그리고 거동으로도 내심으로도 중심을 잃고 중용(中庸)이 없는 오리들이 도처에 깔려 있어서, 한 수험생으로 하여금 그런 희한한 표현을 만들어내게 한 것이 틀림없다.

나는 이 기막힌 신어의 창조자가 과연 합격했는지는 모른다. 그러나 비록 낙방을 했더라도 그의 공적은 크다. 요새 숱하게 유행하는 상스러운 새말들과는 비교조차 할 수 없는 뜻 깊고 재미있는 말을 생각해냈기 때문이다. 누가 한국관리 부패사(腐敗史)를 쓴다면 '汚吏無中'이라는 이 네 글자를 제목이나 제명(題銘)으로 삼으면 좋지 않을까? 또 앞으로 한자사전이나 국어사전을 엮을 때도 이 숙어를 새로 끼워넣을 수는 없는 것일까?

아무튼 나는 기쁘고도 슬펐다. 한자란 참으로 유통성이 많은 신묘한 글자라는 것을 새삼스럽게 실감할 수 있었던 동시에, 스무 살의 청년으로 하여금 그런 기막힌 표현을 만들어내게 한 이 사회의 고질(痼疾)은 참으로 심각하다고 또다시 느꼈기 때문이다.

『사상계』, 1966년 4월호 ●

사과와 민주주의

이 세상에 태어나서 몇십 년을 살다가 죽을 때까지 한 인간이 얻을 수 있는 지식의 양은 참으로 알량하다. 과거에 이미 축적된 그 모든 지식과 오늘날 세계 도처에서 쌓아올리고 있는 엄청난 지식에 비하면, 나 개인이 아는 것은 그야말로 대해에서 퍼올린 한 사발의 물만큼도 못할 것이다.

더군다나 사회가 안정되지 못하고 현기증 나는 변화를 거듭하고 있는 현대에 있어서는 그나마 오늘 배운 것이 내일이면 못 쓰게 되는 수가 허다하다.

이렇게 한 사람의 지식은 원래 그 범위가 좁고 얕은 것인데, 이와 아울러 직업이 가하는 제한이 있다. 자기의 직업에 충실하려니까 세상과 인간을 보는 눈이 더욱 좁아진다. 그나마 자신의 시야가 좁다는 것을 의식한다면야 좋다. 그런 의식은 더욱 넓은 안목을 가질 수 있는 가장 훌륭한, 아마도 유일한 계기가 될 테니까 말이다.

하지만 그것조차 어렵다. 직업상 또는 습관상 매일 같은 부류의 사람들만 대하고 같은 종류의 생각에만 골몰하고 있으면, 자기가 아는 것이 편파적이고 극히 부분적이라는 의식마저 없어지고, 그것이 마치 지식의 전부이며 단 하나의 진정한 관점(觀點)인 듯한 착각에 빠지기 쉽다. 위기는 바로 이때부터 싹튼다. 고집쟁이가 생기고 배타적 인간이 형성된다.

이런 점에서 보면 교직생활을 하는 사람이 다소라도 유리한 위치에 있다고 말할 수 있을지 모르겠다. 저마다 분야가 다른 사람들이 학교라는 공동체에서 매일 낮을 대하고 이야기를 주고받고 술자리를 같이 할 수 있기 때문이다.

가령 인류학을 전공하는 동료의 이야기를 들으면 현대 프랑스 문학을 해온 나로서는 도저히 생각할 수 없었던 인간관을 알게 되고, 천문학 선생과 잡담을 하다가는 우주라는 것이 정말 신비하구나 하는 느낌에 새삼스럽게 압도된다. 그리고 우연히 얻어들은 이야기가 나 자신의 공부에 도움을 주는 일도 간혹 있다.

그러나 이렇게 지식을 넓혀가는 데는 한도가 있다. 대학사회에 있다고 해서 그 가능성이 무한히 열려 있는 것은 아니다. 재미있고 시사(示唆) 깊은 이야기를 들었다가도, 자기의 분야에 쫓기다 보면 깨끗이 잊어버리고 마는 일이 대부분이다. 적어도 그것이 나의 경우이다. 다만 몇 가지 이야기만이 기억의 풍화작용을 겪지 않고 머리 한 구석에 남아 있을 뿐이다. 그런 실례를 드는 뜻에서라도 한 가지만을 소개해두려고 한다.

내가 아는 한 법학교수가 있다. 지금은 피차 제 일에 쫓겨서 자주 만나지 못하지만 몇 년 전에는 제법 잘 어울려 다녔다. 하루는 그가 느닷없이 물었다. 과일가게 앞을 지났을 때의 일이었다. "자네는 저 사과들을 보고 어떻게 생각하지?"

나는 어리둥절했다. 대개 이런 질문에는 함정이 깔려 있는 법이다. 상대방은 상식적인 대답을 기대하는 것이 아니라 순간적인 재치의 표현을 요구하는 것이 보통이다. 나는 얼른 재미있는 대답도 할 수가 없어서 그냥 입을 다물고만 있었다. 그러자 그는 말을 이었다.

　"자네들은 저 사과를 보면 가령 맛이 있겠다든가, 빛깔이 곱다든가, 또는 싱싱하다든가 시들었다든가 하는 따위의 생각을 하겠지. 하지만 나는 그렇지가 않아. 비단 사과만이 아니라 모든 물건을 볼 때마다 내 머리에 우선 떠오르는 생각은 이런 거라네. '저것은 상법 몇 조에 의해서 생산자로부터 도매상을 거쳐 소매상으로, 그리고 소비자로 전달된다.' 참으로 따분한 일이지."

　그리고는 자기가 전공하는 학문이 자연스런 인식의 능력을 박탈하고 있다고 길게 한탄을 늘어놓았다.

　나는 물론 그의 이야기를 액면 그대로 받아들이지 않았고 또 지금도 그리지 않는다. 다만 그 과장된 넋두리를 통해서 그는 법학이라는 학문이 때로는 심미감(審美感)을 저해할 수도 있다는 말을 하고 싶었으리라.

　그러나 그의 푸념을 들었을 때 나 자신은 "법률공부가 그의 말대로 따분하다"든가 "그 친구는 인생의 가장 중요한 즐거움을 잊고 있다"는 따위의 느낌에만 잠겨들 수는 없었다. 사과를 법학적 안목으로만 보는 것은 물론 따분한 노릇이겠지만, 그렇다고 해서 그것을 미적(美的)으로나 또는 미각적으로만 생각해온 나 자신의 안목도 사과를 볼 수 있는 완전한 방법은 아니기 때문이다.

　하나의 대상은 그야말로 무진무궁한 모습과 의미를 지니고 있는 것이다. 법학적 사과도 있고 미학적 사과도 있고 또 식물학적 사과도 있다. 뉴튼의 경우에는 그것은 물리학적 사과가 되었다. 그리고 내가 아는 것은 대상의 한 국면에 지나지 않는다는 겸손한 인식에서 우리의 고민과 동시에 기쁨이 비롯된다. 모르는 면이 산더미처럼 많다는 것은 그렇게 자랑스러운 일은 아니지만, 이 자랑 못할 인간조건의 인식이야말로 새로운 것을 찾아내는 기쁨의 계기가 되는 것이다. 만일 우리가 신처럼 전지전능하다면 이 인생을 싱거워서 어떻게 견뎌나가겠는가?

하지만 우리의 주위에는 간혹 신을 자처하는 건방진 인간이 나타나서 우리를 괴롭힌다. 심지어 그런 족속들이 총과 칼을 휘두르고 오합지졸(烏合之卒)을 둘레에 모아서 진리의 이름 아래 뭇 백성을 괴롭힐 때가 있다. 우리는 그런 자들을 이름 지어 독재자라고 부른다. 알베르 카뮈가 말했듯이 독재자는 절대자가 되고 싶어하는 인간의 어리석은 욕망의 산물이며, 독재자가 진실한 의미에서 개과천선(改過遷善)하는 길이 있다면, 그것은 그 누구도 절대자가 될 수 없다는 냉철한 인식에 의해서 제 욕망을 통제하는 데서 비롯될 것이다.

이렇게 보면 민주주의는 단순히 자유를 지키려는 주의가 아니라, 모든 개인은 저마다 불완전하다는 자각의 소산이다. 그러나 이 자각을 시시각각으로 또렷하게 지니는 것은 매우 어려운 노릇이다. 한 톨의 사과를 법률적으로만, 또는 식물학적으로만 보아야 한다고 우겨대는 사람이 나타난다면 모두들 웃음을 터뜨릴 것이다. 그러나 웃음을 터뜨린 사람 자신이 그 다음 순간 같은 종류의 오류를 저지르지 않으리라는 보장은 없다.

민주주의의 위기는 서슬이 시퍼런 칼을 휘둘러대는 끔찍한 무리들에게만 있는 것이 아니다. 어엿하면서도 겸손하게 처신할 줄을 모르는 사람들, 유식을 내세우는 무식한 인간들이 매일처럼 민주주의를 짓밟고 있는 것이다. 여간 조심하지 않으면 여러분도 나도 그런 사람이 되기가 쉬울 것이다.

『정경연구』, 1967년 5월호 ●

설익은 도시인

    한 시대는 저마다 어떤 문제를 지니고 제 나름대로의 괴로움을 겪어나가지만, 또 한편으로는 희한한 새 양상을 보여주는 일이 많다.

    20세기 초엽의 유럽이 그 좋은 예이다. 합리주의의 전통이 무너져서 여러 사상가들의 책이 인간을 보는 눈을 어리둥절하게 만들어놓았다. 게다가 제1차 세계대전의 참극에 휩쓸린 그 무렵이었지만 인간의 현재와 미래에 대해서 걱정만을 한 것은 아니었다. 어떤 사람들은 이 불행을 넘어서서 환희와 도취의 대상을 찾아내기도 했으니까 말이다.

    특히 발달한 기계문명과 현대적인 사회조직이 그들의 마음을 끌었고, 그 문학적 표현의 하나로서 우리는 위나니미즘(Unanimisme, 귀일주의(歸一主義))이라는 것을 알고 있다. 이 파에 속하는 작가들은 가령 출퇴근 시간에 같은 방향으로 쏠려가는 군중의 모습이라든가, 또는 조차장(操車場)에서 부지런히 왕래하는 기관차들을 보고서는, 그런 집단적 움직임 속에서 어떤 강력한 리듬이나 독특한 아름다움이나 새로운 생명력과 같은 것을 발견했었다.

개개인의 생활을 넘어서서 존재하는 이런 새로운 현상, 전원적인 풍경을 부정하는 대도시의 다이너미즘이, 적어도 그 시초에 있어서는 특별한 매력을 끼칠 수 있었다는 것은 넉넉히 이해할 수 있는 일이다. 20세기 초엽의 기계와 집단생활은 마치 처음으로 하늘을 나는 비행기나, 처음으로 시내의 궤도를 달리기 시작한 전차처럼 신기하고 희망으로 가득 찬 생명의 징조로 여겨졌으리라.

하기야 오늘날에도 서울을 구경하러 올라온 낙도(落島)의 어린이들의 눈에는 거리거리가 온통 놀라움과 기적으로 가득 차 있을 것이다.

시청 앞을 쏘다니는 군중들의 움직임 속에서 그들은 현대의 넘쳐흐르는 활기를 느끼고, 명동 거리의 알록달록한 원색의 네온사인을 보고 여기가 바로 원더랜드라고 생각할지도 모른다. 그러나 그 한복판을 매일처럼 돌아다녀야 하는 사람들에게는 대도시의 기계문명과 집단생활이 이미 경이의 대상이나 생명력의 표현으로 느껴지기는 어렵다. 그러기는커녕 도시인들은 권태와 혐오에 휩싸이고 만다. 위나니미스트가 노래한 도시의 현대생활이 그들의 눈에는 의심과 불안의 대상으로 변질되고 만 것이다.

그러기에 서울 사람들만 해도 이른바 정신위생을 위해서 가끔 시골로 달아난다. 그 점에서는 우리나라처럼 좋은 곳도 없다. 서울에서 백 리만 나가도 20세기, 아니, 19세기와 등을 지고 도사려 앉은 촌락을 얼마든지 찾아낼 수 있기 때문이다. 신경을 곤두세우는 소음 대신에 기분 나쁠 정도의 정적이 지배하는 곳, 두 눈을 부릅뜨고 아우성치는 장사꾼들 대신에 뒷짐을 지고 느릿느릿

하게 발을 옮겨놓는 촌로(村老)가 있는 곳……. 거기에서 우리
는 비로소 숨을 돌릴 수가 있는 듯이 느낀다. 가슴속에 잔뜩 고였
던 연기를 몽땅 뿜어내고 산뜻한 공기를 들이마시면 짓눌렸던 육
신이 마치 5월의 신록처럼 다시 살아나는 듯하다.

그러나 며칠이 지나면 이 새로운 맛도 가셔버리고 시골이 지니
고 있는 답답함이 느껴지기 시작한다. 신문도 보고 싶고 낯익은
사람들과 다시 어울려보고 싶어지기도 한다. 그뿐 아니라 시골의
침체상(沈滯相)이 눈에 띄기 시작한다. 맛이 있던 보리밥도 영양
실조를 가져올 것 같고, 맹꽁이와 같은 똥똥한 배에 누더기를 걸
친 아이들이 아직도 남아 있는 것이 보기가 싫다. 드디어는 며칠
만 더 있어도 몸과 마음이 뒷걸음질칠 것 같아 또 부랴부랴 짐을
꾸리고 서울로 올라온다. 이윽고 눈코 뜰 새 없는 바쁜 생활 속에
휘말린다. 물결치는 군중들 사이에 끼여 이리저리 밀려다니고 자
동차의 홍수를 교묘히 헤쳐 나가야 한다. 이리하여 월화수목금
토……. 또다시 한적한 시골이 그리워져서 떠난다. 그러다가는
다시 또 서울로……. 결국은 어디에 몸을 두어야 편할지 알 수가
없게 된다. 번잡한 거리와 속악한 모습들을 회피하고 싶지만, 그
런 것을 늘 회피하려고만 하다가는 적응성을 잃고 소외되기 쉬우
리라는 두려움이 앞선다. 또 시골에 안주할 만큼 못내 자연이 그
립거나 마음이 느긋한 것도 아니다.

그러니까 이것저것 생각 말고 현대의 도시생활이 강요하는 리
듬에 무작정 따라가는 것이 상책이라는 말에도 일리가 있다. 자
아(自我)란 무엇이며, 돈은 왜 벌어야 하는 것이며, 저 숱한 사람
들의 인생관은 무엇일까, 하는 따위의 질문은 깨끗이 걷어치우고

사회조직의 명령에 따라가야만 비로소 생명을 유지할 수도 있고, 성공의 길이 트이기도 한다는 이야기이다. 아마도 풍요한 사회는 이런 생활태도를 바탕으로 삼고 행동해야 성립되는 것인지도 모른다. 그때에는 개인의 존엄성이니 기계로부터의 인간의 자유니 섬세한 감성이니, 하물며 반항적 정신과 같은 것은 도리어 사회의 진보를 가로막는 요소가 될 것이다.

현대의 사회구조는 마침내 르네상스적인 인간과는 근본적으로 다른 유형의 인간을 머지않아 낳게 되고, 그때가 되면 비개성적인 생활양식이 당연하고 건전한 것으로 받아들여지기도 하리라. 그러나 지금으로서는 그런 경향에 불가피하게 끌려가면서도 그것이 마땅치 않고 충격적이고 괴롭다고 느끼는 사람들이 적어도 일부는 있는 것이다.

그들은 시가의 중심지를 누비는 인파에 섞이지 않을 수 없으면서도 현기증을 느끼고, 광란과 같은 음악 소리가 고막을 터뜨리려는 다방 속으로 이맛살을 찌푸리고 들어가야 하는 것이다. 아직도 무감각의 경지에 이르지 못하고 기계적 생활이 몸에 배지 못한 이 부류의 도시인들, 그러면서도 산간 벽지에서는 답답해서 못 사는 이 야릇한 도시인들은 저마다 무슨 꾀를 부려서 문제를 해결하려고 한다. 가령 노는 날이면 혼자서 숲속을 거닐어보기도 하고 낚시질을 하러 떠나기도 한다. 그러나 일주일에 한 번, 더 바쁜 때는 한 달에 두어 번 정도의 그런 짓으로는, 마음을 가라앉히고 자아를 다시 찾기에 충분치 않다고 느끼는 사람도 있을 것이다. 그러니까 혹심한 교통난을 무릅쓰고라도 교외에 집을 갖고 시내의 직장에 나다님으로써 최소한의 자위(自衛)를 꾀해보려는 설익은 도시인들이 생기는 것이리라.

   그것은 고독한 시간도 갖고 싶지만 조직체 속에 끼어들기도 해야겠다는 다분히 모순된 두 가지 욕구를 적절히 타협시켜보려는 괴로운 술책일지도 모른다……. 오늘도 시내 한복판에서 밀려다니다가 수유리 종점에 당도한 버스에서 내리면서 나는 이런 생각을 하고 씁쓸하게 웃었다.

『동서춘추』, 1967년 6월호 ●

토끼와 거북

   초등학교에 입학한다는 것은 어린이들의 크나큰 기쁨인 동시에 인생이라는 험난한 길의 시작을 뜻하기도 한다. 그래서 교사는 재미있으면서도 교훈이 될 만한 이야기를 골라서 해주고, 교과서 역시 즐겁고도 유익하다는 두 가지 요건을 한꺼번에 충족시킬 수 있는 제재(題材)로 엮어진다. 나의 선배도 나도 그리고 내 자식들도 그런 이야기를 통해서 차츰 사회가 요구하는 인간상을 익히게 되고 그 요구를 자신의 윤리로 몸에 익혀왔다. 그것은 적어도 어느 시기까지는 공리(公理)가 되고 정언명령처럼 되어버린다. 우리는 어린 가슴에 새겨진 선생님의 말씀과 교과서의 글이나 그림에서 일생 동안 거의 벗어나지 못하고 마는 수조차 있다.

   토끼와 거북의 우화는 분명히 몇십 년 동안 그런 역할을 해왔고 지금도 하고 있다. 나의 경우에도 초등학교 입학 무렵의 추억들은 대부분 뿌옇게 뭉개져버렸지만 토끼와 거북의 이미지만큼은 생생히 남아 있다. 산봉우리에 오른 거북이 땀을 뻘뻘 흘리면서 깃대를 높이 쳐들고, 산중턱에서 아직도 자고 있는 토끼에게 조소의 시선을 던지고 있는 그 그림⋯⋯. 끈질긴 노력은 드디어

마땅한 보수를 받고, 아무리 재주가 있어도 게으름은 패배를 가져온다는 그 우화의 의미를 나는 진정한 것으로 믿고 아이들을 타이를 때에는 가끔 이용하기도 했다. 아무리 변덕이 심하고 변칙이 많은 혼란한 사회에서라도, 말하자면 우리나라와 같은 사회에서라도, 이 우화는 초등학교 초년생에게 여전히 가르쳐야 한다고 나는 지금도 생각한다. 인생에서 성공하는 길은 교묘한 사기를 하는 데 있고 간사하게 법망을 뚫는 데 있다고는 차마 어린이들에게 가르칠 수 없을 뿐더러, 정직한 노력이야말로 가장 중요하다는 관념을 어릴 때부터 심어주는 것이 조금이라도 이 사회를 바로잡아나가는 길이 될 테니까 말이다.

그러나 최근 나는 이 우화에 대해서 다소 의심을 품게 되었다. 어느 서양 사람과 이야기하는 중에 그 이야기가 나왔는데, 그는 두 가지 점에서 이 우화에 무리가 있다고 했다. 첫째는 아무리 토끼가 자신이 있다지만 경쟁 도중에 잘 수는 없다는 것이었다. 둘째로는 비록 토끼가 잠들었다 하더라도, 그를 깨우지 않고 그냥 살그머니 지나가버린 거북은 비겁하다고 그는 말했다. 그 말을 듣자 나는 그의 이의(異議)에 분명히 일리가 있다는 생각이 들었다. 특히 두 번째 이의에 대해서는 두고두고 생각해볼 점이 있다고까지 느껴졌다.

게으름을 부리지 말고 한 걸음 한 걸음 착실히 일해나가는 것은 참으로 중요하다. 그러나 노력을 강조하는 이 우화는 어떻게 보면 대단한 이기주의의 표현이기도 하다. 적어도 거기에는 협동 정신이나 기독교 정신과 같은 것은 나타나 있지 않다. 하기야 자신(自信)이 넘쳐흘러서 도중에 자고 마는 토끼보다는 느린 걸음으로 산봉우리에 기어오르는 거북의 수효가 더 많은 것이 좋을 것이다. 그러나 잠들어버린 토끼를 거북이 깨우지 않고 혼자서 살그머니 목적지에 올라가버렸다는 것을 알게 될 때, 어린이들은 은연중에 생존경쟁의 냉혹성과 패자에 대한 멸시를 배우는 것이 아니겠는가? 오직 나만 잘 되려고 애쓰고 남들과의 바람직한 관계는 생각도 해보지 않는 오늘날의 많은 사람들의 유형(類型)을 만들어놓은 책임의 일단은, 토끼와 거북의 우화에 있다는 역설조차도 펴볼 수 있을지 모르겠다.

그래서 나는 그 서양 사람의 의견을 듣고 난 후 혼자서 우화 개작(改作)의 구상을 해보았다. 토끼가 도중에 잠들어버린 장면까지는 그대로 살려두고 그 다음부터는 이야기를 다음과 같이 고쳐써보기로 했다.

한참만에 뒤따라와서 토끼의 곁을 지나치려던 거북이 다시 되돌아서서 어떻게 할까 하고 망설인다. 승리의 쾌감을 혼자 맛보고도 싶지만 또 한편으로는 그것이 마치 몰래 도둑질을 할 때처럼 부끄럽게도 여겨진다. 거북은 마침내 토끼를 흔들어 깨우기로 결심한다. 깜짝 놀라서 일어난 토끼는 거북의 정정당당한 행동을 무척 고마워하고, 자기의 방심을 스스로 나무라고는 걸음이 느린 거북을 부축하면서 함께 가파른 언덕길을 올라간다……. 만일 이야기가 이런 식으로 전개된다면 어린이들에게 어떤 효과를 낼 수 있을까? 나태함을 경계시키면서도 상호협조의 정신을 기른다는 일석이조의 교훈이 성립될 수는 없는 것일까?

이솝이 지었다는 이 우화를 내가 처음으로 알게 된 것은 이솝 자신을 통해서가 아니라, 저자를 명시하지 않고 번안한 일본말

교과서를 통해서였다. 일본 사람들이 특히 그 이야기를 소중히 생각한 데는 그 나름대로의 이유가 있었을 것이다. 그것은 아마도 공동사회에서의 연대성보다도 개인적 내지는 국가주의적 경쟁이 강조되었던 시대, 다시 말해서 자본주의적 제국주의의 형성기인 명치(明治)시대의 이념에 이 우화가 잘 들어맞았기 때문인지도 모른다.

그러나 오늘날 토끼에게 이긴 거북으로 상징된 인간상(人間像)만으로 사회가 발전하고 개인이 행복을 누릴 수 있다고는 생각할 수 없다. 우리는 타인과의 공생관계로부터 독립된 개인이란 존재할 수 없는 세상에서 살고 있기 때문이다. 개인적 노력의 필요성은 여전히 강조되어야 하겠지만, 그 성공의 가능성과 의미가 개인을 넘어선 사회 전체와의 관련 하에서 규정되고 고찰되어야 할 필요성은 더욱더 크다. 이렇게 보면 나의 개작의 시도는 전혀 터무니없는 것은 아닐 것이다.

그러나 그것은 지나친 욕심일지도 모른다. 그 우화가 지니고 있는 교훈만이라도 그나마 지켜져나갔으면 다행이라는 생각이 든다. 토끼이건 거북이건 간에 상대방이 잠든 것을 그냥 내버려두고 지나갈 정도가 아니라, 경쟁의 시초부터 상대방에게 수면제를 먹이고 함정을 파놓기를 서슴지 않는 뻔뻔하고 사악한 세상에서 우리는 살고 있기 때문이다.

『새교실』, 1968년 3월호 ●

그도 저도 아닌 것

자살을 주제로 한 변주곡

미안하지만 우울한 이야기를 한 가지 해야겠다. "사랑의 기쁨 은 어느덧 사라지고 사랑의 슬픔만 영원히 남았네"라는 노래가 말해주듯 슬프고 우울한 일만 머릿속에 선명히 찍혀서 지워지지 않기 때문일지도 모른다.

일 년쯤 전의 일인데 내가 사는 동네에서 한 젊은 부인이 자살 을 했다. 혼자만 죽은 것이 아니라 어린 아들 둘을 함께 데리고 가버렸다. 그 이유에 대해서는 여러 가지 소문이 나돌았다. 어떤 사람은 흔히 일어나는 계 소동 때문이라고 했다. 또 다른 사람들 은 남편과의 다툼에서 원인을 찾았다. 신문에는 결국 계가 깨져 서 일어난 비극이라고 삼면(三面) 하단에 조그맣게 났지만, 동네 의 견해는 가정불화 쪽으로 모아졌다. 남편이 다른 여자들과 놀 아나고 집에는 일주일에 한두 번 얼굴을 비칠 정도의 슬픈 일이 삼사 년 동안이나 계속되었으니 어디 참고 견딜 노릇이냐는 이야 기였다. 그러니까 신문이 거짓말을 했다고 정의파(正義派)의 부 인들이 흥분하고, 그 집 둘레에 모여서 남편 된 사람에게 손가락질을 해댔다.

그러자 이럭저럭 장례식이 끝났다. 큰 관 하나와 작은 관 두 개가 나란히 영구차에 실려 가는 것을 보고는 모두들 눈시울을 적시더니 뿔뿔이 가버렸다. 그러나 이 사건은 그 후에도 얼마동안 동네의 논의의 대상이 되었다. 우물가에서도 장터에서도 친지들이 모여 앉은 자리에서도 화제는 으레 그쪽으로 돌아갔다. 죽은 여자가 불쌍하고, 죽음의 길로 끌려간 두 어린 것은 더 불쌍하다는 점에서는 누구나 의견이 같았다. 그야 당연한 이야기이다. 천하의 흉악범도 단두대에서 목이 잘리면 불쌍한 법이니까. 그러나 감정과 이성은 다르다. 불쌍하다고 느낀다 해서 반드시 옳다고 판단할 수는 없는 노릇이다. 그래서 그 자살을 둘러싸고도, 그 행동의 정당성 여부로 이야기가 번져나가면 사람에 따라 평가가 달랐다. 그 중 몇 가지를 소개해두자.

어떤 사람들은 그 자살이 옳다고 했다. 하루 살기가 지겹고 괴로울 텐데, 그것을 삼사 년이나 참고 견뎌온 것이 오히려 이상하다는 것이었다. 살아가는 것이 죽음만도 못하면, 차라리 죽어버리는 것이 편할 것이며 또 일종의 항거도 된다는 논리였다. 이런 견해는 대개 착실한 남편을 둔 비교적 젊은 부인들의 입에서 나왔다.

이와는 반대로 죽는다니 그런 어리석은 짓이 어디 있느냐고 대드는 여성들도 있었다. 남편이 난봉을 부린다 해서 패배주의에 빠지기는커녕, 그 뒤를 악착같이 추적해서 괴롭혀보고 그래도 말을 듣지 않으면 자신도 난봉을 부려서 앙갚음을 해야 한다는 투쟁적 생활관을 내세우는 것이었다. 하기야 여권신장이니 인간의 권리니 하는 말들이 홍수처럼 밀어닥쳐온 세상이니까 일리 있는 이야기이다. 그러나 이런 이야기를 전해 들은 나 자신은 좀 무서워졌다. 그래서 "그야 어떡하니. 여자의 몸으로 태어난 바에야 그냥 참고 견딜 수밖에 없지 않겠니?"하고 말씀하시는 노모의 얼굴을 착잡한 심정으로 쳐다보았다.

이와 같이 부인 자신의 자살을 두고 왈가왈부가 있었지만, 두 아이를 함께 죽였다는 점에 대해서도 시시비비가 없을 수 없었다. 유치원에 간 어린 것들을 대낮에 일부러 전화로 불러서 억지로 약을 먹였으니 원래가 독부(毒婦)임에 틀림없다고들 했다. 특히 남자들은 그 점을 강조하고 부연(敷衍)했다. 그토록 잔인하고 독하고 소견머리 없는 본성을 가진 여자를 아내로 삼았으니, 남편이 난봉을 부리게 된 것도 당연하다고 하면서 원인과 결과를 뒤집어 해석하는 것 같았다. 하기야 어느 쪽이 진실한 원인이며 결과인지는 확증이 없지만, 이와 같은 남성에 의한 남성옹호의 변이 여성들에게 받아들여질 리는 없었다. 그야 당연하다. 만일 이런 궤변 같은 말에 대해서 "참, 그게 옳은 말씀이에요, 모든 화근은 언제나 여자 자신에게 있어요"하고 맞장구를 치는 여성이 있다면, 그런 여성은 성녀(聖女)로 드높이 모시거나 혹은 반대로 천치로 대하거나 둘 중의 하나를 택해야지 아내나 애인으로 함께 지내기는 너무나 싱거울 것이다.

그러면 남성들의 언어의 횡포는 그만 해두고 여성들의 의견을 들어보자. 자기는 죽을망정 어린 것들이 무슨 죄가 있느냐, 왜 그들의 장래를 말살해버렸느냐고 비난하는 사람들도 물론 없지 않았다. 이 비난이 아마도 가장 건전한 사고방식의 소산이리라. 기독교도가 아니라도, 일단 태어난 생명은 결코 부모가 임의로 처분할 수 있는 소유물이 아니라는 것쯤은 이미 상식화된 이야기일 것이다. 그러나 놀랍게도 다음과 같은 두 가지 점에서 자식들과의 동반자살에 찬성하는 사람들이 제법 많았다. 첫째로는 남편과의 관계를 죽음으로 끊기로 작정한 이상, 그 사이에서 태어난 생명마저 없애야 철저한 단절이 되고 복수가 된다는 다분히 감정적, 감상적(感傷的)인 입장에서 그 행동을 옹호하는 경우가 있었다. "그 놈이 뭐가 예쁘다고 자식을 남겨줘! 보기 싫은 여편네는 죽어버리고 귀여운 자식들은 고스란히 남았으니 되려 잘 됐다고 춤을 추게!" 이런 앙칼진 논리가 튀어나오는 것이다. 아닌게아니라, 아내와 자식의 죽음을 알고 돌아온 남편은 평생 경험하지 못한 고통과 슬픔과 자책을 느꼈으리라.

그러나 이러한 철저한 복수론을 지지하지는 않더라도 동반자살의 편을 드는 또 하나의 이유가 다른 여성들의 입에서 나왔고, 수적으로는 이쪽이 한결 많았다. 그것은 자식을 남겨두면 그들이 반드시 불행하게 될 테니까 아예 잘 죽였다는 논리였다. 병사(病死)를 해서 계모가 들어오더라도 전처의 자식들을 학대하기가 일쑤인데, 하물며 난봉의 상대였던 기생 같고 여우 같은 계집이 뒷자리에 들어설 것이 뻔한 이상 자식들의 장래는 결정적으로 불행했을 것이라고들 주장하는 것이었다.

그 후 그 남자가 과연 여우 같은 정부와 재혼을 했는지 혹은 반대로 절에 가서 중이 되어버렸는지 나는 모른다. 그는 동네 사람들을 대하기가 민망스러웠기 때문일까, 곧 이사를 가고 말았다. 혹시 아이들이 살았으면 어떻게 되었을까? 그것은 아무도 모른다. 하지만 방금 소개한 불행예정설(不幸豫定說)이 많은 사람들의 지론이 될 수 있을 만큼 이 세상은 '근대'와는 머나먼 거리에 있다.

남편이 난봉을 부렸다고 해서 아내가 자살을 한다는 것부터가 오늘날의 이 사회의 과도기적 증상(症狀)을 상징하고 있는 듯이 여겨진다. 옛날 같으면 남자는 으레 그렇게 되어먹은 것으로 체념하고 이른바 부도(婦道)를 지켰으리라. 다른 한편으로, 진정 자아의식이 깨어났다면 서슴지 않고 이혼 수속을 밟아 굴욕적인 생활에서 자신을 해방시켰으리라. 그러나 남편의 외도로 말미암은 자살은 그도 저도 아니다. 나도 그 부인을 한두 번 본 일이 있지만, 대학을 다녔다는 참한 여자이다. 이런 여성은 나의 어머니의 세대의 여성들처럼 인권 이전의 인종(忍從)을 하기에는 너무나 깨어 있다. 그렇다고 해서 이혼과 재혼을 해서 새 생활을 찾기에는 너무나 봉건적이다. 첫정의 추억이 사라지지 않겠고 집안의 체면도 생각할 수밖에 없다. 그러니까 옛것을 섬길 수도 없고 새것을 따를 수도 없어, 괴로움은 자꾸만 늘어간다. 봉건적인 것과 근대적인 것의 협공을 받아, 드디어 자살이라는 출구를 생각하게 된다…….

이것은 물론 내 나름의 해석에 지나지 않는다. 그러나 근대와 전근대의 충돌이나 혼재(混在)는 그 여성의 자살에 한정된 문제가 아니다. 그 자살을 둘러싸고 펼쳐진 동네의 선남선녀(善男善女)들의 견해를 몇 가지 소개했지만, 이런 견해를 통해서도 그 충돌과 혼재를 살필 수 있을 것이다. 하기야 내 속에도 공자와 사르트르가 함께 살고 있으니 두말할 여지도 없겠지만…….

*

폭력과 수절

나는 요새 영화를 잘 보러가지 않는다. 이유는 별로 없다. 게을러진 탓이다. 그래서 『웨스트 사이드 스토리』나 『남과 여』와 같은 명화를 놓쳐버렸다.

특히 국산영화를 보러 극장을 찾아간 일은 거의 없다. 안방에 있는 TV가 한 주일에 두세 번씩 밤늦게 묵은 국산영화를 보여주지만, 그 시간이 오면 취침시간이 된 것으로 알고 자리에 들어가 버린다. 전에 TV를 처음으로 구했을 무렵에는 한두 번 지켜본 일이 있었지만 결국은 잠만 밑진다고 단정해버렸기 때문이다.

이처럼 게으르기도 하고 국산영화에 대한 편견도 있고 해서 극장과는 발을 끊고 있다가 일전에 우연한 기회에 『내시』라는 영화를 보았다. 같은 무렵에 상영된 『닥터 지바고』를 구경하고도 싶었지만 삭제된 부분이 많을 것 같고 또 세 시간을 갇혀 있기도 싫어서 『내시』를 택했다. 더구나 옛 궁중의 성(性)의 비화가 나온다고 해서 호기심이 일기도 했다.

국산영화치고는 근래에 드문 흥행 성적이라는 선전에 걸맞게, 장사진의 맨 끝에 매달려 있다가 겨우 표를 사가지고 들어갔다. 과연 섹스가 있었다. 용케 가위질을 당하지 않았다고 생각되리만큼 대담한 장면이 한국배우들에 의해서 연출되어 있었다. 그것이 임금과 궁녀 사이의 베드신이었으니 관객들에게 주는 인상은 그만큼 더 강했으리라. 그리고 이와 아울러 폭력이 있었다. 한국영화에서도 "에잇", "얏" 하는 외침과 함께 칼싸움이 자주 나온다고 하더니 틀림없었다. 한 사람이 수십 명을 순식간에 해치웠다. 그런 장면이 한참 계속되었는데, 그 정도로는 벌써 무감각하게 된 관객을 자극할 수 없어서인지 마지막에는 눈속에 화살이 박혀서 유혈이 낭자한 장면이 부각되어나왔다.

하기야 섹스와 폭력이 날뛰는 세상이 내게도 이미 낯설지는 않다. 그것이 좋으냐, 나쁘냐는 시비를 이 자리에서 벌이고 싶은 생각은 없다. 또 그 영화를 구경온 사람들이 당장에 성의 광란에 몸을 맡긴다거나 폭력의 찬미자가 되리라고도 생각하지 않는다. 그들은 어느 정도 심미적(審美的) 거리를 두고 그런 장면들을 보고 내일이면 다시 회사로 돌아가서 착실하게 일을 하고 또 집안에서 가사를 돌볼 것이다. 그뿐 아니라 이런 종류의 영화는 이른바 카타르시스를 시켜준다는 좋은 효과를 낼 수도 있으리라. 나는 이렇게 선의의 해석을 내리기로 했다.

다만 이 영화를 보면서 나는 다소 짜증스런 느낌이 들었다. 그것은 성과 폭력의 묘출(描出) 때문이 아니라, 도리어 그것들과 섞여나오는 어떤 진부성(陳腐性) 때문이었다. 이 시류에 영합한 장면들의 뒤에는 그것과는 전혀 어울리지 않는 모럴이 숨어 있었던 것이다. 이른바 수절(守節)이라는 모럴 말이다. 여주인공은 어떤 보잘것없는 청년과 사랑을 나누고 있었는데, 그녀의 아버지가 헛된 영달을 꿈꾸어 딸을 궁녀로 들여보낸다. 그리고는 그녀의 애인을 거세해버린다. 그러나 서로 맺은 첫정은 영원한 것이라는 정석에 따라 여인은 왕의 총애를 거부하고 내시가 된 남자의 품속으로 달려간다. "그대는 남자로서의 기능을 잃었지만 나의 평생의 반려, 나는 오직 마음만으로 당신과 한평생 살 수 있어요." 이런 식의 어마어마한 정신주의가 밑바닥에 깔려 있는 것이다. 아마 이것이 이 영화의 교훈일 것이며, 검열 당국도 그 점을 높이 사서 별로 손을 대지 않았을지도 모른다. 여기에는 흔한 말로 육체와 정신 사이의 갈등과 같은 것은 전혀 찾아볼 수가 없다. 하물며 『채털레이 부인의 사랑』과는 아랑곳도 없다. 한편으로는 성과 폭력으로 현대적인 눈요기를 시키고, 다른 한편으로는 애처로운 수절담을 병행시켜놓고 있을 따름이다. 한 발은 오늘날의 유행에, 또 한 발은 전통적인, 너무나 전통적인 윤리에 빠져들게 하는 것이다. 그러다가는 다리가 찢어질지 모른다는 위험은 통 의식하지 않았던 것일까?

말하자면 『크레이지 러브』와 『홍도야 울지 마라』가 공존하고 뒤섞여 있는 이런 영화라야, 도시에서도 농촌에서도, 또 청년층에도 노인에게도 고루 먹혀들어갈 수 있다는 점을 머리 좋은 감독이 노렸을 것이다.

나는 이 영화를 보고 나서, 조국의 비약적 발전을 부르짖으면서 고무신과 막걸리를 나누어주는 국회의원 후보들을 연상했다. 또 원시상태를 못 벗어난 산골의 초가집과 근대의 도시가 공존하는 우리의 현실을 생각했다. 그리고 근대와 봉건의 틈바구니에 끼어서 자살한 그 부인의 이미지가 또다시 떠올랐다. 이러한 이 상야릇한 혼합은 아마도 근대화의 초기에 처한 모든 사회의 문제라고 생각하면서 자위할 수도 있으리라. 하기야 아폴로 8호가 달에 갔다 온 오늘날, 영국에는 아직도 '지구평면협회'라는 것이 있다니 기막힌 일이지만 말이다. 그러나 '지구평면협회'는 아무런 힘도 없고 또 아예 힘을 쓰려고도 생각하지 않는 애교 있는 유물과 같은 것이다. 아마도 싱거운 세상에 웃음거리를, 베푸는 역할을 하려는 것인지도 모른다. 그러나 우리의 속에 도사리고 앉은 옛것들은 끔찍한 힘을 가지고 있다. 잘된 새것, 잘못된 새것, 바람직한 새것, 엉뚱한 새것, 그 모든 새것들과 야합하고 타협하고 뒤섞여서 뭐가 뭔지 알 수 없는 요지경을 이루고 있다. 근대의 문턱에 들어설 때의 필연적 현상이라고 자위하고 있기만 하면 문제가 저절로 풀릴 수 있을 것인가?

『중앙』, 1969년 2월호 ●

불안의 시대
─인간으로 남기 위한 저항

    가령 이런 사람이 있다고 하자. 그는 얼마 전부터 우울하다. 그의 정신의 하늘에는 먹구름이 끼어 있고 그의 심정은 늦가을처럼 으스스하다. 이윽고 그런 기분이 더욱 짙어져서 자신의 존재는 물론 세상만사가 귀찮아진다. 허무, 파멸, 죽음과 같은 단어들만이 머리에 떠오르고 일체의 대상이 퇴색한다. 그는 그것이 세계의 본 모습이라고 생각하게 된다. 이리하여 그는 어느 틈에 염세철학자로 변모해버린다.

    그렇다면 이런 사람에게 어떤 방법으로 삶의 맛을 되찾게 해줄 수 있는 것일까? 자기의 염세관을 이미 이론화해버리고 그것이 확실한 진리인 양 믿고 있는 이 역설적인 나르시시스트는 그 누구의 말도 그 어떤 사물의 아름다움도 거부한다. 신의 섭리를 운위(云謂)하는 소리를 들으면 그것은 한낱 허울 좋은 환상에 지나지 않는다고 독살스럽게 대들 것이며, 천진한 어린애의 웃는 얼굴을 보아도 머지않아 그 웃음을 앗아갈 고역(苦役) 같은 어른의 삶을 연상할 것이다. 인생이 괴롭고 슬프고 뜻 없다고 생각하기로 작정한 사람의 마음을 돌이키는 것은 사자(死者)를 소생시키는 것만큼 어려운 일처럼 느껴진다.

그러나 반대로 이런 염세주의자를 회복시킬 길은 의외로 간단할지도 모른다. 그는 어쩌면 쉽게 고칠 수 있는 신체적 질환 때문에 세상이 재미없어진 것일지도 모른다. 매일 방안에만 갇혀 있어서 소화불량이 되어 뱃속이 편안치 않고 신트림이 나고 밥상을 마주 대하면 짜증스러워지는 생활이 계속되는 사람에게는 인생이 장밋빛으로 비칠 리가 없다. 그러니까 그의 비관론(悲觀論)의 갑옷은 논리의 창으로 뚫리거나 서정(抒情)의 훈기로 녹을 수 있는 성질의 것이 아니다. 그에게 필요한 것은 적절한 소화제와 산책이다. 그러면 얼마 안 가서 밥맛이 생기고 얼굴에 화색이 돌고 우울의 응어리가 풀리고 마침내는 그 염세철학도 증기처럼 사라져버릴 것이다.

우리는 이런 식의 재미있는 생각을 알랭의 『행복론』에서 읽을 수 있다. 재치 있고 역설적인 언어를 즐겨 사용하는 그는 사실은 현대 프랑스가 낳은 가장 철저한 합리주의자 중의 한 사람이다. 그의 이야기는 귀담아들을 만한 가치가 있다. 아주 복잡하고 신비롭게 느껴지는 사념(思念)이나 감정의 밑바닥에는 우리의 이성으로 넉넉히 분석하고 끄집어낼 수 있는 간단하고 명확한 원인이 숨어 있을 것이며, 이성에 의한 탐색과 처방은 많은 불행을 해결할 수 있다는 생각은 유효하고 귀중한 것이다. 그것이 이른바 과학적 정신이며 서양적 낙관주의의 기틀이 되어온 것이기도 하다. 이러한 사고방식은 그리스 철학으로부터 정신분석에 이르기까지 서양문화사의 주류를 형성해왔다.

그러나 이성에 입각해서 여러 현상을 따지고 캐본다는 이 작업은 결코 자동적으로 이루어지는 것은 아니다. 거기에는 인내와 용기가 필요하다. 콜럼버스의 달걀처럼 단순한 진실일망정, 그것은 우리를 현혹하는 가지가지의 가상(假象)이나 편견에 의해서 겹겹이 싸여 있을 수가 있다. 우리는 도중에 포기함이 없이 그런 잘못된 것을 신중하게 그리고 꾸준하게 벗겨나가는 괴로움을 치러야 한다. 또한 우리가 찾아낸 진실이 아무리 우리에게 불리하고 우리의 자존심을 손상하는 것일망정 그것을 받아들이는 용기를 가져야 한다. 제 딴에는 세계의 진상이 허무이며 인생은 슬픔의 골짜기라고 굳게 믿어온 사람에게, 알랭을 본떠서 "당신의 그럴듯한 비관주의는 사실은 소화불량의 탓이오"라고 말해보아라. 아마도 그는 자기를 모욕했다고 펄펄 뛸 것이다. 자기가 공들여 쌓아놓은 체계(體系)가 하루 아침에 무너지고 그 체계와 더불어 자신도 무너지는 듯이 생각하리라. 자기가 별것이 아니며 매우 단순한 조건에 의해서 지배되는 생체(生體)에 불과하다는 것을 솔직히 인정할 수 있는 용기가 없기 때문이다.

*

그러니까 우리는 일단 알랭의 충고를 따르기로 하자. 아무리 해결하기 어렵게 보이는 불행과 불안의 밑바닥에도 사실은 톱니바퀴에 걸린 모래알처럼 작은 원인이 숨어 있다고 상정하자. 그리고 그 원인을 꾸준히 찾아내고 제거하는 노력을 아끼지 않는다면 우리의 세상은 다시 건강을 회복하고 평화와 행복을 맛볼 수 있다고 생각하자.

그러나 이 지혜로운 충고에도 불구하고 우리의 불행과 불안은 나날이 더 짙어가는 것 같이 느끼게 되는 일이 많다. 아무리 그 원인을 찾아내려고 애써도 발견되지가 않고 하나의 원인을 없애도 다른 것이 더욱 깊숙이 박혀서 우리의 적출(摘出)작업을 거부하는 것 같다. 앞서 언급한 비유를 다시 한번 빌리자면 비관주의의 원인이 다만 소화불량만이 아니라는 것을 깨달았을 때와 같은 당혹감이 우리를 지배하는 것이다. 왜 그럴까? 무엇이 우리를 돌이킬 수 없는 불안과 공포로 몰아넣고 있는 것일까?

우선 태고로부터 변하지 않는 인간조건이 우리의 불행을 쉴새 없이 분비한다는 것은 두말할 필요도 없으리라. 물론, 이 세상에 태어나서 사랑을 하고 아이를 낳고 그리고는 죽어가는 과정에서 우리가 겪는 가지가지의 경험이 불행의 연속이라고만 말할 수는 없을 것이다. 가령 타고르는 이렇게 외친다. "사랑은 우리를 에워싸고 있는 모든 것의 궁극적인 의미이다. 그것은 단순한 감정이 아니라 진리이다. 그것은 모든 창조의 근원에 있는 기쁨이다." 그러나 이 거룩한 선언과는 반대로 셰익스피어는 "사랑이란 한숨의 김으로 이루어진 연기"라고 말한다. 그러니 아마도 사랑만이 아니라 삶의 모든 것이 이러한 양의성(兩義性)을 지니고 있는지도 모른다. 어린애는 천진난만할 뿐 아니라 그 속에 벌써 악의 씨가 박혀 있는 무서운 존재이며, 남과 나의 관계는 협력과 마찬가지로 갈등으로 이루어지고, 또 자아(自我)는 통일성이 없는 모순 덩어리라서 고귀한 감정과 함께 비천한 감정에 끌리기도 한다……. 이런 식으로 우리는 양의성 사이를 헤매고, 될 수 있으면 부정적 요소를 넘어서서 긍정적 요소를 강조하려고 한다. 사르트르의 소설 『구토』에서 존재가 무의미하다는 것을 확인한 로 캉탱조차도 마지막에는 예술의 절대성 속에서 안주(安住)의 경지를 찾으려고 한다. 그러나 모든 휴머니스트와 이상주의자의 노력에도 불구하고 인간은 여전히 달라지지 않는 수난(受難)의 존재라는 생각이 나이와 더불어 짙어간다. 죽음이 다가옴에 따라, 영생의 보장을 받은 것으로 자부하는 몇몇의 예외적인 인간을 제외하고는, 제 속에서 또는 제 둘레에서 어둠의 그림자가 쌓여가는 것을 느낄 것이다.

그러나 이렇게 존재한다는 것 자체가 불행하다는 감정은 정말로 원초적이며 자생적(自生的)인 것일까? 혹은 그것은 전적으로 개개인이 처하게 된 환경과 상황의 소산이 아닐까? 이 질문에 대해서 양자택일적(兩者擇一的)인 명확한 대답을 제시하기는 어려운 일이다. 인생무상의 감정은 가령 사랑하는 아내와 사별했다는 개인적 사정에 의해서 또는 전쟁이라는 집단적 불행에 의해서 촉발될 수 있다. 그러나 다른 한편으로, 석가모니가 살아 있던 옛부터 오늘날까지 그 느낌이 면면히 이어져 내려오고 그것이 인생의 본질인 양 우리의 동감을 자아내는 것은, 우리 모두에게 존재에 대한 불안과 공포가 원래부터 도사리고 있기 때문이다. 따라서 우리는 다음과 같이 말할 수 있을지도 모른다. "인간조건은 본질적으로 불행한 것이지만, 그것이 사람에 따라 또 시대에 따라 구체적으로 느껴지는 것은 개별적 상황 때문이다." 적어도 이것이 우리들과 같은 범용(凡庸)한 사람들의 경우이다.

이렇게 볼 때 오늘날은 특별히 불행한 시대인 것처럼 여겨진다. 다시 말해서 오늘날만큼 우리가 자신의 존재와 인류 전체의 장래에 대해서 불안해하고 공포에 떨었던 시대는 달리 없었던 것 같다. 하기야 과거의 어느 시대에도 비관주의자는 존재해왔다. 가령 프랑스의 사상사(思想史)는 몽테뉴로부터 파스칼을 거쳐 비니, 플로베르, 보들레르에 이르기까지 삶의 미망(迷妄)을 깨우치려는 많은 사람들의 존재를 알려주고 있다. 그러나 그들은 두 가지 의미에서 제한된 비관주의자였다. 첫째로, 그들은 체관(諦觀)이나 신의 은총이나 귀족적 가치나 또는 예술적 창조행위를 통해서 불행의 의식을 넘어서려던 사람이다. 둘째로, 그들이 존재는 매우 중요하지만 예외적인 현상이었다. 프랑스 사상사의 주류는 17세기의 데카르트처럼 이성의 힘을 절대적으로 섬기는 사람에 의해서, 그리고 18세기의 볼테르나 19세기의 콩트처럼 역사의 진보를 믿는 사람들에 의해서 형성되어왔다. 그들은 현실에 있어서 행복하다고 느끼지 않았을 경우에도, 불행이라는 일시적 현상을 넘어서는 미래의 밝은 시간에 기대를 걸어왔다.

그러나 오늘날에는 인간의 행복을 기약해주는 두 기둥인 이성의 규범도 역사의 진보에 대한 믿음도 빈사상태에 놓이게 되고 말았다. 우리는 서양의 시민혁명 이래 최고의 가치로 인정되어온 인권, 자유, 평등, 정의와 같은 개념을 지금도 버리고 있지는 않다. 그러나 그것들은 이미 구시대의 유물은 아닐망정 적어도 궁지에 몰려 있고, 머지않아 실질적으로 추방당할지도 모르는 딱한 형편에 처해 있다. 고도로 조직화된 사회, 칼 융의 말을 빌리자면 "자기의 삶의 방식에 대한 윤리적 결단을 박탈당하고, 사회적 단위(單位)로서 통치되고 의식주(衣食住)를 공급받고 교유되며, 대중에게 쾌락과 만족을 주는 규격에 따라서만 즐거워할 줄 아는" 개인에게 무슨 자아가 있단 말인가? 사회라는 크나큰 기계 속에서 번호가 붙여지고 언제나 대체(代替) 가능한 부분품으로 취급되는 개인에게 무슨 자율성이 있단 말인가?

그러니까 우리는 자아상실을 현대문명의 필연적 결과로서 받아들이도록 체념할 수밖에는 없을지도 모른다. 그보다도 한 걸음 더 나아가, 인간의 정신과 심리를 완전히 조종할 수 있는 장치의 발명을 아예 환영하고, 기껏해야 조건반사만이 의식작용의 전부가 되는 상태를 바라는 것이 더 편할지도 모른다. 그러나 지금으로서는 행인지 불행인지 그런 기계는 발명되어 있지 않고, 우리는 가축과 다름없는 처지로 끌려들면서도 여전히 인간적인 것으로, 다시 말하면 자유로운 주체적 존재로 남아 있으려고 한다. 초등학교나 중고등학교에서의 교육내용도 아직까지는 19세기 이후로 설정되어온 인간적 가치를 버리고 있지는 않다.

바로 여기에 우리의 괴로움이 있다. 우리는 기계의 부분품으로 변하면서도 종래의 기준에 따라 삶을 생각하려고 한다. 결과는 의혹이며 분노이며 좌절감이다. 돌이킬 수 없는 불행의 의식이다. 그뿐 아니다. 이 끔찍한 소외현상에 덧붙여 인류의 종말이 곧 다가올지도 모른다는 공포가 나날이 깊어가고 있다. 오늘날 국제세력의 균형을 유지해주고 있는 그 무서운 무기들이 언제든지 어디서든지 사용될 가능성을 배제할 수 없다. 공해는, 자연정복을 자랑삼아온 인간이 마침내 자연의 복수를 받고 있다는 것을 알려주고 있다. 폭발적인 인구의 팽창은 세계적인 기아상태를 가져오려고 한다.

우리는 아름다운 장미의 빛을, 귀여운 어린애의 미소를 보는 마지막 인류일지도 모른다. 미증유(未曾有)의 재난과 혼란을 겪고 살아남은 한 줌의 인간에 의해서 간신히 인류의 명맥이 이어지고, 그들은 문명의 폐허에서 원시시대의 생활을 다시 시작하게 될지도 모른다. 이렇게 어두운 전망 앞에서, 저 지평선에 잔뜩 깔린 먹구름의 그늘 아래서, 아무도 낙관주의자는 될 수 없을 것이다.

*

이 글을 읽는 사람들 중에는 내게 이렇게 말하는 이도 있으리라. "당신이 소묘(素描)한 현대인의 무서운 상황은 한국의 경우와는 별로 상관없는 이야기이다." 그것은 알아들을 만한 의견이다. 사실, 우리는 아직도 이른바 선진국이 노정(露呈)하고 있는 끔찍한 문제들에 봉착하고 있는 것은 아니다. 하늘은 아직도 맑고 물고기는 아직도 싱싱하며 인간관계가 지나치게 기계화되어 있지도 않다. 현대사회에 있어서 인간이란 무엇이냐는 질문은 가령 미국이나 일본에서처럼 그렇게 절실한 느낌을 주지는 않는다.

그러나 우리는 근대화 또는 경제적 발전이라는 이름 아래 그들의 길을 급속도로 뒤따르려는 태세를 보이고 있다. 그러니까 조만간 동일한 문제가 중대한 양상을 띠고 대두될 것이다. 아니, 벌써부터 인간을 사회조직 내의 부분품으로 다루는 점에 있어서는 그들과 우리를 갈라놓고 있는 거리는 그렇게 먼 것이 아니다. 공해와 전쟁도 결코 대안(對岸)의 불은 아니다. 게다가 우리에게는 더 큰 문제가 있다. 그것은 서양을 이루어온 인간적 이념이 정착해본 일이 없다는 것이다. 그러니까 오늘날 후기 산업사회에서 보는 바와 같은 전통적 가치와 인간소외 사이의 갈등이 생기지조차 않고, 우리는 그만큼 더 빨리 비인간화의 방향으로 치달을지 모른다.

제도와 기계에 의해서 인간이 짓밟히고 있다는 의식, 아마도 무력하겠지만 인간으로 남기 위한 최후의 저항의 근거가 될 이 의식마저 없이 우리는 물질적 발전과 번영의 희생물이 될지도 모른다. 결코 소화제나 산책으로는 고칠 수 없는 이 두려움과 불안을 우리가 강렬하게 그리고 되풀이해서 화두로 삼아야 할 이유가 바로 여기에 있다.

『세대』, 1974년 12월호●

감정의 습지

감정과 이성의 배합

하도 오래된 것이라 이름은 잊어버렸지만 누가 보아도 울지 않고는 못 배긴다는 어느 국산영화가 있었다. 나 자신은 예나 지금이나 마음이 약한 사람이라 울 것이 분명해서 가 보지 않았다. 세상에 울고 싶은 일이 한두 가지가 아닌데, 일부러 돈을 내가면서 울 것까지야 없겠고, 또 소박한 부녀자들 사이에 끼어 앉아서 훌쩍거리는 자신의 구질구질한 모습을 상상해보기조차 싫었던 것이다. 그러나 나의 친구 K군은 구태여 가 보겠다고 했다. 그것은 눈물의 분위기 속에서의 일종의 자기실험 내지는 자기도전이었다. 나는 영화관에서 돌아온 그에게 과연 어떻게 되었느냐고 물었다. "치사하게 눈물이 나더군" 하는 한마디가 그의 대답이었다.

이 대답이 내게 재미있게 느껴진 것은 '치사하게'라는 부사(副詞) 때문이었다. 그것은 지성인으로 자처해온 자기가 삼류의 신파조(新派調) 영화를 보고 눈물을 흘렸으니까 부끄럽다는 뜻이리라. 다시 말하면 의지와 이성으로 값싼 감상(感傷)을 통제할 수 있을 만큼 자기의 근본이 단단하다고 믿고 있었는데, 그 실험에 실패했기 때문에 빚어진 좌절감이 그 한마디 말에 반영되어 있는 것이다.

사실 기쁨이건 슬픔이건, 또 그 동기가 고상하건 천하건, 어떤 감정은 그것을 억누르려는 우리의 모든 노력에도 불구하고 별수 없이 우리를 지배한다. 병마에 시달리는 가난한 노인을 보면 눈시울이 뜨거워지고, 어린애들의 깔깔대는 웃음소리는 우리의 얼굴에도 자연히 미소를 떠올리게 한다. 그것이 인간의 본연의 모습이리라. 그러니까 눈물을 흘리면 흘렸지, K군처럼 '치사하게'라는 부사를 붙여서 구태여 자기 위신을 세우려는 얄팍한 재주는 아예 부리지 않는 것이 좋을지도 모른다.

하지만 인간이 감정의 지배를 받는다는 것은 인간의 유일한 양상은 아니며, 또한 그러한 감정의 자연적 유로(流露)가 반드시 마땅한 것도 아니다. 우리는 목석같이 무감각하게 되는 것도 또 감각의 포로가 되는 것도 바라지 않아야 할 것 같다.

슬픈 영화를 보고도 아무런 감정적 반응을 나타내지 않는 자는 냉혈한(冷血漢)이거나 사디스트이고, 따라서 이 삶이란 고해를 함께 헤엄쳐나갈 만한 동족이 될 수 없을 것이다. 그러나 인생을 눈물로 적시면서 보내는 사람들만이 있다면 창조력이 고갈되고 사회가 합리적으로 조직되어나가지 못할 것이다. 그러니까 삶의 모든 국면에서와 마찬가지로 이 점에서도 매우 애매한 문제가 생긴다. 고무되어야 할 감정은 어떤 것이고 배격되어야 할 감정은 또 어떤 것인가? 감정과 이성의 분량은 어느 정도로 배합되는 것이 가장 인간적이며, 그 양자 사이의 관계는 어떻게 되는 것이 가장 바람직한가?

*

약한 영혼과 강한 영혼

이런 어려운 문제에 대한 하나의 대답으로 감정은 이성에 의해서 통제되어야 한다고 주장하는 사람들이 예부터 많았다. 이성에 의한 극기(克己)의 덕은 동양의 고현(古賢)의 말씀에만 나타나 있는 것은 아니다. 그것은 또한 감옥으로부터의 도주를 권하는 크리톤에 대한 소크라테스의 다음과 같은 항변에도 여실히 반영되어 있다. "사랑하는 크리톤이여, 그대의 열성이 옳은 것이라면 그것은 더없이 귀한 것이다. 그러나 만일 그릇된 것이라면 그 열성은 큰 만큼 더 위험하기도 하다. 따라서 우리는 내가 그대의 말대로 해야 할지 어떨지를 생각해보아야 한다. 왜냐하면 나는 지금껏 오직 최상이라고 생각되는 이치에만 따라온 사람이기 때문이다."

한데 이와 같이 감정이나 충동보다 이성적 사고를 중시하고, 또 이성에 의한 감정의 극복을 이론적 체계로 엮어서 보여준 가장 대표적인 책은 데카르트의 『정념론』이다. 그 요지는 다음과 같다.

우리는 어떤 대상의 자극에 의해서 사랑, 증오, 기쁨, 슬픔 따위의 감정을 품게 되고 육체는 그런 감정에 대해서 어떤 반응을 보이기 시작한다. 기쁘면 자연히 웃음이 터지고, 슬프면 눈물이 나오는 자동적인 현상이 빚어진다. 그러나 데카르트는 결코 이러한 감정의 표출을 인간적이라든가 또는 자연적인 것으로서 그대로 수용하려고 하지 않는다. 도리어 그의 『방법론서설』의 정신과 마찬가지로 자연적인 것, 자연발생적인 것을 비인간적이라고 생각하는 그의 사상적 원칙은 『정념론』에도 그대로 재현된다. 그렇기 때문에 데카르트는 감정을 심판하는 이성과, 이성의 명령에 따라 감정을 다스리는 의지의 존재를 강조한다.

가령 공포에 휩싸여 본능적으로 달아나려는 육체에 대해서 이성은 이렇게 말한다. "위험은 크지 않다. 비록 위험이 크다고 해도 달아나는 것보다는 자기방어를 하는 편이 한결 안전하다. 더구나 위험을 극복하고 났을 때의 영광이나 기쁨과, 달아난 후에 느낄 후회나 수치를 비교해보라." 그러면 이러한 이성의 설득을 듣고 의지가 발동하는 것이다. 그러나 이렇게 반대되는 감정을 불러일으킴으로써 한 종류의 감정의 함정에서 벗어나는 것은 '약한 영혼'의 경우이며, '강한 영혼'은 이기적 동기를 떠나서 감정에 대한 순수한 선악판단에 따라 행동한다. 그것은 모든 감정적 난조(亂調)를 통제하며 이성을 군림시킨다.

이러한 데카르트의 사상에는 물론 한계가 있다. 그것은 무엇보다도 질서라는 개념을 숭상했던 17세기 프랑스의 귀족문화의 소산인 동시에, 인간적 현실을 육체와 정신, 감정과 이성, 인간과 신 등의 이원론적(二元論的) 대립에 입각해서 살피던 사고의 관례를 반영하고 있는 것이기도 하다. 사실을 보면, 데카르트의 고매한 이상과 낙관적인 희망에도 불구하고, 또 어떠한 이성의 설득이나 어떠한 의지의 작용에도 불구하고, 다스려지기 어려운 감정이 있다. 마치 두꺼운 둑을 무너뜨리듯 흘러나오는 감정이 있는 것이다.

앞서 말했듯이 K군이 오죽잖은 영화를 보면서 눈물을 흘리고 그 사실을 내게 고백할 때에 구태여 '치사하게'라는 말을 덧붙인 것은 그러한 이유 때문이리라. 감정은 이성에 의해서 통제되어야 한다는 요청과 그것이 뜻대로 되지 않는다는 현실적 인식 사이의 분열이 그 한마디를 통해서 표현되어 있는 것이다. 그리고 이와 같이 마음대로 지배할 수 없는 감정의 존재를 인식할 때 우리는 데카르트를 떠나서 문학의 세계에 들어서게 되는 것이다.

＊

원초적 감정에 대한 지적(知的) 반성

문학에 있어서 감정은 어떤 지위나 역할을 갖는 것이냐는 물음에 대해서 우리는 물론 간단한 대답을 할 수는 없다. 문학이 나타내는 감정이 다양할 뿐더러 역사적 입장, 작가의 입장 또는 독자의 입장에 따라서 그것이 달리 조명되고 그 의미가 달라질 수 있기 때문이다. 여기서는 다만 일반적인 성격을 띠는 두 가지 문제에 대해서만 잠시 살펴보기로 하자. 첫째로는 우리가 임의로 지배할 수 없는 감정의 존재를 문학이 중요시한다는 말은, 문학이 반드시 감정의 표현으로 시종(始終)한다는 뜻이 되느냐는 문제이다. 둘째 문제는 비록 문학이 어떤 감정의 표출을 목적으로 삼고 있는 듯이 보일 때라도 문학적 언어는 감정에 의해서 산출되느냐는 것이다.

여러분은 내가 제기한 질문의 방식으로 보아 "그렇지 않다"는 대답이 준비되어 있다고 짐작할 것이다. 사실 나의 대답은 부정적이다. 우선 첫째 문제에 대해서 간단히 살펴보자.

감정은 모든 작품 활동의 뿌리에 있다. 그리고 그 감정은 무엇보다도 불행의 감정이다. 어떤 이유에서이건 간에 '나는 불행하다'는 느낌이 원초적으로 깔려 있지 않다면, 조화롭고 질서 잡힌 세계에서 행복이나 진리를 생득적(生得的)으로 체험하고 있다면, 아마도 문학은 물론 모든 예술은 존재의의(存在意義)를 잃고 말 것이다. "신의 나라에는 예술이 없다"는 앙드레 지드의 말은 바로 그것을 의미한다. 그러나 '나는 불행하다'는 감정은 출발점에 불과하다. 왜냐하면 작가나 시인은 이 불행의 감정에 대해서 제 나름대로 대처해나가기를 시도하는 사람들이며, 이 시도 자체가 바로 작품의 구체적 내용을 이루는 것이기 때문이다.

카뮈의 경우를 예로 들자면, 그의 말대로 '부조리의 감정'이 '부조리의 개념'으로 일반화되고 이 개념에 대해서 삶을 어떻게 규정해나가느냐는 것이 과제였다. 따라서 우리가 여기에서 강조해야 할 것은, 부조리의 감정 없이는 그의 반항도 '정오(正午)의 사상'도 또 육감적인 자연애(自然愛)도 태어나지 않았겠지만, 그러한 것에 이르기까지에는 원초적인 감정이 논리와 지성의 승화 작용을 겪었다는 사실이다.

이와 같은 말은 루소에 대해서도 할 수가 있으리라. 그가 어려서부터 정처 없이 떠돌아다닌 부랑아이며, 그러한 소외감이 마침내 그의 자연관을 형성시켰다는 이야기는 어느 프랑스 문학사에서도 찾아볼 수 있는 것이다. 나는 그런 설명이 전적으로 틀렸다고는 말하지 않는다. 그러나 문학의 이해는 작품에 나타난 사상의 감정적 근원의 이해 그 자체로 끝나는 것이 아니다. 루소는 사회에 대한 원망을 술타령이나 눈물이나 분풀이로 표현하는 대신에, 그것을 인생에 대한 반성의 계기로 삼았던 사람이다. 우리에게 중요한 것은 바로 이 지적 작업이다. 다시 말하면 사회에 대한 원한을, 한편으로는 자연과의 합일(合一)이라는 고귀한 지향을 강조하는 방향으로 승화시키고, 다른 한편으로는 사회 내 존재로서의 인간을 올바로 정립(定立)하려는 프로그램으로 변질시킨 반성적 작업이다.

이와 같이 작가나 시인이 원초적으로 체험한 불행의 감정 그자체가 결코 문학을 이루지는 않는다는 말은, 카뮈나 루소처럼 어떤 긍정적 결론을 찾아낸 경우뿐만 아니라, 더욱 커다란 불행에 빠져든 것 같은 사람들의 경우에도 해당된다. 가령 카프카의 『심판』이나 베케트의 『고도를 기다리며』를 읽고 나서 우리가 느끼는 절망감이 어디에서 오는 것인지 생각해보면 될 것이다.

그것은 이 세상에는 구원이 없다고 그들이 비탄의 소리를 질러대기 때문이 아니다. 그것은 행복을 찾아가면서도 결과적으로는 오직 불행만을 더욱 못 견디게 인식하게 된다는 역설에서 비롯된다. 이러한 탐구와 그 결과의 엄청난 어긋남이 우리에게 비극적 심연(深淵)을 감지케 하는 것이다. 요약해서 말하자면, 원초적 불행의 감정을 넘어서는 경우이건, 혹은 그것을 더욱 뼈저리게 확인하는 경우이건 간에, 모든 훌륭한 문학작품은 감정에 대한 지적 반성의 과정을 밟아나가는 것이다.

*

언어에 대한 성찰과 도전

이러한 이야기는 우리가 둘째로 제기한 문제에도 해당된다. 가장 단순하고 소박한 감정을 속임 없이 나타내고 있는 듯한 단시(短詩)에 있어서조차 우리는 시어(詩語)의 지적 조작(操作)을 찾아볼 수 있다. 가령 우리에게도 널리 알려진 베를렌에 대해서 잠시 생각해보자.

그는 비지성적(非知性的)인 입장에서 시를 쓴 가장 대표적인 사람처럼 여겨진다. 상징주의에 대해서 묻는 한 기자에게 그는 과연 이렇게 대답한다. "상징주의라니…… 그건 모르겠지만 괴로울 때, 눈물을 흘릴 때, 그런 것이 상징 같은 것과는 상관없다는 걸 나는 잘 안단 말이오……. 불행할 때는 나는 슬픈 시를 쓰는 것이지. 다만 그뿐이오."

그렇다면 베를렌은 눈물을 줄줄 흘리면서 순식간에 몇 줄의 시를 써버리고, 그것으로서 이른바 카타르시스를 한 것인가? 그렇지가 않은 것이다. 그는 감정의 자극과 감정의 표현은 다르다는 것을 누구보다도 잘 알고 있던 시인이다. 감정의 효과적인 표현을 위해서는 언어에 대한 성찰이, 전통적 시어에 대한 도전이 필요하다는 것을 인식하고, 이 인식의 기초 위에서 그의 시세계를 구축해나간 사람이다.

가령 "무엇보다도 음악을"이라는 시구로 시작되는 그의 유명한 『시작법』은 그의 의식적인 언어창조의 방법론을 밝혀주며, 이런 점에서 베를렌에 대한 발레리의 다음과 같은 평가를 우리는 수긍할 수 있는 것이다. "이 소박한 인간은 조직적인 원시인이다. 세상에 그 유례를 찾아볼 수 없는 독특한 원시인, 기막히게 능란하고 의식적인 예술가이기 때문에 태어난 원시인이다." 그리고 표면에 나타나지는 않지만 내면적으로 작용하는 이러한 지적 통제의 필요에 관한 엘리엇의 말도 함께 생각해보면 좋을 것이다. "정확한 정서를 표현하기 위해서는 정확한 사상을 표현할 때와 똑같이 커다란 지적인 능력이 요구된다."

*

감정의 과다증

서투른 문학원론 같기도 하고 매우 상식적인 이야기로 여겨지기도 할 이런 말을 왜 늘어놓았을까 하고 스스로 물어본다.

나는 아무리 훌륭한 감정이라도 냉철하게 살펴지고 논리화될 때에 비로소 지속적인 힘을 얻고 또 만인에 의해서 진실로 공유될 수 있으리라고 평소에 생각해왔다. 그런데 내가 주위에서 자주 보게 되는 것은 많은 사람이 이성의 차분한 언어에는 비교적 무감각하고 감정의 외마디 소리에는 예민하게 반응한다는 현상이다. 솔직히 말해서 그것은 나 자신의 실제의 모습이기도 하다. 일상생활에서 쓰이는 몸짓이나 말은 거창하고 거칠어야 상대방의 정서에 더 효과적으로 호소하는 것 같다.

문학에 대한 성찰을 직업으로 삼고 있는 사람들조차 반성되거나 규정되지 않은 감정적 구호를 자명한 것처럼 사용하기를 서슴지 않는다. 가령 "민족문학을 확립하자", "문학으로 통일을 촉진하자", "자유와 정의를 위하여 작품을 쓰자" 하는 따위이다. 하기야 괜찮은 구호들이다. 다만 그런 훌륭한 의욕이 정치적 성명서나 상업광고 아닌 문학 작품에서 구현되기를 원한다면 그 의미, 언어, 방법, 한계 등에 관한 세밀한 분석과 깊이 있는 고찰이 있어야 하는 것이다. 앞서 말한 것처럼 문학은 정열이나 감정 그 자체의 소산이 아니라 그것의 지적 처리를 위한 작업이기 때문이다.

그러나 내가 무엇보다도 답답하게 여기는 것이 있다. 그것은 어떤 정치적 목적을 위해서 감정의 질퍽질퍽한 습지에 빠져들기 쉬운 우리들의 습성을 이용하려는 사람들의 존재이다. 그들은 대동단결(大同團結), 반만 년 역사, 백의민족, 단군의 자손과 같은 신화화된 낱말들을 마치 이성에 의해서 검증된 확고부동한 원리나 진리인 양 내세운다. 그뿐 아니라, 가장 엄격한 내용 규정을 필요로 하는 반공, 민족 주체성, 근대화와 같은 용어조차 어느 틈에 감상화(感傷化)되어버리고 있다. 그리고 이러한 단어들에 몇몇 상투적인 수식어를 붙여서 웅변적으로 외쳐대면 민중은 노여움이나 흥분의 극점에 이르고, 정치적 조종이 쉽사리 이루어지는 것이다.

토론이나 검토의 과정을 쑥 빼버리고 감행되는 이런 행위가 비단 정치판만 아니라, 가정이나 직장이나 학교에서도 널리 퍼지고 있다. 만일 감정에 휩쓸리기 쉬운 민중의 편향성을 더욱더 조장하는 그런 관례가 지속된다면 민주주의는 날이 갈수록 더욱 멀어져갈 것이다. 그렇다면 참으로 답답하고 암담하기까지 한 노릇이다.

그러니까 나는 일상생활, 문학, 정치적 분야를 불문하고 한결같이 나타나고 이용되는 이 감정과다증을 어떻게 극복할 수 있겠느냐는 어려운 질문을 자신에게 던지면서 이 글을 쓴 셈이 된다. 한 문학도로서는 개개의 작품에 있어서 감정이 지성과 맺게 되는 관계를 강조하고, 그럼으로써 이 전반적인 증상에 대응하는 데 다소라도 도움이 되기를 바라면서.

『세대』, 1975년 1월호●

현실적인 것이란 무엇인가?

    십여 년 전에 어느 잡지사가 마련한 좌담회에 참석한 일이 있었다. 주제는 '문학과 현실'이었다. 그 자리에 모인 다섯 사람은 우선 현실이라는 낱말의 의미를 규정하기로 의견을 같이했다. 그것은 마땅한 일이었다. 어떤 좌담회나 심포지엄이 성공하기 위해서는 사용되는 용어의 의미를 되도록 명확하게 제한하고, 참석자들은 그렇게 규정된 낱말의 뜻을 표점(標點)으로 삼아서 이야기를 진행시켜나가야 하기 때문이다. 그렇지 않으면 저마다 동일한 용어를 가지고 다른 이야기를 해서 대화가 이루어지는 대신에 독백의 병렬(竝列)상태가 초래되기 쉬운 것이다.

    따라서 현실이라는 말의 뜻을 먼저 규정하자는 의도도 제의도 좋았다. 그러나 얻은 결과는 매우 한심스러운 것이었다. 그 의미에 대해서 갑론을박(甲論乙駁)이 시작되었던 것이다. 현실은 무엇보다도 사회적 현실의 뜻이라고 주장하는 사람이 있는가 하면, 반대로 개인의 심리적, 정신적 현상에 중심을 두는 사람도 있었다. 우리가 직접적으로 의식할 수 있는 대상을 현실이라고 좁혀서 생각하자는 견해에 대해서는, 상상작용이나 종교적 체험을 통해서 얻어지는 결과까지도 현실에 포함시켜야 한다는 의견이 팽팽히 맞섰다. 그리고 그런 왈가왈부만 되풀이되고, 본론의 문턱에 들어서기도 전에 예정 시간이 반이나 지나가버렸다.

우리는 어떻게 해서든지 현실이라는 말의 의미를 정리해보고, 그것이 문학과 가질 수 있는 관계를 살피기로 했다. 그래서 사회를 맡은 사람이 참석자 모두에게 만족이 가도록 이렇게 말했다. "여러분이 지금까지 말씀하신 것은 모두 일리가 있다고 생각합니다. 그러니까 현실이란 우리들 주위에 혹은 우리들 속에 있는 모든 것이라고 일단 정의해놓고 본론으로 들어가면 어떻겠습니까?" 모두들 그 당장에는 끄떡끄떡했지만, 그런 어렴풋하고 제한 없는 넓은 정의(定義)로 이야기가 제대로 진행될 이치가 없었다. 그것은 마치 우리의 미래란 무엇이냐는 질문에 대해서 앞으로 올 시간이라고 대답하는 것과 마찬가지로, 정의라기보다도 단순한 바꿔 말하기에 불과했다.

우리는 결국 무슨 결론을 향해서 이야기를 모아가기는커녕, 두 시간 남짓 제멋대로 떠들다가 일어섰을 따름이었다.

*

현실이란 무엇이냐는 문제를 두고 우리가 그 좌담회에서 겪은 혼란은 지금 생각해보면 참석자들의 근본적인 무능의 소산이라기보다도 기술적인 실수 때문인 것 같이 여겨진다. 좌담회가 있기 전에 주최 측에서 현실이라는 단어 앞에 '정치적', '사회적', '한국적'과 같은 형용사를 붙여주었거나, 혹은 참석자들 자신이 그런 형용사를 자진해서 붙였다면, 이야기는 한결 구체적으로 재미있게 진행되었을 것이다. 한데 우리는 철없게도 현실이라는 개념을 총괄적으로 파악하려고 하다가 실패한 것이다. 그래서 그 사회자의 말대로 현실이란 우리들의 내부와 외부에 있는 모든 것이라는 하나마나한 이야기가 나온 것인데, 일단 총괄적인 입장에 설 때는 누가 그 이상의 대답을 할 수 있겠는가? 우리의 지각(知覺)과 상상을 통해서 파악되는 유형무형의 일체의 대상을 일단 현실적인 것이라고 보자는 의견에 대해서 반대할 사람은 별로 없으리라. 태양, 전쟁, 아메바, 그대의 눈동자, 음악의 소리, 굶어 죽는 거지, 또 어떤 사람에게는 요정과 유령, 그리고 무엇보다도 나 자신의 존재…… 그 모든 것이 현존하고 있는 것이다.

그러나 현실적인 것에 대해서 이야기한다는 행위는 존재하는 모든 것의 목록을 꾸미기 위한 것은 아니다. 삼라만상(森羅萬象)의 목록을 꾸미고 그것이 모두 내 오관(五官)에 느껴지니까 현실적 존재라고 생각하는 데 그친다면, 인간이 빠져나오려고 애써온 혼돈상태로 다시 빠져드는 결과밖에는 안 될 것이다. 도대체 그런 혼돈상태로의 함입(陷入) 자체가 불가능한 일이기도 하다. 어린애가 주위에 있는 것들을 바라보고 그것을 하나씩 둘씩 불러볼 때조차, 사물은 그의 눈과 입을 통해서 이미 대상화(對象化)되고 마치 포도송이처럼 뭉쳐져서 그 조그만 의식 속에 하나의 세계로 형성된다. 엄마라고 부르면 다정한 미소를 띠면서 젖을 물려주는 한 여성이 존재하는 것을 우리가 알았을 때부터, 타자(他者)와 사물은 그 본래의 순수성—무의미성, 무근거성이라고 해도 좋다 —을 잃고 우리와 어떤 특정된 관계를 맺게 된다. 이 여성이 내 엄마라는 인식은, 그녀의 존재를 나와의 관련 하에서 규정하고 제한하고 의미화하는 행위이며, 이때부터 벌써 우리는 존재하는 것에 대한 의미 부여자(附與者)로서의 입장에 서게 되는 것이다.

현실적인 것, 존재하는 것이 문제가 되는 것은 바로 이러한 측면에서이다. 우리는 존재하는 것에 대해서 의미를 부여한다. 그러나 괴로운 문제가 생긴다. 왜냐하면 사물은 우리가 애초에 쳐놓은 의미의 그물 속에 얌전하게 갇혀 있지 않기 때문이다. 그 그물은 부단히 찢긴다. 대상 자체의 변모에 의해서, 그리고 또 대상을 보는 우리의 눈의 변모에 의해서. 이리하여 우리는 무릇 존재와의 관계를 새롭게 규정해나가는 것이다. 따라서 현실을 인식한다는 것은 현실과의 드라마를 연출한다는 뜻이며, 이 드라마가 이른바 문명을 이루어왔다. 이렇게 볼 때, 문명이란 존재한다고 생각되는 모든 것에 대한 다음과 같은 여러 가지 반성적 질문에 대한 대답의 방식이었다고 말할 수 있다.

우리가 어떤 대상에 대해서 부여한 의미는 진정하고 영구불변(永久不變)한 것인가? 우리의 인식능력에는 한계가 있는가, 만일 그렇다면 우리는 대상 그 자체의 비밀을 완전히 드러낼 수는 없는 것이 아닌가? 변하는 외모(外貌)의 밑에는 과연 그런 변하지 않는 본질적인 비밀이 있는가? 무릇 존재는 그냥 제멋대로 널려 있는 것인가, 혹은 그들 상호간에 어떤 질서를 형성하고 있는 것인가? 우리는 현존하는 것을 어떻게 바꾸어나가야 하겠는가? 서로 연결된 이러한 질문에 대해서 인류는 예술, 종교, 철학, 과학 등 모든 분야에서 제 나름대로 대답을 시도해왔다. 한데 각 분야의 독특한 시각이나 방법론을 넘어서서 어느 정도 공통적이며 기본적이라고 여겨지는 현실파악의 세 가지 양상이 있을 것 같다.

*

우선 가장 상식적이라고 여겨지는 양상으로부터 이야기를 시
작하자. 그것은 현실이 쉴새없이 달라지고 새로 발견되고 새로
창조된다는 것이다. 자연이 우리에게 베푸는 사계(四季)의 변화
로부터 우리 스스로가 자연에 대해서 가하는 인위적 변화에 이
르기까지, 현실의 모든 것은 결코 고정되어 있는 법이 없다. 한
데 이와 같이 달라지고 새로 만들어진 현실은 그것 자체가 기쁨
이나 슬픔을 가져올 뿐 아니라 주위의 것을 변모시킨다. 가령 손
바닥만한 마당 한 모퉁이에 핀 6월의 장미꽃을 생각해보자. 그
꽃은 물론 그것 자체로서 아름답다. 그러나 그것은 동시에 주위
에 있는 사물들과 관련을 맺고, 그 사물들이 그 한 송이 꽃으로
말미암아 다른 의미를 띠고 변모한다는 것을 우리는 곧 알게 된
다. 기적처럼 붉게 피어난 그 꽃이 있기에 을씨년스럽던 토벽이
유난히 따뜻하게 느껴지고, 푸른 하늘이 더욱 짙푸르고, 누리끼
리한 초가지붕도 그 찬란한 붉은 빛과의 대조 하에 생기를 띠게
되고, 한겨울의 골방처럼 추웠던 내 마음이 바깥을 향해 활짝 열
리는 것이다. 이와 같이 하나의 새로운 현실의 탄생은 기존의 현
실을 변신시키고 세계는 그것과의 관련 하에서 재구성, 재조직
되는 것이다.

하기야 한 송이 장미꽃을 발견할 때처럼 세상이 그렇게 기쁨을
향해 달라지기만 하는 것은 물론 아니다. 육신의 노화에 대한 자
각은 정반대로 삼라만상을 구슬픈 잿빛으로 물들여놓고, 또 외래
문명의 침입이나 새로운 과학적 발견은 기존 사회의 질서와 세계

관에 대한 도전을 의미한다. 갈릴레오의 지동설(地動說)을 알게 된 카톨릭 교회가 왜 그를 학대했는가, 구한말(舊韓末) 이후 오늘날까지 밀려온 서양사상의 물결에 마주쳐서 우리가 어떠한 반응을 보여왔는가 하는 따위의 일을 생각해보면 알 것이다. 개인적으로나 집단적으로나 새로운 현실의 발견, 창조, 탄생은 그것 자체로서의 제한된 의미만을 지니는 것이 아니라, 우리가 알아온 기존의 무릇 사상(事象)에 대해서 긍정적이건 부정적이건 간에 작용을 가하는 것이다.

*

둘째로는 우리가 현실이라고 생각하는 것이 사실은 완전한 실체(實體)가 아닐지도 모른다는 의심을 품어볼 수가 있다. 우리의 눈에 띄는 현실은 하나의 외모, 가상(假象) 또는 부차적 결과에 지나지 않으며, 그 밑에는 더욱 근원적인 원인, 실체, 본질과 같은 것이 있으리라는 생각에 끌린 것이 사상(思想)의 역사의 큰 흐름이다. 그리고 만물의 근원이 물이라고 주장한 탈레스나 모든 존재에서 무(無)를 본 노자로부터 오늘날의 구조주의에 이르기까지 이러한 노력을 경주해온 사람이 주로 철학자들이라는 것은 두말할 필요도 없다.

그러나 이 같은 노력은 또한 과학과 문학의 분야에서도 한결같이 추구되어왔다. 의식의 표피(表皮) 밑에 깔린 더 근본적인 무의식의 영역을 추구한 프로이트의 혁명적 업적에 대해서 길게 이야기할 필요는 없을 것이다. 또한 가장 경험이 적은 의사들조차 겉으로 나타나는 현상이 사실은 어떤 내부적인 증상의 징조일지도 모른다는 의심을 그들의 진단과 치료의 토대로 삼고 있다. 그들은 작은 부스럼에서 무서운 암세포를 발견할 수도 있고, 또 반대로 지독한 소화불량이 가벼운 신경병의 소산이라고 밝히기도 한다.

작가나 시인도 본질적으로는 철학자나 과학자와 같은 작업을 하는 사람들이다. 우리는 문학의 언어와 방법이 철학이나 과학의 그것과 다르다는 것을 알고 있다. 문학에서는 논리, 실증, 체계의 엄격성보다도 감성, 직관, 상상의 권리가 주장되며, 그 언어는 객관적 사실보다도 주체적 체험의 기술을 위해서 바쳐져 있다. 그러나 이러한 상이점과 함께 강조되어야 할 것은, 문학 역시 현실을 심층적으로 탐구하고 존재의 핵(核)을 찾아내려는 행위라는 점이다. 이러한 이야기는 가령 하나의 모래알에서 세계를 보고 한 송이의 야생화를 통해서 하늘을 보려던 윌리엄 블레이크나, 인간이 상징의 숲을 지나간다고 생각한 보들레르와 같은 시인들에 관해서만 할 수 있는 것이 아니다. 그들과 가장 멀리 떨어져 있다고 문학사가 설명하는 에밀 졸라조차 유전과 환경의 두 요인에 의거해서 인간의 무릇 현상을 지배하는 비밀을 파악하려고 했다.

분야에 따라서 다루는 대상과 보는 각도가 다르고, 또 사용되는 수단과 언어가 다를망정, 현실의 양상들을 소박하고 겸손하게만 받아들이지는 않으려는 노력이 인간다운 활동이다. 바로 그 활동이 주술(呪術)로부터 엄격한 논리에 이르기까지, 그리고 가장 순수한 사변으로부터 가장 복잡한 응용과학에 이르기까지, 문화를 이루어온 것이다.

*

    그러나 우리가 사로잡으려는 현실은 우리 자신으로 말미암아 달라진다는 것을 나는 마지막으로 지적해두려고 한다. 인식의 대상이 시시각각으로 달라질 뿐만이 아니다. 그와 동시에 인식의 주체인 우리 자신의 육안과 심안(心眼)이 한결같고 동질적일 수 없고, 또 이상적인 카메라의 렌즈와 같이 결코 객관적이지도 않은 것이다. 가령, 한 무리의 사람들에게 '달', '내 마음', '우리의 조국'과 같은 제목으로 작문을 시켜보면 천차만별의 세계관과 사물관이 그 글들에 나타날 것이다. 사람마다 자기의 문화적 배경과 과거의 경험과 미래의 기도에 따라서 다르게 조정(調整)된 렌즈를 가지고 있다. 또한 개개인의 렌즈가 일단 조정되면 그 후로는 변화하지 않으리라는 보장도 없다. 같은 책이라도 두 번 읽고 세 번 읽음에 따라서, 우리가 새로운 사실을 발견하고 새로운 느낌을 갖게 되는 것은 자신의 렌즈가 그동안 달라졌다는 것을 의미한다. 그러니까 대상은 삼중(三重)의 변화를 겪으면서 우리 앞에 나타난다. 대상 자체가 달라지고 너와 나의 렌즈가 동일하지 않으며 또 나 자신의 렌즈 역시 달라져가기 때문이다.

    그렇다면 여기에서 비롯되는 현실의 양상의 상대성과 가변성을 우리는 기뻐해야 할 것인가, 또는 슬퍼해야 할 것인가? 그것은 아마도 기쁨과 동시에 슬픔이리라. 사물 자체의 변화는 고사하고라도, 불가피하게 변덕스러운 인간의 심성(心性)은 인지(人智)의 일치라는 목표가 한낱 환상임을 뼈저리게 실감케 하는 동시에, 우리의 세상을 풍요롭게 만들어주는 것이기도 하다. 우리가 서로 다르고 스스로 달라져가기 때문에, 상호간에 있어서 그리고 심지어 나 자신의 과거와 현재에 있어서 커뮤니케이션이 이루어지지 않고 단절과 분열이 되풀이된다. 그러나 다른 한편으로는 변덕스러운 렌즈의 덕분으로 예측할 수 없었던 신나는 세상이 태어난다. 피카소의 렌즈의 변화가 가져온 가지각색의 여인의 모습들 하나하나가 우리에게 안겨주는 놀라움과 기쁨을 생각해보라. 또한 과학적 이론의 혁명이 가져온 오늘날의 희한한 물건들을 생각해보라. 개인의 생애도 인류의 역사도 새로운 눈으로 자아와 세계를 보아나가는 과정(過程) 이외의 다른 것이 아니다.

*

내가 지금까지 말한 현실적인 것과 관련된 세 가지 측면은 각각 독립해 있기는커녕 서로 연계된 것이다. 달라진 현실과 새로운 현실의 출현은 우리가 현실의 밑에 깔려 있다고 상정(想定)해온 본질에 대한 생각을 달리 하도록 만들고 우리의 렌즈를 바꿔버린다. 예를 들어, 오지(奧地)의 원주민의 생활을 발견하고 연구한 근대의 인류학은 서양 사람들에게 이른바 유럽 중심주의적 문화관(文化觀)으로부터의 탈피를 재촉하고, 세계의 다양한 문화를 새로운 각도에서 살피게 만들었다. 더 비근한 예를 들자면, 사르트르의 『구토』를 읽고 존재의 부조리를 새로 인식하고, 그럼으로써 인간과 세계의 본질에 관한 지금까지의 총괄적(總括的) 생각을 고치고 그 후 다른 눈으로 현실을 보게 되는 일도 있을 것이다. 우리는 무한히 펼쳐지는 이러한 현실 파악의 드라마에 참여하면서 삶을 이어나간다. 그리고 그 과정 속에서 여러 가지 시도와 성공과 실패를 거듭해나가고 그것을 남에게 전달하고 서로 비판하면서 진리에 이르려고 한다.

개방된 사회란 다름 아니라 불변의 진리의 가능성을 배제하지 않으면서도 현실인식의 상대성을 존중하는 사람들에 의해서 구성된 사회이다. 가변성과 다양성이야말로 문화 발전의 원동력임을 아는 사람들의 사회이다. 그러나 때에 따라서는 또 곳에 따라서는 한 인간이, 한 관습이, 한 체제(體制)가 한 가지 편견이나 고정관념을 마치 유일무이한 진리처럼 내세워서 대화와 토론의 여지를 봉쇄하고 상대적 입장을 거부하는 수가 있다. 목표로서 설정되어야 하겠지만 아마도 끝끝내 발견될 수 없을 절대적 진리를, 어떤 개인이나 제도가 이미 소유하고 있는 것으로 전단(專斷)하고 횡포를 부릴 때 사회는 생명력을 상실하는 것이다. 독단과 독재정치에 대한 투쟁이 필요한 가장 큰 이유가 바로 여기에 있다.

『세대』, 1975년 2월호●

4 · 19를 생각한다

내가 중급 프랑스어의 교재로 사용하는 책에 프랑스 혁명기념일을 다룬 짤막한 글이 들어 있다. 그 글을 쓴 장 뒤투르의 말에 의하면 그들이 기념하는 7월 14일은 오늘날 온 국민이 먹고 마시고 춤추는 날로서만 뜻이 있다. 국론이 갈라지고 정당과 단체와 개인들이 서로 다투기를 잘 하는 그 나라에서도, 그날만큼은 일종의 휴전이 성립되고 온 누리가 왜 그런지 즐거운 기분에 휩싸인다. 7 · 14의 의의(意義)가 어디 있으며 후대는 그것을 올바로 계승했느냐는 따위의 문제를 두고 왈가왈부하는 일은 적어도 그당일에는 전혀 없다는 역설을 그들은 살고 있는 것이다.

그렇다면 우리의 4월 19일은 어떠한가?

우리의 경우에는 그날은 춤추며 노는 날이기는커녕 그 뜻을 따지고 반성하고 조국의 장래를 걱정하고 새삼 결의를 굳히는 날이 되어왔다. 프랑스의 혁명기념일을 부러워해보아야 별수가 없는 노릇이다. 2백 년 전에 일어났고 또 파란만장한 과정을 겪었을망정 그 이념이 벌써부터 정착되어 있는 프랑스의 7 · 14는 우리 아닌 그들의 것이다. 우리의 것, 그것은 불과 18년 전에 일어났고 아직도 진행중에 있는 혁명의 기념일이다. 우리는 이 시점에 있어서뿐만 아니라 아마도 상당히 오랜 시일을 두고 그날의 피와 외침을 우리의 현실로서 살아나가야 할 처지에 놓일 것이다. 우리에게는 아직도 춤을 출 권리는 없고 날카로운 눈초리를 우리의 안과 밖으로 던져야 할 의무만이 있을 뿐이다.

18년 전의 그날 무슨 일이 일어났고 그 후 어떻게 되어왔는지 우리는 저마다 잘 알고 있다고 생각할 것이다. 부정과 독재에 대한 학생들의 항거, 그들이 앞장서서 전취(戰取)한 민족의 승리, 그러나 이윽고 펼쳐진 기괴하고 불안스런 자유, 그리고 겨우 일년 후에 닥쳐온 5·16, 그 다음으로는 국가안보와 민주주의와 경제발전이라는 세 가지 요청을 동시에 충족시키기 위한 괴로운 시도와 아슬아슬한 곡예……. 그것은 지금도 계속되고 있다.

이러한 과정을 돌이켜볼 때, 4·19가 부르짖은 민주주의와 자유는 우리가 기어코 달성해야 할 목표인 동시에 어려운 숙제를 안겨준 것이라고 말할 수밖에 없다. 비유적으로 말하면 4·19는 새롭고 쾌적하고 튼튼한 집을 짓기 위한 정지작업을 해준 것이며, 그것 자체가 그런 집은 아니었던 것이다.

그날의 뜻을 둘러싼 많은 논의와 오해의 밑바닥에는 바로 차원이 다른 이 두 가지의 것에 대한 혼동이 깔려 있다. 이 혼동은, 세월과 더불어, 정열적인 젊은 세대의 마음속에서 4·19가 절대적 신화처럼, 이미 실현된 이상처럼 응고(凝固)되어감에 따라 더욱 더 커졌다. 모든 고발과 반발과 행동이 4.19의 이름 아래서 펼쳐져왔다. 그들은 4.19의 주역들이 피로써 닦아놓은 터전 위에 훌륭한 집을 짓는 작업이 어려운 작업이라고 느끼기보다도, 마치 그날에 세워진 위대한 건물이 다시 무너진 것이 그간의 경위인 듯이 느껴온 것이다.

나는 내 뒤에 온 세대의 사람들의 그런 심정을 이해할 수 있을 것 같다. 그 후의 사태의 진전을 보고는, 나 역시 소중하고 화사한 꿈이 한낱 환상에 지나지 않았다는 크나큰 슬픔에 입안이 쓰디쓴 일이 한두 번이 아니었기 때문이다.

그러나 느낌의 수렁에 빠지는 것이, 느낌만을 행위의 근거로 삼는 것이 얼마나 큰 불행을 초래하는 것인지 나는 알고 있다. 그것은 나만이 아니라 누구나 다 아는 일이다. 어렵고 괴롭지만, 느낌의 유혹에서 벗어나서 제 몸을 에이는 듯한 냉철한 인식과 지적(知的)인 성찰이 꼭 필요하다는 것도 우리 모두가 잘 알고 있는 일이다. 따라서 왜 우리는 4·19의 터전 위에 화려하고 튼튼한 집을 아직도 못 짓고 있는지를 생각해보아야 하는 것이다.

이것은 매우 어려운 문제이다. 이 문제에 대해서 우리는 정치적, 경제적 또는 사회적 각도에서의 조명을 시도할 수 있을 것이며, 또 그런 시도는 이미 오래전부터 이루어져왔다. 그러나 어떤 각도에서 조명을 던지건 간에 그것은 모두 자유와 질서 사이의 드라마로 수렴될 수 있을 것이다.

4·19가 기약한 듯이 보인 자유의 전망은 그 후 일 년 동안 깊이 우려할 만한 무질서로 전락했다. 하기야 이런 무질서는 장기간에 걸친 억압에서 해방되었을 때의 반동이며—내 머리에는 내가 체험한 또 하나의 혼란이, 즉 8·15 해방 직후의 혼란이 다시 떠오른다—, 세월의 시련을 겪음에 따라 차차 바로잡혀나갈 성질의 것이었는지도 모른다. 그러나 우리는 다만 시간이 갖다줄

자연적 치료에만 기대할 수는 없는 처지였다. 정치적 훈련의 부족, 자기통제의 윤리의 결핍, 그리고 무엇보다도 우리의 약화된 사회구조를 노리는 공산 침략의 위험, 그 모든 것이 미구에 엄청난 결과를 가져올지도 모른다는 불안을 자아내고 무슨 시급한 대책을 갈구(渴求)하게 했다.

그러자 5·16이 왔고, 이번에는 질서가 지상(至上)의 목표인 양 떠받들어졌다. 그때 우리는 우리가 아끼고 보살피지 못한 자유를 회한에 쌓인 마음으로 그리워하기 시작했다. 질서의 이름으로 가해진 통제가 갑갑하게 느껴짐에 따라서, 그렇게도 어지러웠던 지난날이 오히려 아름답게 생각되었다. 이러한 리플렉스는 1960년의 사태를 직접 체험하지 못하고 4·19를 우상화하는 젊은층이 늘어날수록 더욱 두드러져갔다. 감상적(感傷的)이고 추상적이고 탈상황적(脫狀況的)인 구호 아래서 연일 벌어진 데모가 대학을 황폐화할 지경까지 몰아넣었다.

그렇다면 자유와 질서는 상호배제적이며 우리는 양자 중의 하나를 선택해야만 하는 것인가? 대부분의 사람들과 마찬가지로 나는 그렇게 생각하기는커녕 정반대로, 질서가 없는 자유는 무정부 상태이며, 자유의 증진에 이바지하지 않는 질서는 폭력이라고 단언하려고 한다.

그 양자의 관계는 유희와 규칙의 관계와 같다. 우리는 어떤 규칙이 없는 유희를 생각할 수 없고, 또 유희 그 자체를 불가능하게 할 정도로 까다롭고 물신화(物神化)된 규칙의 존재를 받아들일 수 없다. 자유와 질서 사이에도 이와 같은 긴장관계가 유지되어야 한다. 질서는 한낱 조건이며 자유야말로 최고의 가치인 것은 사실이다. 그러나 질서는 자유 그 자체의 운명과 직결된 필수적인 조건이다.

그러나 다른 모든 경우와 마찬가지로 이 경우에도 아는 것은 쉽지만 실천하는 것은 어렵다. 인류의 역사는, 특히 근대의 역사는 이 양자 사이의 바람직한 긴장관계를 스스로 만들고 그것을 알맞게 유지하기 위해서 장구한 세월을 두고 애써온 기록이라고 말해도 과언은 아니다. 그 과정에 있어서 때로는 산고(産苦)와도 같은 고통을 겪어야 했고 또 때로는 크나큰 좌절과 반인간적인 폭력이 수반되기도 했다. 그것은 지금도 계속되고 있다.

우리는 질서 속에서의 자유, 자유를 위한 질서라는 이 어려운 목표가 지금 당장에 또는 우리가 살고 있는 동안에 이상적으로 이루어지는 기적을 바랄 수는 없다. 그것이 지나친 욕심임을 투철하게 인식하면서도 그 방향으로의 노력을 서로 꾸준하게 이어나가는 것이 우리에게 남은 유일한 길이다.

우리는 악순환에서 벗어나야 한다. 4·19의 이념이 일조일석(一朝一夕)에 실현되기를 바라는 조급한 사람과 그것이 영원히 실현될 수 없다고 생각하는 지친 사람은 쌍생아이다. 전자(前者)의 근거 없는 희망과 과격주의는 후자를 낳고, 후자의 절망은 전자의 몸부림을 초래한다.

그리자 그 틈에서 질서지상주의가 불가피한 요청처럼 출현해서 자칫 자유라는 궁극적 가치에서 유리된 채 우리를 지배하려고 한다. 나는 이런 슬픈 인과관계가 우리 모두의 지성의 힘으로 극복되는 날을 꿈꾸어본다. 그리고 언젠가 나의 후대(後代)에 이르러서는 4·19가 프랑스의 7·14처럼 노래하고 춤추는 잔칫날로

달라질 때가 오리라고 믿는다. 아마도 그것이 수유리에서 잠들고
있는 영령(英靈)들이 못내 바라는 것이기도 할 것이다.

『대학신문』, 1978년 4월 17일 ●

노블레스 오블리주

  18세기의 계몽 사상가들은 그 어떤 시대의 사상가들보다도 인간의 평등을 열렬히 주장했다. 특히 루소는 인간의 불평등한 관계가 지배자와 피지배자 사이의 관계에서 생겼으며, 사회제도의 근본적인 개혁 없이는 이 불평등이 존속하리라는 것을 일깨워주었다.

  이것은 누구나 다 아는 사실이다. 그렇지만 계몽 사상가들의 외침에도 불구하고 인간은 어쩔 수 없이 불평등한 관계를 맺어왔다. 법 앞에서는 만인이 평등하다는 말을 자주 하지만, 그것조차도 대부분의 경우에 관념적, 추상적인 개념에 불과하고, 법의 혜택과 보호와 응징이 모든 사람에게 공평하게 베풀어지기를 바라는 것은 실현되기 어려운 이상으로 남아 있다.

  한데 이러한 불평등한 일이 특히 눈에 띄는 것은 직책과 관련될 때이다. 지위가 높은 사람에게는 여러 가지 특권이 따른다. 더 많은 보수를 받고 좋은 자동차를 얻어 타고 훌륭한 시설을 갖춘 사무실을 넉넉히 쓰고 상류사회와 접촉할 기회를 더 많이 갖는다. 이것은 비록 자본주의 사회의 현실일 뿐 아니라 사회주의나 공산주의를 내세우는 사회에 있어서도 마찬가지이다. 그러나 생각하기에 따라서는 직책에 따른 이런 특권은 반드시 배격되어야 할 성질의 것은 아니다.

첫째로, 그것은 직책에 상응하는 위신의 상징이 되고 이 상징은 현실적으로 필요하기도 하다. 가령 임금이 평민과 같은 집에 살고 같은 옷을 입어서는 임금으로서의 체통이 서지 않고 누구나 그를 함부로 대할지도 모른다. 호화로운 궁전과 복식은 그를 두렵고도 존경할 만한 인물로 구별짓는 역할을 해주는 것이다. 둘째로, 이런 특권은 민주주의의 사회에서도 자극제로서의 기능을 한다. 개인적인 이익에 대한 어느 정도의 전망이 서지 않으면 기업의 의욕이 생기지 않듯이, 어느 정도의 특권이 보장되지 않으면 구태여 어렵고 중요한 직책을 맡을 생각이 나지 않을 것이다. 어떤 사람은 이런 말이 이기주의적 인간관에서 나온 것이라고 비난할지도 모른다. 다만 그런 비난을 일삼는 점잖은 도학자들이 알아두어야 할 것이 있다. 그것은 인간에게는 누구나 천박하고 타산적인 마음이 있으며, 훌륭한 사회는 그런 약점을 지닌 인간들의 에너지를 생산적으로 조직하고 조정(調整)해나가는 데 있다는 역설이다.

따라서 직책에 따른 불평등과 특권은 그것이 일정한 범위 내에 머무르고 온당하게 이용되기만 한다면 오히려 환영받을 만한 것임을 애써 부정하지 말자. 다만 세상의 모든 일은 우리가 바라는 만큼 그렇게 잘 되어나가는 것은 아니다. 그것은 특권의 향유(享有)에 있어서도 마찬가지이다. 특권이란 남용되기 쉽고 자칫하면 그 본래의 뜻에서 탈선해서 행사될 때가 많기 때문이다.

무엇보다도 우려할 만한 것은 직책이 부여하는 특권을 대인관계의 모든 면에까지 넓히려는 경향이다. 다시 말하면 직책적인 이점(利點)을 인격적인 차원으로까지 확대하여, 상위직에 있는 사람이 하위직에 있는 사람을, 사람 그 자체로서 지배하려는 경향이다. 만일 이 경향이 정당화될 수 있다면, 그것은 인격적으로도 상위자가 반드시 월등하고 하위자는 반드시 열등하다는 가정하에서이리라. 그러나 행인지 불행인지는 몰라도 이 가정은 성립될 수가 없다. 경우에 따라서는 도리어 반대일 수도 있다. 그리고 상하의 관계가 원만하지 않은 것은 많은 경우에 상위자가 자신의 인격적 결함이나 열등성을 상위자로서의 특권으로 위장하고, 자신의 약점을 가리기 위해서 권력을 남용하기 때문이다.

　이것은 곧 특권을 누리는 상위자의 책임이 한결 크고 그 행동이 한결 어렵다는 것을 의미한다. 부하가 상사의 신임을 얻는 것보다 더 중요한 것은 상사가 부하의 신뢰를 얻는 것이다. 그렇다면 그 길은 무엇인가? 그것은 부하의 인격을 존중한다는 한마디 말로 요약될 수 있다. 하지만 그러기 위해서는 상사된 사람 자신이 부단히 인격을 도야(陶冶)해나가야 한다. 자신의 인격에 대한 깊은 반성이 없는 사람이 남의 인격을 존중한다는 것은 생각할 수 없는 일이기 때문이다.

　그렇다면 인격을 갖춘다는 것은 또 무엇인가? 그것은 매우 어려운 문제이다. 그것은 결코 점잔을 뺀다든가 유식한 체한다든가 위압적인 제스처를 보인다거나 하는 이른바 '태도의 희극'과는 아무 관련이 없다. 윤리학자가 아닌 나로서는 이 문제에 대한 부분적인 대답으로서 다만 다음의 두 가지 점을 들어두고 싶다.

첫째는, 이성(理性)에 의한 자기통제이다. 우리는 흔히 감정에 치우치고 근거 없는 우월감에 사로잡힌다. 이 위험은 상급자가 될수록 더욱 크다. 소리를 지르거나 욕설을 퍼부으면 부하직원이 겉으로나마 복종하는 체하니까 그것이 통솔의 좋은 방법이라고 오해하게 되는 수가 생긴다. 그러나 사실은 그는 경멸의 대상이 되고 언젠가는 반항이라는 복수를 당하게 될 것이다. 따라서 명철한 상황의식과 이성적인 판단으로 자신의 충동을 억누르는 고행(苦行)을 자기 자신에게 과해야 하는 것이다.

둘째로, 훌륭한 인격자는 인간의 약점에 대한 깊은 이해를 가진 사람이라고 말할 수 있다. 우리는 누구나 변덕스럽고 이기적이고 유혹에 빠지기 쉽고 또 터무니없는 짓을 할 가능성을 지니고 있다. 그것이 신이 아닌 인간의 조건이며 숙명이라고까지 말해도 좋을 것이다. 물론 진정한 삶의 길은 바로 이러한 약점과의 부단한 투쟁에 있으리라. 그러나 모든 선의와 노력에도 불구하고 때로는 힘이 미치지 못해, 또 때로는 본의 아니게 실수를 저지르고 약점을 노출하는 일이 허다하다. 이때 필요한 것이 관용이다. 관용이란 상대방을 너그럽게 보아준다는 자비적(慈悲的)인 태도의 소산(所産)이라기보다도 "나 역시 언제 잘못 생각하고 실수를 저지를지도 모른다"는 자기인식의 소산이어야 한다. 만일 이 인식이 결여되면 우리는 인격자 아닌 위선자가 되고 또 때로는 인생의 동반자가 아닌 잔인한 폭군이 될 것이다.

이렇게 보면 특권 있는 상급자는 사실은 괴로운 의무를 지닌 고행자(苦行者)이다. 이 고행은 수도승의 고행만큼이나 힘든 것이다. 그러나 그 어려움을 스스로 걸머지려는 의지와 용기가 있을 때에야 비로소 그는 하급자의 존경을 받고 원만한 상하관계를 이어나갈 수 있을 것이다. 이런 것이 노블레스 오블리주(Noblesse oblige)라는 말의 윤리적, 사회적 의미이다.

『정화』, 1981년 8월호●

민족문화를 위하여

"세계문명에 있어서 유럽은 그 절대적 우월성을 누려왔다. 모든 훌륭한 정신적 소재가 유럽에 의해서 흡수되고 다듬어져서 다른 지역으로 퍼져나갔다. 유럽은 앞으로도 그런 특권적인 지위를 지켜나가야 할 텐데, 그것은 과연 가능할 것인가?"

이것은 제1차 세계대전의 생생하고 깊은 상처를 체험한 폴 발레리가 1919년에 쓴 『정신의 위기』에서 제기하고 있는 물음의 취지이다. 그는 이 문제를 살핌에 있어서, 유럽이 멸망하더라도 다른 지역의 문명이 그 대신 훌륭한 역할을 이어가리라는 폭넓은 전망에서 이야기하고 있는 것이 결코 아니다. 그의 불안의 밑바닥에는 '유럽문명의 멸망=문명의 멸망'이라는 등식(等式)이 깔려 있다. 그러나 우리들 비(非)유럽인이 볼 때, 이 불안은 매우 아니꼽고 터무니없는 교만의 표현이기도 하다. 발레리의 유럽 중심주의는 정신적 제국주의라고 외쳐대고 싶을 정도이다.

그러나 이런 즉각적인 감정적 반응을 가라앉히고 좀더 이성적으로 생각해보자. 그리고 우리들 자신이 바로 발레리와 같은 생각을 해왔던 것이 아니겠는가 하고 자문해보자. 그들 서양 사람들의 간사하고 능숙한 언변에 홀려들었건, 혹은 우리의 주체적이면서도 객관적인 판단에 의해서였건, 우리는 자신의 처지가 열등한 것이라고 느껴왔고 그 극복을 위해서 유럽을 모범으로 바라보아온 것이 아니었던가? 근대화란 곧 서구화(西歐化) 그 자체는 아닐망정 적어도 서구적인 사상과 지식과 기술의 수용을 의미해온 것이 아니었던가?

이윽고 반작용이 생겼다. 우리가 전통적으로 지녀온 인간관계와 우리를 길러온 문화유산을 긍정적으로 재평가하려는 움직임이 서양적 모델의 추구의 열도(熱度)에 비례해서 격화되었다. 이 움직임은 세 가지 근거를 가지고 있다. 첫째로, 우리는 한국인으로서의 역사적, 사회적 상황으로부터 자유로울 수 없다는 자기인식이 그 저변에 깔려 있다. 둘째로, 합리주의적인 사고방식과 과학기술의 발전을 가장 중요하게 여겨온 서양 사람들의 현상(現狀)과 미래가 도무지 의심스러워지고, 적어도 정신적 윤리적 측면에서는 이미 모델이 될 수 없다는 비판이 있다. 그리고 셋째로는, 국제경쟁에서 승리하고 부강한 나라가 되기 위해서 민족성원의 에너지를 총동원할 수 있는 구심적(求心的) 원리를 민족 자체내에서 얻어야겠다는 국가정책적인 요청이 이른바 '우리 것 찾기 운동'을 촉진시켰다.

그것들은 모두가 타당한 이유이다. 그러나 이러한 민족문화에 대한 의식과 그것을 위한 운동은 그 자체로서 최후의 대답이 될 수는 없다는 데에 문제가 있다. 그 적극적이며 바람직한 고양(高揚)은 다음과 같은 어려운 질문들에 대한 검토 없이는 불가능한 것이기 때문이다. 우리 문화의 본질은 무엇인가? 우리의 과거는 우리의 현재와 미래에 있어서 어떻게 생산적으로 작용할 수 있는 것인가? 우리는 정신적 지주는 자체적으로 마련한다 해도, 적어도 과학적 지식과 기술만은 여전히 서양에서 도입해야 하는데, 그 계속적인 도입이 이른바 동도서기(東道西器)의 이념을 마침내 무너뜨리고, 우리의 사고방식 자체를 서양적으로 변화시킬 가능성은 없는가? 그리고 우리 문화는 그 특수성 때문에 옹호되어야 할 것인가, 혹은 고도의 보편적 가치로서의 세계성을 띨 수 있는 것인가?

우리 모두가 아무리 민족문화를 섬긴다 해도 이러한 귀찮고도 중요한 질문들에 대해서 다같이 동의할 수 있는 대답은 아직까지 나오고 있지 않다. 또한, 양식 있고 진실로 학구적인 사람이라면 당장에 그 대답을 시도하지도 않을 것이다. 그는 도리어 민족문화의 진실한 주체성은 그런 질문들과의 관련 하에서만 진정하게 정립될 수 있다는 의식을 부단히 지니고, 또 그 대답이 부정적(否定的)인 것이 될지도 모른다는 불안을 안으면서 검토와 논의를 거듭해나갈 것이다.

그러나 이 과정에 있어서 적어도 두 가지의 큰 저해요소가 상정될 수 있다. 첫째는, 국가권력의 개입이다. 그것은 무엇이 진리이며 허위인가를 독재자가 결정해버리는 경우이다. 가령 러시아혁명 직후, 탐스럽게 개화(開花)한 여러 문학적 표현들이 정치적으로 해롭고, 오직 사회주의적 리얼리즘만이 진정한 문학이라고 규정하면서 문제를 일도양단(一刀兩斷)으로 처리해버린 스탈린의 독재가 그 좋은 예이다. 이와 같은 발상법에 의거한 문화정책은 '국체명징(國體明徵)'을 내세운 1940년 내외의 일본의 군벌

정치가 강행했던 것이기도 하고, 또 오늘날 주체의 이름을 빌린 북한의 그것이기도 하다. 그러나 민주주의를 따르려는 우리에게는, 민족문화와 관련된 강령이나 지시나 금령이 어떤 소수의 집단에 의해서 강압적으로 내려질 위험은 지금도 또 앞으로도 없을 것이다. 적어도 그것이 우리의 희망이다.

　나는 위험이 차라리 우리들 각자의 내부에 존재한다고 생각한다. 내가 지적하고 싶은 또 하나의 위험은 지나친 조급성과 정열과 애국심이 빚어낼 수 있는 쇼비니즘에 있다. 한데 서양에 심취하는 겉멋 들린 지식인과 제 나라의 모든 문화적 유산과 표현을 으뜸가는 것으로 내세우는 국수주의적 지식인의 사이에는 한 공통점이 있다. 그것은 다양성을 용납하지 않는 획일적, 절대적 사고방식이다. 양자는 다같이, 상이한 문화들이 대립적 또 심지어는 적대적인 것이라고만 생각하고, 그 상대적 가치와 상보적(相補的) 기능을 생각해보지 않는다. 심리적 측면에서 말하자면 지나친 애정이나 편집(偏執)이 객관적 인식의 길을 가로막는다.

　나는 민족문화의 개념이 쇼비니즘에 의해서 착색되는 이러한 곡절을 넉넉히 이해할 수 있다. 그런 종류의 애국자에게 있어서는 주체성을 확립하고 민족의 긍지를 되찾으려는 선의와 정열과 의지가 누구보다도 강하게 작용하고 있다는 것도 알 만한 일이다. 그러나 어떠한 선의도 정열도 의지도 자신을 객체시(客體視)하고 반성하려는 지성의 통제를 받지 않으면 때로는 끔찍한 결과를 빚어낼 수 있다. 잘못 이해되거나 잘못 지향(志向)된 민족문화는 우리를 폐쇄적이며 퇴행적인 심적 상태로 몰아넣기가 쉬운 것이다.

가령 고려청자의 높은 예술성을 자랑하기만 하고 그것에 필적
할 만한 도자기가 그 후 산출되기 어려웠다는 사실에 대한 반성
을 등한히 하면 그런 위험이 초래될 것이다. 또한 우리가 일본에
문화를 전해주었다는 점만을 강조하고, 오늘날 그 나라의 문화가
엄청나게 쏟아져들어오고 있다는 사실을 외면하면, 그리고 그 이
유를 다각도로 냉철하게 분석하지 않으면, 우리는 진실한 주체성
을 상실할 것이다.

　민족문화의 주장이 단순히 과거에 대한 애착이나 자기방어적
인 메커니즘의 소산이어서는 안 된다. 그 진실한 의의(意義)는
우리 공동체의 유산과 시대적 요청의 양자를 동시에 살피면서 미
래로 뻗어나가려는 우리의 괴로운 노력에 의해서만 획득될 것이
다. 그리고 이 작업을 위해서는 일단 민족문화의 권외에 서서, 다
시 말하면 자신을 아웃사이더로 만들면서 그것을 비판적으로 성
찰하는 극기적(克己的)인 용기가 때로는 필요할 것이다.

『동아일보』, 1981년 10월 20일●

겉과 속

언제나 어떤 경우에나 어떤 일에서나 속는다는 것은 언짢고 화나는 노릇이다. 속고 나면 상대방이 나쁜 사람이라는 생각과 아울러, 자신이 못난 놈이라는 생각이 들고, 또 물질적, 정신적으로 큰 손해를 보게도 된다. 그래서 우리는 한결같이 긴장을 하고 남의 속을 살펴보려고 애쓴다.

때로는 이런 노력이 쉽게 이루어질 듯이 여겨지는 경우도 있다. 까닭 없이 친절하게 구는 사람에게서 어떤 흉물스런 저의(底意)를 발견하기는 어렵지 않다. 덕지덕지 화장한 얼굴이 사실은 세상에 둘도 없는 추녀의 얼굴일지도 모른다는 의심도 쉽게 가져볼 수 있다. 일반적으로 겉이 요란할수록 속이 더럽거나 비어 있다는 것은 사실이다. 화려한 정치적 구호나 번지르르한 상업광고일수록 알맹이가 신통치 않다는 것을 우리는 알고 있다. 불신사조를 없애자고 악을 쓰는 인간이 도리어 희대의 사기꾼인 예도 우리는 가끔 보아왔다.

만일 모든 점에서 겉과 속이 다르다는 것을 우리가 이렇게 쉽게 간파할 수만 있다면 인생은 얼마나 살기 편하겠는가! 그러나 삶의 현실 자체가 너무나 복잡한 탓인지 혹은 우리의 통찰력이 모자라는 탓인지, 우리는 진실을 꿰뚫어보지 못하고 환상과 오해와 실망에 싸이는 일이 한두 번이 아니다. 아니, 그 정도가 아니다. 겉으로 나타나는 것이 속에 있는 것과는 다를지도 모른다는 의심은 실생활을 지배해왔을 뿐만 아니라, 줄곧 모든 학문의 밑바닥을 형성해온 것이다. 인간이란 저마다 진실이 무엇인지 의심하는 동물이다.

그러니까 믿지 않고 경계하고 따지고 캐묻고 하는 '악덕(惡德)'은 도리어 삶과 문화의 밑거름이라는 역설을 내세울 수도 있을 것이다. 아인슈타인은 우주에 관해서, 프로이트는 인간의 정신에 관해서, 사르트르는 사회적 관례에 관해서 그런 악덕을 유감없이 발휘한 사람들이다.

우리의 대부분은 물론 그런 위대한 인물들은 아니다. 일정한 조직체에 묶여 있는 하찮은 월급쟁이, 그날그날의 일조차 마땅하게 처리할 줄 모르는 빈약한 지성의 소유자, 부귀영화의 꿈을 어렴풋이 꾸면서 열심히 남의 뒤를 따르는 비겁한 추종자, 그런 것이 우리의 진실한 모습일지도 모른다. 그러나 어떻게 보면 자학적(自虐的)일 수도 있는 이런 인식은 해롭기만 한 것인가? 자기가 남들보다 우월하다고 생각하고 자기에게는 크나큰 사명이 있는 듯이 허세를 부려야만 삶을 만끽할 수 있단 말인가? 진실은 가식(假飾)에 의해서 늘 호도(糊塗)되어야 하는 것인가?

위인이 아닌 우리가 일상생활에서 제기할 수 있는 우리 나름대로의 의심은 바로 이런 데서 시작되어야 하는 것이다. 그래야만 우리는 남에게 속임을 당하지 않고, "당신은 참으로 훌륭하십니다"라는 따위의 입에 바른 소리에 속아 넘어가지 않게 된다. 또 동시에 자기 자신을 속이지 않기 위한 진실한 반성의 길로 들어서게 된다. 이때 우리는 현상과 진실에 관한 문제를, 겉과 속의 상이성(相異性)을 좀더 넓은 차원에서 재검토하고 될 수 있으면 그 결과를 자신의 생활철학으로 삼으려고 해본다.

나는 앞서 한두 가지 간단한 예를 들어가면서 현상과 진실이, 겉과 속이 다를 수 있다는 말을 했다. 그러나 한 걸음 더 나아가서 생각해보는 것이 필요하다. 다시 말해서 그 두 가지는 다르면서도 긴밀하게 관련되어 있는 것이 아닐까 하고 또 새로운 의심을 제기해보자는 것이다.

이 관련성을 생각해볼 때, 겉은 매우 복잡하고 심각하지만 속은 매우 간단한 경우와 그 정반대의 경우가 있을 것이다. 그 두 가지를 각각 구체적인 예를 들면서 이야기해보자.

가령 여기에 인생에 대해서 매우 비관적인 견해를 가지고 있는 사람이 있다고 하자. 그의 마음은 찌푸린 하늘과 같다. 그는 삶이 감옥이며 비극이라고 느끼고 그런 느낌에서 출발해서 염세철학을 꾸며놓는다. 그러나 이 현상의 궁극적 원인은 어디에 있는 것일까? 그것은 어쩌면 소화불량의 탓인지도 모른다. 소화가 잘 안 되고 늘 배가 아프니까 세상이 우울하고 싫어지는 것이다. 따라서 그 어렵고 우울한 염세철학은 잘 듣는 소화제 몇 봉지와 적당한 운동으로 고칠 수 있는 노릇이다.

이와는 반대로 우리는 대수롭지 않게 보이는 종기가 여간해서 낫지 않는 경우를 상상해볼 수 있다. 효험(效驗)이 있다는 온갖 고약을 다 발라보아도 낫지 않는 그 환자가 어느 의사를 찾아가서 검사를 받는다. 그러자 그것이 신체의 깊숙이 가려진 어느 부분에서 발생한 암의 부수적 현상이라는 것을 알게 된다. 그는 매우 복잡하고 어려운 수술을 받는다…….

한데 이와 같이 복잡해 보이는 겉이 간단한 속과 얽혀 있고, 반대로 간단해 보이는 겉이 복잡한 속을 원인으로 가지고 있다는 인식에 이르는 것은 방금 든 예에서처럼 그렇게 쉬운 것은 아니다. 쉽지가 않으니까 우리는 늘 시행착오나 오해나 환상의 희생이 된다.

하지만 진실한 개인의 발전도 사회의 발전도 겉과 속의 엉뚱한 관련에 대한 인식을 못한다면 결코 기약할 수가 없다. 자칫하다가는 암에서 연유한 종기에 고약만 바르는 엉터리 의사가 되고, 하찮은 자신을 세계적 인물로 생각하는 과대망상증 환자가 된다. 그러나 이렇게 본질적인 것을 밝혀내는 길이 무슨 기성복처럼 준비되어 있는 것은 아니다. 그것은 겉의 현상만을 믿지 않으려는 꾸준한 의심과 이 의심에서 출발해서 속을 파보려는 지성의 훈련을 필요로 한다. 그리고 이 의심과 지성의 작업이 적용되어야 할 최초의 대상은 자기 자신이다. 이때 우리는 너무나 자주 되풀이되어오면서도 언제나 새로운 소크라테스의 말, "너 자신을 알라"는 그 말과 다시 만난다.

사실 그것은 단순한 윤리적 교훈이 아니다. 그것은 차라리 속지 않으려는, 무엇보다도 자신에게 속지 않으려는 명철한 사람의 외침이다. 만일 우리가 이 길을 철저히 따라간다면, 우리는 터무니없는 교만과 꼴사나운 비굴성에서 동시에 해방된다는 행운을 누릴 수 있을 것이 아니겠는가? 나는 다시 한 번 의심과 지성을 찬양하면서 이렇게 생각해보는 것이다.

『럭키 그룹』, 1982년 1월호 ●

창조적 지성을 위한 교육

내가 대학시절에 받은 여러 강의 중에서 가장 깊이 머리에 박혀 있는 것은 손우성(孫宇聲) 선생의 강의이다. 선생은 이른바 체계라는 것과는 담을 쌓은 분이었다. 매우 날카롭고 암시적인 선생의 말씀을 공책에 열심히 적어가지고 집에 돌아와 다시 펼쳐 보면 서로 어긋나는 진술이 많아서 어떻게 정리해야 할지 당황하기가 일쑤였다.

한번은 사르트르가 화제에 올랐다. 선생은 우리에게 아직도 생소했던 그 야릇한 철학자 겸 작가에 대해서 한참 말씀하고 나서 사뭇 흥분한 어조로 "사르트르는 천재야!" 하고 감탄했다. 그러더니 잠시 후에는 역시 같은 정도로 흥분하면서 "사르트르는 바보야!" 하고 외쳤다. 어리둥절할 수밖에 없었던 나는 여쭈어보았다. "선생님, 그러면 사르트르는 천재입니까, 바보입니까?" 선생은 잠시 고개를 갸우뚱하고 나서, "그걸 내가 알아? 양쪽 다 같은데, 자네 스스로가 잘 생각해보게."

그때부터 나는 서로 맞물릴 수 없어 보이는 그 말씀을 두고두고 생각해보기로 했다. 그것이 내가 사르트르에 대해서 관심을 갖게 된 가장 큰 계기가 되었다. 그리고 요새 와서도 선생의 말씀을 되새기며 고맙게 생각한다. 왜냐하면 나는 사르트르가 천재인 동시에 바보라는 것을 여러 모로 확인하기에 이르렀기 때문이다. 그래서 그런 결론을 미리 제시한 선생은 과연 형안(炯眼)의 스승이셨다는 생각이 저절로 든다.

*

어쩌다가 나 자신이 교사가 되고 나서부터는 학생들과 잡담을 하거나 무슨 강연을 할 때면 자주 그 이야기를 입에 올린다. 그리고 이렇게 한마디 덧붙인다. "대학이란 값진 회의를 품기 위해서, 스스로 문제를 해결해나갈 능력을 기르기 위해서 있는 곳이다." 그러나 실은 대학만이 이런 역할을 하는 장소가 아니라는 것이 나의 변치 않는 생각이다. 아주 어려서부터 집안에서, 초등학교에서, 그리고 평생을 통해서 물음과 따짐을 위한 훈련을 쌓아나가는 것이 교육이며, 또 그 훈련은 인간의 본질 그 자체와 깊이 관련되어 있기 때문이다.

그 점은 쉽게 이해될 수 있을 것이다. 인간이란 주어진 자료들을 스스로 살피고 분석하고 선택하면서 새로운 것을 구성해나가는 동물이며, 이 인위적인 조작(操作)의 발전적 연속이 문명을 형성해왔다. 그것을 알기 위해서는 말을 배우기 시작하는 어린애를 잠시 관찰하는 것만으로도 충분하다. 어린애에게 있어서 언어는 단순히 의사전달의 수단이 아니라 매우 귀중한 지적(知的) 활동의 장(場)이다. 그 활동은 서로 연관된 세 가지 차원에서 전개되어나간다. 첫째는, 대상에 대한 앎의 욕구의 충족이다. 어린애는 자꾸만 이것이 무엇이냐고 엄마에게 물어본다. 둘째로는, 이유나 원인에 대한 탐구의 욕구가 있다. 비행기는 왜 날며 개는 왜 네 발을 가지고 있느냐는 따위의 숱한 질문이 어린애의 입에서 쏟아져나온다. 마지막으로 그는 주어진 요소들을 서로 결합시키려는 창조력을 부단히 발휘한다. 닭이라는 단어와 새끼라는 단어를 알고 나면 병아리를 가리켜 "저것은 닭새끼야"라고 말해보는 따위이다.

사실 과학자이건 철학자이건 간에 인류문명의 주역들은 명명(命名)하고 따지고 창조하는 능력, 어린애에게서 언어와 함께 탄생하는 그 능력을 저마다 방법론적(方法論的)으로 그리고 최대한으로 발휘해나온 사람들이다. 그들에게 있어서 '안다'는 것은 결코 기지(旣知)의 것의 반추(反芻)가 아니다. 그것은 수없이 도전해오는 미지의 것에 대한 탐구이다. 그것은 또한 뒤범벅이 되어 있는 현상들을 분석하고 질서화(秩序化)하고 합리적으로 연관지음으로써 새로운 것을 만들어내려는 욕구와 깊이 관련되어 있다. 우리는 어린애로부터 최고의 학자에 이르기까지, 그리고 고대로부터 현재에 이르기까지 부단히 계승되어온 이 자발적인 앎과 만듦의 능력을 창조적 지성이라고 불러두자.

*

그렇다면 교육이란 무엇보다도 합당하게 묻고 따지는 훈련을 여러 단계에서 실시함으로써 이 창조적 지성을 길러나가는 데 그 목적이 있을 것이다. 몽테뉴의 유명한 말을 빌자면 '가득 찬 머리보다는 잘 형성된 머리'를 위해서, 다시 말해서 지식의 축적보다는 지식의 재생산(再生産)을 위한 능력의 계발(啓發)을 위해서 교육적 노력이 바쳐져야 하는 것이다. 그러나 이러한 본래의 교육목표는 오늘날 크게 뒤틀리고 있으며, 따라서 가장 중요한 지적 성장기가 위기에 처해 있는 느낌이다. 그렇다면 무엇이 이 왜곡과 위기를 가져왔는가? 우리는 현대의 한국사회가 마주치고 있는 세 가지 여건 내지는 요청과의 관련 하에서 이 어려운 문제를 생각해볼 수 있을 것이다.

우선, 각급학교에 있어서 피교육자의 수효가 엄청나게 늘었다는 사실을 지적할 수 있다. 물론 이런 양적 팽창은 그것 자체로서 배격되어야 할 현상은 아니다. 학교교육이 소수의 특권층의 전유물(專有物)인 시대는 벌써 지났다. 피교육자가 많아졌다는 것은 합리적, 생산적으로 삶을 조직해나가는 인구를 그만큼 늘릴 수 있고, 또 더 많고 더 다양한 엘리트의 형성을 가능케 할 수도 있다. 그러나 이러한 낙관론에 안주(安住)할 수 없는 것이 우리의 현실이다. 이 양적 증가에 상응(相應)하는 막대한 투자가 이루어지지 않는 우리의 사회에서는 질적 저하가 필연적으로 초래된다. 학급당 인원수의 대형화, 교사의 과중한 수업시간, 미비한 시설······. 그런 환경 하에서는 피교육자는 물음과 따짐의 주체(主體)로서 대접받을 수 없고, 다만 일방통행적인 지식전수의 경로의 터미널을 이룰 따름이다. 이런 슬픈 현상은 특히 시험이라는 과정(過程)에서 두드러지게 나타난다. 많은 경우에 시험 문제는 채점의 공정성과 편의성을 기한다는 평계로 '객관적으로' 제시된다. 그래서 피교육자에게 있어서 시험을 친다는 것은 주어진 단편적 지식을 확인하는 절차에 지나지 않고, 주제를 분석하고 종합하고 재구성하는 창조적 지성의 훈련의 기회가 되는 것이 결코 아니다. 가령 "라틴 문명은 그리스 문명을 계승했다고 한다. 그렇다면 그것은 그리스 문명을 어떻게 소화하고 어떻게 근세에 넘겼는지 논하라"는 따위의 문제가 우리나라에서 고등학교 상급반의 역사시험이나 대학 입학시험에서 나올 가능성이 있는지 생각해보라. 한데 서양에서는 거의 언제나 그런 종류의 문제가 출제되는 것이다. 이와 반대로 우리의 학생들의 경우 시험에서 요구되는 것은 쉽지 않고 통째로 삼킨 지식을 그대로 토해내서 전사(轉寫)하는 것이며, 또 심지어는 사고의 과정을 명시할 필요 없이 ○표 하나만을 치는 것에 불과하다. 이런 기계적 손놀림에 대한 요청이 초등학교로부터 대학에 이르기까지 급속도로 확대될 추세를 보이고 있다. 그리하여 무반성적(無反省的)으로 축적된 잡다하고 생경하고 비체계적인 지식이 도리어 창조적 지성을 크게 억압하는 위험이 초래될 수도 있을 것이다. 적어도 그것이 내가 학생들과의 일상적 접촉을 통해서, 또 내 자식들을 관찰하면서 갖게 된 인상이다.

둘째로 지적해야 할 것은, 이러한 지식에 의한 지성의 억압이 또한 기능주의적 교육관에 의해서 더욱 심화되어나간다는 사실이다. 고도의 기술문명과 산업화에 의해서 지배되는 현대사회에서는 개개의 인간은 독립된 인격체나 창조의 주체가 아니라, 거대하고 복잡한 기계의 부분품으로 취급된다. 그리고 그 부분품으로서의 역할을, 오직 그 역할만을 빠르고 능률적으로 수행할 수 있도록 하기 위한 교육이 강화된다. 말하자면 각 분야에 있어서 기능공을 양성하는 것이 마치 교육의 전체인 양 생각하는 것이다. 이리하여, 그런 요청의 정당성을 의심하거나 따지려는 근본적 반성의 노력이 백안시(白眼視)되는 것은 물론이며, 심지어 그 요청을 직접적으로 충족시키는 데 이바지할 것 같지 않은 순수한 지식은 큰 가치가 없는 것으로 치부된다. 가령 "당신은 왜 영어를 배웁니까?" 하고 누가 물었을 때, "영어가 재미있으니까"라든가 혹은 "영국 사람이나 미국 사람의 사고방식을 알기 위해서"라고 대답할 사람이 몇이나 되겠는가? 대부분의 사람의 경우에 영어란 실무영어, 무역영어, 시사영어 또는 시험 준비용 영어이다. 일부의 대학에서는 외국어 교과목뿐만 아니라 심지어 국어에 대해서조차 '도구과목(道具科目)'이라는 명칭을 붙이기를 서슴지 않는다. 그러나 이러한 기능주의적, 실리주의적 지향은 비단 언어습득에서만 나타나는 것이 아니다. 법과대학에 들어가는 대부분의 학생들의 목적은 법의 근거와 존재에 대한 지적 호기심을 채우기 위해서가 아니라, 고등고시에 합격해서 판사나 검사라는 자랑스런 직능에 끼어들기 위해서이다. 또 대학 당국은 비서학과, 관광학과, 호텔경영학과와 같은 매우 세분된 전문직종을 위한 학과를 신설하기도 한다. 그러나 이런 예를 자꾸만 들어서 무엇하랴! 요컨대 중고등학교는 문자 그대로의 기능공을 속성하거나 혹은 선다형(選多型)으로 주어지는 예비고사를 위한 준비를 시키는 곳이며, 대학은 비유적인 의미에서 기능공을 산출하기 위한 일정한 양의 지식을 공급하는 곳이 되고 말았다. 이런 기능주의의 수행이 공교육기관의 제1차적인 목표로서 받아들여지고 있다. 그리고 이런 점에서도 창조적 지성은 지식의 집적(集積)에 의해서 밀려난다는 우려할 만한 현상이 초래되고 있는 것이다.

셋째로, 우리는 이른바 '국적 있는 교육'이라는 요청의 긍정적 측면과 부정적 측면에 대해서 잠시 생각해보아야 할 것이다. 한국인으로서 자신을 자랑스러운 존재로 생각하고 지켜나가도록 각급학교에서 교육이 추진되어야 한다는 데 이의를 제기할 사람은 없을 것이다. 식민지 사관(史觀)의 잔재와 서양에서 무분별하게 들여온 사상이 모두 민족의 주체성을 흐려놓았으니까, 우리의 전통에 대한 확고한 인식을 촉진시키고 우리의 입장에서 타자(他者)를 비판적으로 수용하도록 해야 한다는 주장에는 분명히 일리가 있다. 또한 북한의 침략에 대해서 정신무장을 하기 위한 정책과목의 교육이 강조되는 것도 어쩔 수 없는 일이다. 그러나 이 모든 프로그램이 마땅하게 진행되기는 그렇게 쉬운 일이 아니다. 왜냐하면 민족의 주체성을 확립하려는 교육은 동시에 우리나라가 폐쇄적(閉鎖的) 사회로 되돌아가서는 안 된다는 또 하나의 요청과 긴밀히 연관되어야 하기 때문이다. 가령 세계적 안목에서 볼 때, 한국이란 무엇인가, 인류 전체의 문화에 있어서 우리의 문화가 차지하는 지위는 어떤 것이며 그것이 과거에 담당했고 또 앞으로 담당할 수 있는 역할은 무엇인가, 우리와 이질적인 문화는 우리에게 무엇을 베풀어줄 수 있는가 하는 따위의 질문이 민족주의적 교육의 밑바닥에 깔려 있어야 하는 것이다. 다시 말하면 진실하고 튼튼한 주체성의 획득은 현명한 상대주의의 입장에서 자신을 객체시(客體視)하려는 노력에서 비롯된다. 일례로 초등학교 어린이에게 우리의 전통적 예의범절만이 미풍양속이라고 가르치는 것과, 우리의 눈에 아주 설은 외국인의 거동도 (가령 껴안고 입맞추는 따위) 그 사회에서는 나름대로 미풍양속이라고 말해주는 것과의 사이에는 본질적인 차이가 있을 것이다. 전자(前者)는 아동을 배타주의 속에 가두기 쉽고 후자는 그를 '열린 주체'로 길러줄 것이다. 또 다른 예를 들자면, 삼일운동의 위대성만을 강조하는 국사교육과 그 좌절(挫折)의 원인도 함께 반성케 하는 국사교육 중의 어느 것이 민족의 장래에 유리한 것인지 생각해보라. 그러나 슬프게도 '국적 있는 교육'은 그런 바람직한 방향으로 나가고 있지 않다. 반동적, 저항적 감정에 조급하게 끌려서, 의당 검토되어야 할 관념과 관행과 금기와 사실들이 의심의 여지없는 자명한 것으로 설정되고, 피교육자는 그것을 통째로 받아 삼키게 되는 일이 많다. 때로는 과거의 일본의 초국가주의(超國家主義)를 연상시키는 그런 교육 아닌 독재적 교화(敎化)가 창조적 지성의 함양에 역기능을 하게 된다는 것은 두말할 필요가 없을 것이다.

*

따라서 우리의 교육의 심각한 문제는 단순히 기술적 차원의 것만이 아니다. 그것은 실물(實物)교육의 강조, 교육방법의 개선, 교사의 자질 향상을 위한 노력과 같은 것만으로 해결될 문제는 아니다. 우리가 방금 살펴본 바와 같이 양적 팽창, 기능적 인간의 필요성, 그리고 민족의 이름을 빌린 국가의 정책 또는 간여는 나날이 더욱 정형화(定型化)되고 획일적이며 순응주의적인 인간의 산출을 교육에 요청하고 있다. 한데 오늘날의 교육의 딜레마는 교육이 이러한 요청을 현실적으로 거부할 수 없으면서도 그 본래의 목적인 창조적 지성의 함양을 동시에 추구해나가야 한다는 데 있다. 달리 말하면 "정치나 경제의 요청에 민감하게 대응하면서도 그보다 더욱 민감하게 그 위험을 의식하면서, 교육의 제도가 갖는 고유의 기능—간단히 말해서 문화의 계승과 현실의 비판과 미래의 창조라는 통일적 기능—을 될 수 있는 대로 확대해나간다는 전망 하에서"(大田 堯, 『교육의 탐구』, 동경대학 출판회, 1973, p. 201), 우리의 프로그램을 생각해나갈 수밖에는 없는 것이다.

그러나 우리나라의 현실적 교육은 "될 수 있는 대로 확대해나가야 하는" 이 창조적 지성을 될 수 있는 대로 축소해나가려는 경향을 띠고 있다. 대학에 있어서의 교양과목의 경시, 실리적인 지식의 지나친 강조, 정책과목의 과다한 책정 등이 그런 경향을 여실히 보여주고 있다. 그러나 무엇보다도 우려할 만한 것은 사고의 패턴을 형성하는 데 결정적인 역할을 하는 중고등학교의 국어 교과서에서 창조적 지성에 대한 고려가 매우 불충분하다는 것이다. 그것을 알기 위한 예시(例示)로서, 이미 김열규 교수가 어법적(語法的) 측면에서 비판한 바 있는 (『주간조선』, 1982년 5월 2일) 현행의 고등학교 국어 교과서를 다른 각도에서 잠시 살펴보기로 하자.

고등학교 시절이란 그 어느 때보다도 사물과 사상과 기득(旣得) 지식을 이성적 차원에서 의심하고 따지고 비판하기 시작하려는 시기, 그야말로 '철들 나이' 이니 만큼 그들을 위한 국어 교과서는 특히 그런 지적 요청에 응하고 또 그것을 계발하도록 편찬되는 것이 바람직한 일이다. 다시 말하면 그 교과서 제3권에 나오는 베이컨의 글에 있듯이 식별력, 치밀한 검토의 능력, 구상과 정리를 위한 능력이 소중하게 여겨져야 하는 것이다. 그러나 아이러니컬하게도 베이컨의 이 권고는 이 교과서들에 있어서 거의 지켜져 있지 않다.

　가령 다음과 같은 예를 보자. 제2권의 끝에는 문학에 관해서 넓은 안목으로 쓰인 두 편의 글이 있다. 하나는 「문학의 구조」(제35과)라는 제목 하에 공시적(共時的)인 견지에서 문학을 다루고 있는데, 고등학교 2학년생에게는 다소 어려워 보이지만 매우 잘 짜여 있고 중요하게 생각되는 글이다. 한편 「문예사조에 관하여」(제37과)는 17세기 이후 현대에 이르기까지의 서양문학의 전반적 전개과정을 몇몇의 주의(主義)로 묶어서 정리해놓은 통시적 고찰이다. 이 글은 지나치게 나열적(羅列的)이고 추상적이다. 게다가 간혹 틀렸다고 생각되는 진술들도 눈에 띈다. 한 두드러진 경우만을 들자면 유미주의(唯美主義)의 "다른 한 가닥이 훨씬 뒤에 실존주의와 연결된다"는 말이 그렇다.

　그러나 나는 여기에서 이 두 글의 우열(優劣)을 논하려는 것이 아니다. 나의 주목을 끈 것은 문학작품의 내용과 형식에 관해서 두 글이 상반되는 견해를 보이고 있다는 점이다. 제35과에서는 "문학을 형식과 내용으로 구분한다는 것이 얼마나 불합리하며 무의미한 일인가를" 강조하고 있다. 이와 반대로 제37과는 문학의 여러 경향의 차이가 "내용(사상)상의 것일 수도 있고 형식(기술)상의 것일 수도 있다"고 말함으로써, 그 양자(兩者)에 대한 구별을 진술의 전제로 삼고 있다. 나는 이 점에서도 어느 쪽이 옳다는 판단을 내리려는 것이 아니다. 사실 오늘날의 문학이론에서 일반적으로 내세워지고 있는 형식과 내용의 불가분리성(不可分離性)은 진리로서 정립되어 있는 것은 아니며, 따라서 그 양자를 별개의 것으로 보려는 해묵은 주장은 그 논리적 근거가 단단하다면 여전히 경청(傾聽)할 만한 것이다.

다만 문학의 이해에 있어서 가장 중요한 이 문제에 대하여 두 가지의 상반된 견해가 공교롭게도 연달아 등장한 이상, 이에 대한 학생들의 주목을 끌 수 있도록 교과운영이 이루어져야 한다는 것을 나는 지적하고 싶은 것이다. 다시 말하면 내가 학생시절에 손우성 선생을 통해서 갖게 된 것 같은 문제의식이 그런 주제를 계기로 삼아 계발되어야 한다는 것이다. 그러나 그 두 과에 걸쳐서 제시되고 있는 '공부할 문제'의 난(欄)에는 그런 근본적 의심을 심어줄 만한 설문은 없다. 그뿐 아니라 세 권의 교과서 전체에 걸쳐서 상이한 글들을 서로 대조하고 검토하고 연관짓고 또 가능하다면 비판하게 하는 설문은 거의 눈에 띄지 않는다. 대부분의 설문이 극히 추상적이며 개괄적이며 또 때로는 감정적, 감상적(感傷的)이기도 하다. 가령 같은 제2권의 제36과에서 '수필' 론에 관한 '공부할 문제'는 "허심탄회한 심정으로 이 글을 감상한 다음, 이 글이 전하는 지식을 정리해보자"는 것이다. 그리고 더욱 놀라운 것은 "이 글이 자아내고 있는 수필의 분위기를 우리의 생활에 옮겨보자"는 것이다. 훌륭한 수필은 감정이며 생활 그 자체가 아니라, 사후(事後)의 반성이며 계산된 글쓰기라는 것을 이 설문자(設問者)는 완전히 무시하고 있는 것이다.

한데 이렇게 지적, 분석적 차원에서 성찰되어야 할 것을 감정적 또는 도덕적 차원의 것으로 바꾸려는 경향은 이 교과서들의 또 하나의 두드러진 경향이다. 제1권 10쪽과 11쪽을 보면 국어교육의 목표로서 "사고력, 판단력 및 창의력의 함양"과 "문제를 발견, 해결하는 힘을 기른다"는 것이—사실에 있어서는 이 두 요청은 서로 중첩되는 것이지만—제법 강조되어 있다(제2, 3항). 그러나 뒤이어 나오는 양항(兩項)에 대한 해설에서는 언어활동의 그런 지적, 창조적 측면에 관해서는 일언반구 언급된 것이 없고, 오직 풍부한 정서를 기르고 중견국민이 되고 사회 발전에 적응하고 그 선도적 역할을 담당하기 위해서 국어교육을 받아야 한다는 점만이 유난히 역설되어 있는 것이다. 마찬가지로 제4항에 대한 설명에서도 본문에 있는 "문화에 대한 이해를 넓힌다"는 진술은 무시되고 다만 그것을 "사랑한다"는 측면만이 두드러지게 나타나 있다. 마치 지적(知的)인 성찰은 저급의 것이라서 고려의 대상이 못 되거나, 혹은 감정적, 정서적인 것에 의해서 지양 내지는 병탄(倂呑)되어야 한다는 듯이 말이다. 이렇듯 고등학교에 입학하자 곧 배우게 될 제2과에서부터 논리적, 분석적 사고의 권리는 거부당하고 있는 것이다. 만일 이 한 가지 예(例)만으로서는 국어교육에 있어서의 지성 경시(輕視)가 충분히 증명될 수 없다고 생각하는 사람이 있다면, 나는 다른 예를 얼마든지 들 수가 있다. 역시 제1권 제7과에 실린 「언어와 사회」라는 제목으로 된 훌륭한 언어학 개론에 대해서 기껏 내세운 설문이 '품위 있는 언어생활'에 관해서, '언어의 순화'에 관해서 생각해보자는 것이다. 뒤이어 나온 제8과에서는 훌륭한 글쓰기가 풍류가(風流家)의 예술이며 거짓 없는 성실성의 표현이며, 또 내적(內的) 자아의 성장의 증거이기도 하다는 말이 나온다. 그것은 어쩌면 옳은 말일 것이다. 그러나 그런 덕목과 교양이 훌륭한 글이 생산되는 충분조건은 아니다. 그보다도 더 강조되어야 할 것은 그 글에서 언급되어 있지 않은 언어에 대한 치밀한 계산이며 에드가 앨런 포의 표현을 빌자면 '효과의 논리'이다.

본문을 통해서나 설문을 통해서나 구체적이며 작은 주제를 중심으로 지적 처리의 훈련을 시키는 대신에, 포괄적이며 추상적인 진술을 도덕적, 감정적인 차원에서 전개시키거나 요구하는 일이 하도 많은 이 교과서들에 대해서 또 한 가지 불만을 털어놓아두자. 그것은 거의 모든 텍스트가 우리나라 사람들이 쓴 글로 되어 있다는 사실이다. 거기에는 나름대로의 이유가 있을 것이다. 국어교육의 목표의 하나가 민족문화에 대한 긍지를 심어주는 데 있다는 것, 그리고 또 번역된 글보다도 한국 사람 스스로가 쓴 글이 한국말답다는 것도 이해할 만한 이야기이다.

그러나 민족문화는 앞에서 언급한 바와 같이, 좀 덜 한국말다운 번역을 빌어서일망정, 우리와 다른 문화권과의 만남을 통해서 재인식되고 발전되어나가야 할 것이다. 아마도 그런 점을 의식했음인지, 편자(編者)는 총 111과가 담긴 세 권의 교과서에서 그나마 네 과를 할애해서 서양문화권 사람들의 글을 싣고 있다. 안톤 슈낙의 수필(제2권), 알퐁스 도데의 단편소설, 워즈워드와 몇몇 사람들의 시, 그리고 앞서 언급한 베이컨의 글(이상 제3권)이 그것이다. 한데 나로서는 그 텍스트들의 선택과 분량에 대한 결정이 어떤 기준에서 이루어졌는지 가늠하기가 어렵다. 별로 다루고 싶지 않은 서양 사람들의 글일망정 각 장르마다 하나씩은 소개해두는 것이 구색을 갖추는 것이 된다고 생각했기 때문일까? 혹은 우리나라에서 이른바 명역(名譯)을 찾기가 여간 어렵지 않기 때문에 그 정도로 수록하는 데 그친 것일까? 그러나 그런 부질없는 짐작은 그만두자. 다만 기왕에 서양의 것을 제한적으로나마 소개할 바에야, 고3의 교과서에는 도데의 「별」(이것은 중3이나 고1 정도의 학생에게 적합한 것이다)보다는 가령 카프카나 카뮈의 단편소설을 싣는 것이, 또 슈낙의 수필보다는 예컨대 플라톤의 어떤 대화편의 한 토막이나 몽테뉴의 수필이나 루소의『사회계약론』의 한 부분을 싣는 것이 더욱 유익했으리라는 생각이 든다. 왜냐하면 그런 글들의 언어가 인간관이나 사회관이나 사고방식에 있어서 우리의 전통과는 더욱 다른 측면을 보여주기 때문이다. 다시 말하면 그런 타자(他者)의 글들과의 만남을 통해서 자아를 의심하고 재검토하고 재발견하는 지적 활동, 결국은 우리의 주체성을 더욱 견실하게 하는 데 이바지하는 지적 활동의 계기가 마련될 것이기 때문이다.

*

나는 지금까지 창조적 지성의 함양이라는 측면에서 볼 때, 우리 사회의 여건과 요청뿐만 아니라 국어교육 그 자체가 역기능을 할 우려가 크다는 점을 드러내 보이려고 애썼다. 이 우려는 물론 어제 오늘로 시작된 것이 아니며, 또 뾰족한 해결책이 손쉽게 마련될 수 있는 것도 아니다. 그뿐 아니라 아무리 판에 박힌 주입식 교육을 받았더라도, 실사회에서 체험을 쌓아나감에 따라 자연히 의심하고 분석하고 창조하는 힘이 몸에 붙게 될 것이라는 낙관론을 펼 수도 있다. 마치 오랜 세월에 걸쳐서 선원생활을 하고 나면 바람의 성질이나 물결의 모양이나 하늘의 징조에 따라서 날씨를 예측할 수 있게 되듯이 말이다.

그러나 우리는 이런 체험 제일주의에만 만족할 수는 없다. 인간은 체험을 통하지 않고도 사리를 분별하고 이해하고 또 새로운 것을 만들어낼 수 있는 이성적 존재이며, 이 능력은 최대한으로 계발되어야 하기 때문이다. 이에 덧붙여 하루바삐 선진국으로 도약하는 것을 당면의 목표로 삼고 있는 우리로서는 모든 분야에 걸쳐서 방법론과 이론을 획득해나가야 하기 때문이다. 그러니까 우리에게 절실히 필요한 것은 말하자면 오랜 경험에 의거해서 천기를 점치는 선원이 아니라, 과학적인 근거에서 그것을 예보(豫報)하는 기상학자이다. 잡다하고 때로는 모순된 것으로 보이기조차 하는 데이터들을 비판적으로, 방법론적으로 처리하고 그것을 구조화하고 또 그것으로부터 새로운 것을 만들어나가는 인위적(人爲的) 작업, 즉 비단 자연과학만이 아니라 모든 지적 활동에 고유한 그런 작업이 어려서부터 고무(鼓舞)되어야 비로소 진정한 민족적 주체성이 확립될 것이다. 모든 기계화, 획일화, 정형화에 항거하여 창조적 지성을 위한 교육이 억척스럽게 추구되어나가야 할 가장 중요한 이유가 여기에 있다.

『주간조선』, 1982년 7월 4일●

낙엽의 변신

우리는 언제나 삶의 기쁨을 노래할 수 있다. 봄에는 꽃들과 함께 피어나는 새 생명을, 여름에는 소리치듯 내리쬐는 태양의 정열을, 가을에는 무르익는 열매의 탐스러움을, 겨울에는 백설이 펼쳐주는 비경(秘境)을 노래할 수 있다.

그러나 다른 한편으로 우리는 고독과 절망과 죽음을 마치 애벌레처럼 제 속에 끼고 있는 존재이기도 하다. 그리고 이 애벌레들이 언제이건 별안간 크게 자라서 육신을 파먹을지도 모른다는 두려움은 우리들 인간만이 안고 있는 불행이다. 물론 이 불행의 의식과의 싸움이 삶의 바람직한 방향이겠지만, 그 속으로 끌려들어가는 것을 스스로 막지 못할 때도 있다.

가을은, 특히 늦가을은 그런 슬픈 상념을 자극하는 계절이기도 하다. 오곡을 탐스럽게 맺게 해주는 가을, 생명을 완성시키는 가을은 동시에 보들레르가 읊었듯이 "우리를 곧 차디찬 어둠 속으로 빠져들게"도 한다. 무엇보다도 하나씩 둘씩 떨어지기 시작하는 나뭇잎들을 삶의 비애나 죽음과 동일시하는 것은 진부하리 만큼 되풀이되어온 메타포이다. 어떤 사람은 노랗게 물들어 훌훌 떨어지는 은행잎에서 늙은 피에로의 애처로운 모습을 찾아본다. 바람에 날려 이리저리 굴러다니는 가랑잎은 샤토브리앙에게는 죽음의 슬픔과 피안의 세계를, 베를렌에게는 정처 없이 떠도는 자신의 신세를 상기시킨다.

그러나 잠시 이런 우수(憂愁)에서 한 발자국 물러나 생각해볼 수는 없는 것일까? 겨울은 삶의 종점이며 가을은 그 종점에 이르는 슬픈 여행의 시초라고 느끼고 이 느낌과 낙엽을 맞물리게 하는 관례적인 이미지들을 잠시 거부해볼 수는 없는 것일까? 그리고 낙엽을 다시 나무 그 자체와 맺어서 생각해보는 것은 어려운 일일까?

이때 우리는 말하자면 잎의 변신(變身)의 일환으로서 낙엽을 생각할 수 있을 것이다. 떨어져서 칙칙해진 잎은 그 전에는 나무에서 태어나고 나무를 살찌게 한 생명의 구현자(具現者)였다. 그러면 그 후 나무에서 떨어져나가게 된 잎은 영영 죽는 것일까? 아니다. 그 죽음은 외양일 뿐, 그것은 더욱 다부진 생명의 창조를 가능케 할 것이다. 자신을 태어나게 한 나무 밑에서 고이 썩어서 거름이 되고 새봄에는 싱그러운 잎을 수북하게 돋아나게 할 것이다. 그것은 이를테면 자신의 환생이다. 그러니 죽어서조차 사는 낙엽에 우리는 슬픈 가락은커녕 도리어 우렁찬 찬가를 바쳐야 할지도 모른다.

다만 낙엽의 이 뜻 깊은 변신이 이루어지기 위해서는 한두 가지 조건이 충족되어야 한다. 우선, 그것은 모진 바람에 의해서 엉뚱한 곳으로 휘날리거나 거센 발길에 채이지 말아야 한다. 조용히 떨어져서 소복소복 쌓여야 한다. 만일 불행히도 휘날리거나 차인다면 그것을 주어다가 나무 밑에 파묻어주자. 둘째로, 깨끗이 떨어져야 할 계절이 왔는데도 끝끝내 가지에 매달려 있으려는 고엽(枯葉)은 잎으로서의 변신에 참여하지 못한다. 생성(生成)의 순리를 어기려는 그런 철없고 보기 흉한 고엽을 보면 그것을 따서 묻어주어야 한다. "그대는 죽어서도 산다. 아니, 죽어야 다시 산다"고 나직이 타이르면서.

*

  낙엽을 주제로 삼으면서도 죽음을 넘어서는 이런 상향적 순환을 노래한 시나 노래가 과연 있는지 조사해본 일은 없다. 그러나 앞서 인용한 보들레르의 시구처럼 영원한 죽음인 겨울로 이르는 과정으로서 가을을 생각하는 대신에, 그 너머로 펼쳐질 화사한 봄을 가을과 연관시키는 노래는 있다. 무엇보다도 우리의 귀에 너무나 익은 「봉선화」가 그렇다. "어언간에 여름 가고 가을바람 솔솔 불어 / 아름다운 꽃송이를 모질게도 침노하니 / 낙화로다 늙어졌다 네 모양이 처량하다"라는 슬픈 둘째 절은 "화창스런 봄바람에 환생키를 바라노라"로 끝나는 마지막 절로 이어진다. 또한 「낙엽을 태우면서」라는 수상에서 이효석은 비록 낙엽 그 자체의 역설적인 생명에 주목하고 있지는 않지만 감상(感傷)에 젖어드는 것을 스스로 경계한다. 그는 타오르는 불과 끓는 물에서 삶의 에너지를 새삼 느낀다. "가을부터의 절기가 가장 생활적인 까닭은 무엇보다도 이 두 가지 원소의 즐거운 인상 위에 서 있기 때문이다. 난로는 새빨갛게 타야 하고 화로의 숯불은 이글이글 피어야 하고 주전자의 물은 펄펄 끓어야 한다." 이 한 구절은 병마에 시달렸던 효석이 던진 삶의 절규처럼 들린다.

*

  가을이 깊은 상념 속으로 우리를 가라앉히는 계절임을 누가 부인하랴. 그러나 이 깊은 상념이, 우리들 속에 언제나 잠재해 있고 때로는 약동하는 생성(生成)의 힘에 대한 찬양과 결부되지 말라는 법은 없다. 우리는 무르익는 열매뿐만 아니라 떨어지는 나뭇잎도 반갑게 맞을 수 있는 것이다.

『동아일보』, 1983년 10월 26일●

분수라는 말의 함정

　세상을 살아가기는 힘든 일이다. 뜻대로 되는 일이 많지 않고 힘에 겨운 일도 한두 가지가 아니다. 사랑하는 사람과 천년만년 살고 싶다는 우리의 욕심은 불가피한 죽음이나 뜻하지 않은 이별 때문에 실현되지 못한다. 부귀영화를 누리고 싶다는 욕망도, 혹은 시운을 잘못 타고나서, 혹은 요령을 터득하지 못해서 좌절되기가 일쑤이다. 그렇다면 실존적인 측면에서나 사회적인 측면에서나 하고많은 실패와 불행이 도사리고 있는 이 인생을 어떻게 영위해야 할 것인가?

　우리는 하루에도 몇 번씩이나 이런 어려운 문제와 마주치게 된다. 그것은 큰 괴로움이다. 그러나 그보다도 더 큰 괴로움이 있다. 그것은 문제에 대한 슬기로운 대답을 우리 자신의 속에서 발견하기에는 경험이 너무나 적고 지식이 너무나 엷다고 느낄 때이다. 그때 우리는 자기보다 훌륭하다고 생각되는 사람들의 의견을 들으려고 한다. 동서고금의 성현(聖賢)들의 말씀에 귀를 기울이는 것은 바로 그 때문이다. 부처와 예수, 노자와 공자, 그리고 성직자와 집안 어른들이 남겨놓은 말씀이 태양처럼 어둠을 비추어주기를 우리는 기대한다.

물론 이런 어진 분들의 교리나 교훈이 모두 같은 것은 아니다. 가령 부처는 우리 모두가 자력(自力)에 의해서 열반에 들 수 있다고 말하지만, 예수는 자신의 수양만으로 구원을 얻을 수는 없고 신의 은총을 믿어야 한다고 가르친다. 또 노자에게는 현실을 초탈한 경지에 이르는 것이 중요하지만, 공자의 주안(主眼)은 사회적 인간으로서 행복을 찾아내게 하려는 데 있다. 그러나 그 신관(神觀)이나 철학적 입장의 차이에도 불구하고 그들의 가르침은 모두 어떤 동일한 윤리적 요청을 전제조건으로 삼고 있다. 그것은 '욕심을 억제하라' 는 것이다. 우리의 일상용어로는 '분수를 알라' 는 것이다.

사실 우리는 개인적으로나 사회적으로나 분수를 지키지 않을 때 추한 꼴을 보이게 된다. 인간의 생명의 유한성을 인식하지 않으면 죽음 앞에서 당황하게 되고 권좌(權座)에 집착하면 민족이나 인류의 원수가 된다. '너 자신을 알라' 는 소크라테스의 말도, 공자가 말하는 과유불급(過猶不及)도 우리에게는 항상 귀중한 교훈이다.

그러나 시간과 공간을 초월하는 다른 많은 명언이나 격언과 마찬가지로, 욕심의 억제를 강조하는 모든 표현도 따지고 보면 풀기 어려운 암호와 같고, 또 때로는 잘못 이용되는 수가 있다. 그것을 알기 위해서는 다음과 같은 몇 가지 질문을 던져보면 된다. 욕심이 없으면 사회나 개인의 발전이 이루어져나갈 수 있을까? 욕심이 지나치다는 것은 어느 정도를 두고 하는 말일까? 그리고 그 지나침의 기준은 누가 정하는 것일까? 이런 물음에 대해서 누가 '분수를 지키라'고 말한다 해도 그것은 마땅한 대답이 되지 않는다. 그 말은 우리의 지성을 통해서 해석되어야 할 수수께끼이며, 우리의 경험을 바탕으로 내용화(內容化)되어야 할 형식적 언어에 불과하기 때문이다. 나는 이런 문제와 관련해서 '분수'라는 말의 두 가지 의미를 잠시 반성해보려고 한다.

그 말의 첫째 뜻은 '사리를 분별하는 지혜'이며, 또 하나의 뜻은 '제 신분에 어울리는 한도'이다. 가령 "그것은 분수없는 말이다"라고 할 때는 대개 전자(前者)의 의미로 쓰인 것이며, "그는 분수없는 생활을 하고 있다"는 표현은 후자와 관련된 것이다. 하기야 이 두 의미에는 어떤 공통분모가 있기는 하다. 그것은 둘 다 철없는 감정이나 지나친 욕망을 배격하고 있다. 그러나 그 의미가 완전히 일치한다고는 볼 수 없다. 전자의 용법이 인간의 이성적 성찰을 강조하는 것이라면 후자는 사회적 조건을 중시하는 것인데, 이성적인 것이 곧 사회적인 것이라는 등식(等式)이 성립될 수는 없기 때문이다.

그뿐 아니라 전자의 의미도 더욱 두 가지로 세분될 수 있다. 분수가 문자 그대로 사리를 분별하는 지혜라면, 그것은 진실과 허위를, 선과 악을, 그리고 아름다운 것과 추한 것을 냉철하게 따지고 구별하는 철학적 능력을 지칭하는 것이리라. 그러니까 이런 경우에 분수를 안다는 것은 진선미(眞善美)를 터득한다는 뜻이 될 것이다. 그러나 실제로 이런 의미에서 분수라는 말이 쓰이는 일은 드물다. 왜냐하면 가령 플라톤이나 칸트를 가리켜서 '분수를 아는 철학자'라는 말을 쓰지는 않으며, 만일 구태여 그런 표현을 쓰겠다면, 그것은 '공연히 정치적, 사회적 욕망에 이끌리지 않고 자기의 본분에 충실한 철학자'라는 전혀 다른 의미를 띨 것이다. 그러니까 우리는 '분수=사리를 분별하는 지혜'라는 정의(定義)가 통상적으로 무슨 의미를 내포하고 있는지 다른 차원에서 생각해볼 수밖에 없다.

이때 우리가 알 수 있는 것은 그 표현이 새로운 각도에서 사리를 따지는 지혜를 가리키기보다는, 이미 상식이나 통념으로 굳어진 생각의 틀에 순응하는 태도를 가리키는 일이 많다는 것이다. 가령 옛날에는, 아내는 남편을 섬겨야 한다든가 백성은 왕에게 충성을 바쳐야 한다는 윤리를 아는 사람은 분수를 아는 사람이며 그것을 모르면 분수없는 사람이 되는 따위이다. 이렇게 보면 이성적 근거에서 여성의 해방을 주장하거나 혁명의 이론을 전개하는 사람들은 사리를 분별하는 지혜는 있을망정 분수는 모르는 인간이 된다는 기묘한 입장에 놓일 것이다.

둘째로, 사회적 신분과 관련된 분수라는 말도 여러 가지 뉘앙스를 띠면서 사용된다. '분수를 안다'는 것은 자기에게 부여된, 혹은 자기가 선택한 역할만을 충실히 지켜나가며 그럼으로써 사회 전체를 조화롭게, 그리고 발전적으로 이어나가는 데 공헌한다는 매우 바람직한 태도를 의미할 수 있다. 그것은 또한 경제생활의 측면에서도 극기력(克己力)과 착실한 삶의 의지의 발로(發露)로 높이 평가될 수 있다. 그러나 그 표현은 흔히 체념과 패배주의를 나타내기도 한다. "어차피 실패한 인생이고 보잘것없는 신분인데 그냥 참고 살지"라든가, "가난 구제는 나라도 못한다니 별수없지. 다 팔자소관인 줄 알고 견딜 수밖에"라는 탄식이 '분수를 안다'는 말 밑에 깔려 있다면 그것은 슬픈 일이다. 그러나 그 말이 비록 슬픈 체념의 표현일망정 그것이 자신을 두고 하는 것이라면 그나마 낫다. 우리는 그런 사람을 동정하고 그와 대화를 나누고, 가능하다면 삶에 대해서 좀더 적극적으로 생각하도록 권유할 수조차 있다.

그보다도 한결 우려할 만한 것은 분수라는 단어가 가령 '너의 분수를 알라'는 따위의 명령문과 결부되어 타인에게 지향되는 경우이다. 그때 그 말은 진심에서 우러나는 충고라기보다도 경제적, 사회적 또는 사상적으로 억압의 언어가 되는 일이 더 흔하다. 돈 많은 사람이 돈 없는 사람에게 그런 말을 던질 때, 그것은 억울한 사람들을 그 자리에 묶어둠으로써 그야말로 분수 없는 이익 추구의 기회를 굳히기 위한 간사한 언변이 될 수 있다. 또 상급자가 하급자에 대해서 "분수를 지켜라"라고 말할 때, 그것은 도리어 사리를 옳게 판단한 하급자의 정당한 발언을 가로막는 횡포가 되기 쉽다. 따라서 이런 경우에는 사리를 분별하는 지혜로서의 분수는 사회적 분한(分限)으로서의 분수를 강요하는 자에 의해서 가로막힌다는 매우 반갑지 않은 사태가 벌어지는 것이다.

이렇게 볼 때 분수라는 말은 때로는 진실한 지력이나 감탄할 만한 극기력을 발휘하려는 자세를 의미할 수도 있지만, 더 많은 경우에 기존관념 존중이나 패배주의나 억압을 나타내는 말이 된다는 것을 알 수 있다. 그런 경우에는, 어려운 삶을 보다 슬기롭게 이어가기 위해서 우리가 반기려던 이 단어가 도리어 우리의 삶을 후퇴시키게 된다. 특히 너나없이 경계해야 할 것은 관습에 진리의 탈을 씌우고 자기정당화에 도덕적 외모를 갖추게 하려고 그 말을 이용하는 일이다.

우리 모두가 빠져들기 쉬운 이런 함정이 우리들 자신 속에 있음을 자각하는 것이 아마도 분수를 지키는 첫 단계일지도 모른다.

『2000년』, 1984년 1월호 ●

정보의 안팎

"당신이 무인고도(無人孤島)에서 한참 동안 살게 된다면 당신의 정신생활을 위해서 무엇을 가지고 가겠습니까?"라고 누가 묻는다면 여러 가지 대답이 나올 것이다. 어떤 사람은 성서나 불경을, 또 다른 사람은 바흐나 모차르트의 음악 몇 곡을 가지고 가겠다고 대답할 것이다. 또 사람에 따라서는 아예 빈손으로 가서 자연 속에 묻히기를 바랄지도 모른다. 그러나 기차여행을 할 때처럼 신문이나 잡지를 들고 나서겠다는 사람은 아마도 없을 것이다. 일상생활을 청산할 처지에 놓인 이상, 곧 휴지가 되고 말 그런 덧없는 것은 아무 소용이 없기 때문이다.

그러나 행인지 불행인지 무인고도에서가 아니라, 번잡하고 나날이 달라지는 현대사회에서 살고 있는 대부분의 우리들에게는 신문과 잡지와 방송은 바로 그 일시적인 성격 때문에 긴요한 것이다. 주위에서 당장 무슨 일이 일어나고 있는지를 모르면 호기심이 채워지지 않을 뿐 아니라, 생활을 하는 데도 큰 지장을 받게 된다. 방공(防空)연습이 언제 있는지, 내일의 날씨가 어떤지, 어느 가게에서 세일을 하는지, 증권시세가 어떻게 변하는지를 알아야 그날그날을 실수 없게 그리고 실속 있게 살아갈 수가 있는 것이다.

그러나 우리에게 물이나 공기만큼 불가결하게 된 매스 미디어는 동시에 위험하고 경계할 만한 것이기도 하다. 그 위험은 무엇보다도 그것을 주관하는 사람들로부터 유래한다. 아무리 공정성과 객관성을 표방할망정 거의 모든 정보는 발신자(發信者)의 입장이나 의도를 밑에 깔고 있으며, 자기가 원하는 방향으로 수신자의 마음과 몸을 움직이게 하려는 것이기 때문이다. 그런 조작(操作)은 특히 선전문이나 광고에 뚜렷이 나타나지만 어떤 사건을 보도할 때도 마찬가지이다. 동일한 사건이라도 A신문에는 크게, B신문에는 작게 실리고, C신문에서는 아예 언급조차 되지 않는다. 그럼으로써 각각 자신의 견지나 이해관계나 이른바 사시(社是)에 따라서 독자를 자극하고 조종하려는 것이다.

오늘날의 매스 미디어는 이런 의도적인 편파성과 아울러 또 하나의 우려할 만한 사태를 초래한다. 우리에게 전달되는 정보가 엄청나게 잡다하기 때문이다. 가령 어떤 날에는 별의별 야릇한 헤어스타일이 소개되고 이튿날에는 전통의상의 아름다움이 강조된다. 또 다른 예를 들자면 일본은 동시에 경계할 나라, 본받을 나라, 제 뿌리를 가진 나라, 약삭빠른 나라로 보도된다. 그렇다면 우리는 어떤 머리를 하고 어떤 옷을 입고 어떻게 일본을 생각해야 할 것인가? 자칫하면 그런 정보의 홍수에 휘말려서 정견(定見) 없이 갈팡질팡하는 꼴이 될지도 모른다. 아는 것이 힘이 아니라 도리어 자아상실(自我喪失)이라는 무서운 병을 안겨줄지도 모른다.

따라서 우리에게 절대적으로 요청되는 것은 편파적이며 잡다한 정보들을 스스로 처리할 수 있는 진실한 지성(知性)을 갖추는 것이다. 한데 그 지성은 삶과 사회와 문화에 관한 깊이 있는 교양의 축적을 통해서만 형성될 수 있다. 그때야 비로소 우리는 매스미디어의 표면상의 언어에 이끌리지 않는 인간, 줄과 줄 사이를 읽고 글자의 밑을 뚫어보면서 스스로 판단할 줄 알고 정보를 진실로 활용할 줄 아는 주체적 인간이 될 것이다.

『동방리뷰』, 1984년 3월호 ●

'내국인 출입금지'

  서울 시내 중심가의 어느 유명한 호텔에 부설되어 있는 고급 쇼핑센터. 비싼 음식점과 화려한 가게들이 늘어선 그곳 한 모퉁이에 외국인 전용상점이 있다.

  맑디맑은 큰 유리창 너머로 외제 식품이 보기 좋게 진열되어 있고, 간간이 말쑥한 서양 사람들이 드나든다. 그곳은 면세점도 아니고 PX도 아니고, 또 외교관 전용의 특별매점도 아니다. 세금이 버젓이 부과되어 있으면서도 한국인에게는 팔아서 안 될 물품을 외국인 일반에게는 공급하려는 뜻에서 생긴 곳이다. 나는 그 처사가 궁여지책인지 또는 한국인다운 아량에서 나온 것인지는 모른다. 다만 동경(東京)이나 파리에서는 본 일이 없는 그런 특별상점의 존재가 우리나라의 실정으로서는 별수없는 일이라고 생각해두기로 했다. 물론 입맛이 개운한 것은 아니었지만…….

  그러나 개운치 않은 나의 입맛을 더욱 쓰게 만들고 입안이 온통 헐어버리는 듯이 느끼게 한 것이 있다. 그것은 그 상점의 입구에 적힌 두 줄의 문구를 보았을 때이다. 윗줄에는 청색으로 '외국인 전용상점'이라고 표시되어 있고, 바로 그 밑에는 독살스러운 붉은 색으로 '내국인 출입금지' 라고 적혀 있는 것이다. 그러자 내 머리에는 일제시대에 들은 한 토막의 이야기가 언뜻 떠올랐다. 중국 상해(上海)의 일본인 조계지대(租界地帶)에 '개와 지나인(支那人)은 들어오지 말 것' 이라는 팻말이 걸려 있었다는 것이다. 나는 갑자기 나 자신이 그 개가 되고 그 '지나인' 이 되는 듯이 느껴졌다. 나의 신경과민의 탓이었을까? 마침 나와 함께 있던 L형도 비슷한 느낌에 사로잡혔다. L형은 자신이 가끔 가는 맞은편 식당에 들어가 안면이 있는 직원에게 이렇게 말했다 "외국인 전용상점이라고만 써놓아도 벌써 내국인의 출입은 허락되지 않는다는 뜻이 되는 거요. 그런데도 구태여 시뻘겋게 내국인 출입금지라고 덧붙여놓은 것은 우스울 뿐 아니라 부끄럽고 불쾌한 일이오. 제발 이 쇼핑센터의 책임자에게 알려서 그 붉은 글자만은 지우도록 해주시오." 그러나 이 간절한 부탁은 받아들여지지 않았다. 며칠 후 다시 한 번 그 식당에 들른 내 친구가 얻은 답변은 다음과 같은 것이었다. "책임자에게 말했더니 행정당국의 지시이기 때문에 지울 수 없답니다."

나는 그 대답의 진실성 여부는 모른다. 다만 그 후 나는 출입금지라는 말에 대해서 한두 가지 생각해보았는데, 그 상점에 써붙인 '내국인 출입금지' 라는 표현만큼은 우리 사회의 한 우려할 만한 증상(症狀)의 징조라는 생각이 굳어져가기만 했다.

어떤 장소에 출입이나 접근을 금지시키는 목적은 크게 두 가지로 구분될 수 있다. 첫째는, 금지당하는 사람의 이익을 위한 것이다. 가령 공사현장에 붙어 있는 '외부인 출입금지'의 표지나 성인용 영화를 돌리는 극장 앞에 내건 '중고교생 입장금지' 따위가 그것이다. 전자는 가능한 부상에 대해서 외부인을 보호하기 위한 것이며, 후자는 소년들의 순결성을 해칠 것이 두려워서 취해진 조치이다. 이러한 금지조치는 한 공동체의 성원 전체를 위해서 취해지는 경우도 있다. 예컨대 군사시설이나 정보기관이 섬뜩한 표현으로 출입을 통제하는 것은 적의 침입으로부터 나라를 지키려는 당연한 보안상의 이유 때문이다.

둘째로, 출입금지의 표지는 금지하는 사람들이 자신의 프라이버시나 특권을 지키고 또 과시하기 위해서 내거는 수가 있다. 이때 금지당하는 사람들은 분명히 소외되고 또 어떤 경우에는 굴욕조차 느끼게 된다. 앞서 내가 언급한 상해의 조계지대의 팻말이 바로 그 극단적인 예이다. 그런데 실상 이런 종류의 출입금지는 정도의 차이가 있긴 하지만 그렇게 드문 것이 아니다. 어떤 점에서 보면 거의 모든 곳에 무단출입금지가 여러 가지 형식으로 가해지고 있다고 해도 좋다. 어느 집이건 문을 잠그고 잔다. 영화관도 운동경기장도 표를 산 사람들만을 위한 특권지대이며, 돈 없는 사람에게는 보통 접근이 허용되지 않는다. 결국 문제는 어떻게 출입을 금지시키느냐는 데 있으며, 그때 사용되는 표현이 그 공동체의 인간관계와 문화의 수준을 말해주는 것이다. 가령 대문만 잠그면 충분할 터인데도 '허락 없이 절대로 들어오지 마시오'라고 써붙인 집이 있다든가, 또는 '표 없는 자는 입장엄금'이라고 내건 극장이 있다고 하자. 그렇다면 그것은 그 사회에 매우 심각한 증상이 있다는 것을 나타내는 것이다. 그것은 불법자가 많고 인간관계가 원활하지 않아서, 위압적이며 모욕적인 언어가 아니면 통하지 않는 사회라는 것을 의미하는 것이다.

그렇다면 내가 '내국인 출입금지'라는 시뻘건 글씨를 보고 흥분한 이유가 어디 있는지 짐작이 갈 것이다. '외국인 전용상점'이라는 표지가 하나의 특별한 장소를 알리기 위한 비교적 순수한 기호라면, 그 밑에 나란히 적힌 '내국인 출입금지'는 단순한 동어반복(同語反復)이 아니라 위협과 불신과 모욕의 표현이다. 더구나 그것은 상해의 조계지대의 팻말보다도 더 지독한 것이다. 왜냐하면 상해의 그것이 외국침략자인 일본인에 의해서 가해진 모욕인 반면에, 이것은 같은 한국인이 동포에 대해서 가한 자학적(自虐的) 모욕이기 때문이다.

앞으로 수입이 자유화되면 보기에 언짢은 그 상점도, 또 끔찍한 그 붉은 글자도 없어지리라. 그러나 그런 말을 쓰게 한 사람들의 의식구조는 쉽게 변화하지 않을 것이다. 주체성, 동포애, 민족주의와 같은 말을 무색하게 만들어버리는 그 의식구조, 문제는 바로 여기에 있다. 더구나 누구보다도 행정당국의 사람들이 그런 의식구조를 지니고 있는 경우에는 문제는 더욱 심각한 것이다.

『2000년』, 1984년 5월호 ●

조화(弔花)의 사회학

"꽃들에게 넋이 깃드는 야릇한 저녁나절이 있다"고 읊은 어느 시인이 있다. 모든 소음과 근심이 가라앉은 황혼녘에 피어오른 한 송이 장미나 들꽃이 시인으로 하여금 마음의 평화를 되찾고, 자연과 융합하고 또 초월적 세계로 들어서게 해주는 것이리라. 말하자면 그는 다음과 같은 꽃의 속삭임을 들은 것이다. "나의 잔잔한 아름다움 속으로 들어오세요. 나를 바라보는 당신의 시선을 통해서 당신은 나의 비밀을 알고 당신도 변신을 할 수 있어요."

그러나 이런 희한한 꽃의 체험은 아무에게나 주어질 수 있는 것은 아니다. 일상생활에 시달리다보면 어느 틈에 감각이 무뎌지고 마는 것이 우리들 대부분의 경우이다. 그렇지만 다행히도 미적(美的) 감각을 완전히 상실한 사람은 없을 것이다. 이기주의자나 속한(俗漢)에게도 꽃은 여전히 아름다울 것이다. 다만 우리들 보통사람의 한계는 그 아름다움 속에서 넋을 잃음으로써 새로운 넋을 탄생시킬 정도로 철저하게 사회적 자아로부터 해방될 수는 없다는 데 있다. 그래서 우리는 아직도 살아남은 미적 감각과 사회적 존재로 살아가려는 욕구를 어떻게 연결시켜볼 수 없을까 하

134

고 궁리하는 것이다. 그리고 바로 여기에서 꽃의 사회적 의미가 생긴다. 가령 우리는 당신의 초대에 감사한다는 것을 알리기 위해서 꽃을 가져가고, 내 사랑이나 우정을 받아달라는 뜻으로 꽃을 보낸다. 조화(弔花)도 역시 꽃의 아름다움이 그렇게 사회적 의미로 이용되는 한 두드러진 경우이다.

그것은 산 사람이 고인에게 바치는 찬양과 경의와 기도의 상징이다. 영구(靈柩)에, 상석(床石)에 또는 묘비에 놓인 몇 송이의 꽃은 죽음을 넘어서서 이어지는 인간의 사랑의 표시이다. 그러나 조화가 이런 종류의 상징으로서의 값진 의미만을 갖는 것이 아니라는 것, 그것은 매우 얄팍한 자기과시의 표현이 될 수도 있다는 것, 그리고 심지어 상주에게 괴로움을 안겨줄 수도 있다는 것을 나는 최근 상류계층에 속하는, 나의 집안의 한 상가에서 알았다.

부고가 나자 커다란 화환이 속속 들어오기 시작했다. 대개는 제 철을 어긴 국화, 향기라곤 전혀 없는 국화였는데, 한 개에 평균 십만 원은 한다는 그런 대형화환을 꽃가게의 인부들이 앞을 다투어 날라 왔다. 물론 거기에는 검은 테두리를 두른 널찍한 종이가 붙어 있고 그 위에는 무슨 사장, 회장, 은행장, 이사장 등의 이름이 반드시 직함과 함께 큼지막하게 적혀 있다. 그러니까 그런 조화는 그 직함과 이름을 장식하기 위해서, 그 사람들의 위세(威勢)를 확인시키기 위해서 있다고도 할 수 있다. 그뿐 아니다. 어느 틈에 유물주의와 속물근성을 본능처럼 지니게 된 많은 일반 조객들은 그 거물들의 이름을 보고 새삼 경의를 표하고, 또 그들로부터 조화를 받은 상가의 높은 지체를 부러워한다.

이렇듯 죽은 이의 명복을 빌기보다는 차라리 살아 있는 사람들의 눈길을 끌기 위해서 보내진, 돈 냄새가 물씬 나는 백여 개의 화환들이 이윽고 집안을 가득 채우게 되었다. 그러자 상주는 어려운 문제에 부딪쳤다. 꽃가게에서 쉴새없이 가져오는 그 화환들을 정돈해야 했기 때문이다. 그러나 어느 것을 어디에 놓아야 할 것인가? 별수없이 꽃의 귀천(貴賤)을 여러 등급으로 매길 수밖에 없었다. 영구와 가장 가까운 곳에는 재벌그룹 회장들의 초대형 화환을 모셔놓고, 문간에는 큰 회사 사장들의 화환을 놓다보니, 작은 업체의 장들의 것은 아예 대문 밖으로 밀려났다. 그러다가 출상의 날이 왔다. 상주는 트럭 두 대를 불러 그 화환들을 되는 대로 마구 쌓아올리게 해서 장지로 떠났다. 이웃에게 나누어줄 수도 없고 집에 꽂아둘 수도 없고, 당장에 쓰레기로 처분할 수도 없는 그 거추장스런 수만 송이의 꽃들을 죽이고 버리러 가는 것이나 다름없었다. 과연 삼우제날에 다시 가보니 넘어지고 일그러지고 짓밟힌 화환들이 빈사상태로 나동그라져 있었다.

그때 산동네의 한 늙은 농부가 "저 화환들은 얼마나 하는 거요?" 하고 물었다. "모두 합하면 돈 천만 원은 될 겁니다"라는 나의 대답에 그는 정신 나간 사람처럼 나를 쳐다보았다. 그것은 증오의 시선이었을까, 부러움의 시선이었을까?

오오, 인간의 천한 어리석음이여! 조화마저도 사회적 신분 과시의 수단으로 삼는 가진 자들의 속악한 허영이여! 날이면 날마다 비서를 시켜서 그런 조화를 사무적으로 보내게 하는 그 사람들에게 나는 새삼스레 꽃의 넋에 대해서 이야기할 뜻은 없다. 시적(詩的)인 비전이나 철학적 사고는 그들에게는 아예 인연이 없고 또 해롭기조차 할 터이니 말이다. 다만 그들에게 다음과 같은 한 가지 부탁을 하고 싶다.

"부(富)를 내세우는 것이 덕(德)이라고 생각하는 것은 당신들의 자유이겠지만, 제발 당신들끼리의 좁은 터전에서만 그런 철없는 덕의 유희를 즐기시오. 되도록 남의 눈에 띄지 않게 말이오. 당신들의 이웃에는, 결혼식장에서 선물이나 향응을 금지하는 법률을 어겼다 하여, 갈비탕 한 그릇을 대접한 탓으로 고소당한 서민도 있고, 돈 만 원을 아직도 귀중하게 여기는 농민도 있소. 이튿날이면 쓰레기가 될 십만 원짜리 조화를 그들의 면전에서 과시하는 따위의 행동으로 그들을 약 올리고 모욕하고 절망에 빠뜨리지는 마시오. 그것이 이른바 선진조국의 건설을 위한 당신들의 최소한의 도덕적 의무이외다."

『2000년』,1984년 6월호 ●

비비올로지

초등학교의 아동에서 대학생에 이르기까지, 그리고 정처 없는 건달에서 어엿한 직장인에 이르기까지, 오늘날의 신세대가 보여 주고 있는 언어적 유희의 능력은 참으로 대단하다. 그것은 때로는 단순한 익살일 수도 있다. 가령 허수아비의 아들의 이름은 허수라고 하는 따위의 말장난이 그렇다. 그러나 때로는 세태(世態)에 대한 매우 날카로운 풍자적 신어가 산출되는 경우도 있다. 종래의 표현으로는 충분히 나타낼 수 없는 어떤 두드러진 현상을 인상 깊게 부각시키기 위해서, 또는 정치적, 사회적으로 제약된 언어사용의 테두리를 우회(迂回)해서 암시의 효과를 내기 위해서 창조적 능력이 동원되는 것이다. 내가 최근에 알게 된 그런 종류의 신어 중의 하나로 '비비올로지'라는 것이 있다. 그것은 작년에 대학을 졸업하고 어느 작은 회사에 잠시 근무한 일이 있는 김양에게서 들은 것이다. 어느 날 내 연구실을 찾아온 그녀는 내게 이런 이야기를 했다.

"선생님, 비위가 뒤틀려서 회사를 그만두었어요. 저는 남자들이 티끌만한 자존심도 없이 그렇게 비굴할 줄은 정말 몰랐어요.

평사원은 계장에게, 계장은 과장에게, 과장은 부장에게 저마다 굽실거리고, 두 손바닥의 지문이 닳아 없어지도록 비벼대는 꼴은 차마 눈 뜨고 볼 수 없을 정도예요. 그것이 그 회사의 전체적 분위기이며, 그들은 본능처럼 된 손바닥 비벼대기의 대가로 한 달에 몇십만 원을 헤헤하고 받아 간답니다. 저는 그 가련한 짓을 '비비올로지'라고 부르기로 하고 '이 못난 비비올로지스트들아, 잘 있거라' 하며 회사를 떠나버렸죠."

나는 재학 중에도 익살을 곧잘 부리던 그녀의 이야기를 듣고 껄껄 웃었다. 그것이 나의 최초의 반응이었다. 그러자 이제 실사회와 처음으로 접촉하게 된 그녀에게 있어서 지난날의 익살은 매서운 풍자로 바뀌었다는 느낌이 들어 다소 우울해졌다. 이윽고 그 우울한 기분은 거의 괴로운 심정으로까지 변질하는 것을 스스로 느끼면서 나는 그녀에게 말했다.

"그런 비비올로지가 오늘날 허다한 조직체의 관행이 되어 있다는 것은 나도 알지. 그리고 김양의 반발도 충분히 이해가 가는 일이오. 그것은 아직도 꺾이지 않은 고귀한 넋의 표현이오. 하지만 다른 측면에서 생각해봅시다. 지금 열심히 비비올로지를 하는 젊은이는 그 덕분에 훗날 잘 살게 될 가능성이 많소. 허다한 경우에 명예도 돈도 비비올로지의 결과요. 반면에 비비올로지를 거부하는 사람은 중년이나 노년에 나처럼 넉넉지 못하게 살게 되기 쉽소. 매일 시내버스에서 시달리고 아이들의 등록금을 걱정해야 하고 아내에게 연탄가루를 뒤집어쓰게 하고……. 그렇다면 김양은 어떤 종류의 젊은이와 결혼하겠소? 물론 극단적인 두 경우를 예로 든 것이지만."

그녀는 얼른 대답을 하지 않았고 그녀 자신의 얼굴에도 어두운 빛이 돌기 시작했다. 나도 구태여 대답을 강요하지 않았다. 만일 그녀가 "저는 비록 거적을 깔고 자게 되더라도 자신에게 충실하고 거짓된 것에는 끝끝내 타협하지 않는 사람을 택하겠어요"라고 대답했다면 나는 빙그레 웃었을 것이다. 그런 윤리적 로맨티시즘이 가상(嘉尙)하긴 하지만, 아무래도 나 자신에 대한—차라리 그녀가 나 자신이라고 생각하고 있는 허상(虛像)에 대한—일종의 비비올로지로 여겨졌을 것이기 때문이다. 반대로 "후일 고생하기는 싫어요. 돈도 사회적 지위도 어느 정도는 갖출 수 있는 상대자를 골라야죠"라고 대답했다면 그녀 자신이 자가당착을 느끼고 내 앞에서 좀 부끄러운 꼴이 되었을 것이다. 결국 그녀는 현명하게도 내 질문에는 아무런 명확한 답변도 주지 않고 다른 잡담을 나누다가 가버렸다.

나는 그 후에도 가끔 김양과의 대화 장면을 떠올리고, 그녀가 보여준 애매한 침묵이 오늘날의 선량한 청년들의 심정의 상징이 아닐까 하고 생각하게 되었다.

한편에는 어떠한 고난에 시달릴망정 더러운 세태와 끝끝내 타협하지 않겠다고 단단히 마음먹고 있는 극히 예외적인 젊은 영웅들이 있다. 그리고 다른 한편에는 생존을 위해서, 또 한 걸음 더 나아가 부귀영화를 위해서 자존심을 내던질 용의가 되어 있는 비비올로지의 예비생(豫備生)들이 있다. 그러나 가장 많은 것은 그 중간지대에서 머뭇거리는 군상들일 것이다. 그들은 아직도 정신적 가치와 자아에 대한 성실성을 소중히 여기면서도 결국은 비비올로지로 편입될 수밖에 없다는 것을 스스로 두려워한다. 따라서 이상적으로 말하자면 기성세대의 책임은 이 애매한 처지의 젊은 이들이 전자(前者)의 길을 고수하도록 고무하고, 또 그 길을 따라가기 쉽게 물질적, 사회적 여건을 만드는 것이다.

그러나 그것은 결코 쉬운 일이 아니며, 또 우리만의 문제도 아니다. 어느 시대, 어느 세상에서나 정신과 물질이 대립하고 개인적 성실성과 생존을 위한 사회적 유희 사이의 모순이 있어왔다. 그러나 오늘날의 우리 사회에서 특히 현저한 것은 젊은 세대를 위한 바람직한 배려를 할 수 있는 힘이 너무나 미약하다는 것이다. 우리를 무자비하고도 비겁한 물질주의자로 전환시켜버린 십여 년 간의 경제 제일주의, 자본과 경영이 분리되지 않은 우리 기업의 주인들의 횡포, 그리고 그런 반갑지 않은 현상을 견제할 만한 정신적, 종교적 전통의 결핍, 그 모든 것이 젊은이들을 더욱 비굴하고 간사한 비비올로지스트로 만들어나갈지 모른다는 걱정이 앞서는 것이다.

『2000년』, 1984년 7월호 ●

지하철 속의 설교

　수도권에 한정된 이야기일지는 몰라도 시내버스는 결코 쾌적한 교통수단은 아니다. 정비 불량의 더러운 차량, 난폭한 운전, 승객을 떠미는 차장, 귀가 터지도록 크게 틀어놓는 라디오 소리, 분명치 않은 정차 지점, 수시로 바뀌는 노선. 다른 나라에서는 여간해서 겪어볼 수 없는 시내버스의 이런 횡포는 우리의 의식 상태나 사회구조나 행정체제와 깊이 관련되어 있으리라는 생각마저 든다.

　다행히 지하철은 시내버스의 불편과 불쾌감을 말끔히 씻어주는 것처럼 보인다. 그것은 일정한 철로 위를 일정한 시간에 달리고 일정한 장소에서 정지하고 문이 자동적으로 개폐되고 라디오 소리도 내지 않는다. 시내버스에서 지하철로 옮겨 탄 사람은 갑자기 무질서에서 질서로, 불안에서 안정으로 옮아온 듯이 느낀다. 나는 집과 직장 사이를 오가면서 매일처럼 그런 경험을 한다. 그리고 시내에 어서 더 많은 노선의 지하철이 생겨서 시민들이 시내버스의 학대에서 벗어나고, 그 질서와 안정이 모든 분야의 일상생활에까지 번지기를 바란다.

그러나 양질의 서비스를 제공하는 이 편리한 지하철에 대해서도 내게는 한 가지 불평이 있다. 내 불평의 대상은 매우 작은 일 같지만 생각하기에 따라서는 큰일일 수도 있을 것이다. 적어도 그것이 나의 느낌인데, 내가 말하고자 하는 것은 전동차 안에서 사용되고 있는 공적(公的)언어에 관한 것이다.

내가 아는 외국의 지하철은 승객에 대해서 최소한의 필요한 언어만을 사용한다. 다음에 도착할 역의 이름, 열리는 문의 위치, 다른 노선과의 접속, 예기치 않았던 정차의 이유(가령 신호대기)만을 알리는 것이 보통이다. 그 이외로 무슨 말이 있다면, 잃어버리는 물건이 없도록 하라든가 혹은 만원의 경우에는 안으로 좀더 들어가달라는 따위의 당장 필요한 부탁이다. 이에 반해서 우리의 지하철은 마치 최대한의 말을 하려는 것 같다. 위와 같이 지하철의 원활한 운행 때문에 요청되는 발언에 곁들여, 국민을 계몽하고 국민에게 명령하기 위한 목소리가 부단히 들려온다. "간첩을 잡아라", "세금을 잘 내라", "책을 읽는 국민이 되라", "한 방울의 물도 아껴 써라"는 등의 주문이 달리는 차의 소음에 섞여서, 때에 따라 나른하고 날카롭고 거칠고 갈라지고 쉬고 중얼대는 음성으로 쏟아져나온다.

물론 모두가 지당한 말들이다. 나라를 위해 세금도 잘 내야 하고 자신을 위해 독서도 해야 한다는 데 이의를 제기할 사람은 없을 것이다. 그러나 지하철 속에서의 이 설교의 홍수는 마치 역효과를 내기 위해서 마련된 것 같다. 상황을 고려하지 않고 너무나 자주 반복되는 너무나 당연한 말을 우리는 잔소리라고 부르고 그것을 귀담아듣지 않는 법인데, 지하철의 승객들 역시 잔소리가 되어버린 그런 설교에 대해서 무관심하거나 무감각해진다. 혹시 그 소리에 청각이 자극되는 경우가 있다고 해도 (그런 일은 승객들의 표정이나 거동으로 보아 매우 드문 것 같지만), 그것은 무감각한 것보다도 차라리 더 나쁘다. 왜냐하면 지하철은 만원이면 얼른 빠져나가고 싶은 공간이며 비어 있으면 휴식조차 가능한 편안한 공간이지만, 그런 잔소리는 양단간에 불쾌감만을 주기 때문이다. 이리 밀리고 저리 밀려서 시달리는 사람에게 서투른 언변으로 도덕적, 시민적 의무를 환기시킨다는 것은 잔인하기까지 한 처사이며, 빈 자리에 앉아 신문을 읽거나 잠깐 눈을 붙이려 할 때 들려오는 그런 소리는 짜증스러운 것이다.

한데 철도당국은 차장의 육성으로 나오는 이 설교 아닌 잔소리만으로는 그래도 부족하다고 생각한 모양이다. 최근에는 녹음기에 담긴 젊은 여성의 음성, 재미없는 책을 감동 없이 읽을 때와 같은 맥 빠진 음성이 일정한 간격을 두고 또 다른 잔소리를 한다. 그 잔소리는 내가 들은 바로는 다음의 세 가지이다. "지하철은 여러분의 재산이오니 훼손하지 맙시다", "차표를 사실 때에는 차례로 줄을 섭시다", "지하철은 30초간 정차하오니 빨라 내리고 빨리 탑시다".

이 세 가지 말은 내가 앞서 예시한 잔소리에 비하면 지하철의 바람직한 운행과 한결 직접적으로 관련되어 있는 것이기는 하다. 그러나 첫째와 둘째의 말은 "한국 사람은 낮은 문화 수준의 국민이다"라는 것을 국내외에(왜냐하면 승객 중에는 외국인도 있을 수 있기 때문이다) 널리 알리는 효과를 낸다. 그리고 셋째의 말은 지나친 서두름 때문에 끔찍한 시행착오와 사고와 손해가 초래

144

되는 우리 사회의 병폐를 더욱 조장할 만한 성질의 것이다. 게다가 이 문장들은 모두가 어법상의 오류를 범하고 있다. 종속절(從屬節)은 청자(聽者)인 승객을 드높여서 매우 공손한 어투("……이오니", "사실 때에는")를 사용하고 이지만, 주절(主節)은 건방진 명령조로 들리기조차 하는 청유법(請誘法)("……합시다")을 취하고 있는 것이다. 가령 여러분이 어느 윗사람에게 가서 "선생님은 귀하신 몸이오니 과로하지 맙시다"라고 말한다고 하자. 만일 그가 친절한 사람이라면 인칭의 혼동에 대해서 주의를 줄 것이며, 격한 사람이라면 호통을 칠 것이다. 그러나 행인지 불행인지 맹물 같기도 하고 괴물 같기도 한 이 녹음된 잔소리에 대해서도 대부분의 승객들은 무감각하다.

표어나 구호나 공약의 형태를 띠고 우리의 주위에 널려 있는 수많은 공적언어들은 내가 지금까지 언급한 지하철 속의 잔소리와 대동소이(大同小異)하다. 닳아빠진 언어, 호소력이 아예 없는 언어, 어법을 어긴 언어들의 난무로 이득을 볼 사람은 아무도 없다. 그런 것들은 도리어 귀한 언어를 타락시켜 마치 악성 인플레이션 하에서의 지폐처럼 천하게 만들어놓을 따름이다. 서양 사람들의 눈을 위해서 이른바 '혐오식품'을 추방하는 처사가 과연 옳은 일인지는 모르지만, 우리 국민의 귀에 '혐오언어'로 들리게 된 공적언어를 쇄신할 무슨 특별조치라도 강구하는 것은 이 사회의 건강을 위해서 분명히 시급한 일이다.

『2000년』, 1984년 8월호 ●

서약과 동의

법 앞에서 만인은 평등하다고들 한다. 사실이 그런지는 의심스럽지만, 적어도 그런 평등을 내세우는 것이 민주주의를 표방하는 나라들의 관례이다. 그러나 사회적 대우에 있어서는 불평등이 애초부터 공식적으로 인정되어 있다. 그것이 또 하나의 관례이다. 가령 고관(高官)들은 외국행 비행기를 탈 때 특별한 통로를 이용하지만, 그런 특권에 대해서 왈가왈부하는 사람은 별로 없다. 그들은 사회에서 남다른 중요한 역할을 하기 때문에 남다른 보호와 예우를 받아 마땅하다는 식으로 인식되어 있는 것이다. 그리고 우리는 이런 특권자를 VIP라고 부르면서 우러러보기까지 한다.

한데 수양이 덜 된 천박한 인간은 사회를 위해서 특별한 기여를 못 하면서도 될 수 있으면 무슨 특권을 누리는 VIP로서 남들의 존경을 받아보고 싶어한다. 그것이 나 자신을 포함한 대부분의 사람들의 철없는 욕심이다. 그리고 오늘날의 악착같고 간사한 상업주의는 우리의 그러한 허영심을 교묘하게, 아니 차라리 뻔뻔스럽게 이용하려고 한다.

나도 최근에 판매촉진을 위한 그런 종류의 심리작전에 말려들

뻔한 일이 있다. 어느 백화점이 보낸 두툼한 봉투가 배달되었다. 뜯어보니 "사회의 지도층에 계신 선생님을 저희 회사 VIP 고객으로 모시고자 VIP 크레디트 카드를 보내드립니다"라는 내용의 인사장과 함께, 영문(英文)으로 내 이름이 표기된 카드가 들어 있었다. 그 철자가 평소에 내가 사용하는 철자와는 다른 것이 못마땅했고, 또 무엇보다도 생전 처음으로 VIP로 불리는 것이 얼떨떨하고 낯간지러웠지만, 기왕에 보내준 것이니 이용해볼까 하고 생각했다. 그래서 사후절차(事後節次)로, 동봉된 신청서에 인적 사항을 적어 보내려고 펜을 들었다.

내가 그 카드의 이용을 포기하기로 마음을 고쳐먹은 것은 바로 그 순간이었다. 신청서의 첫머리에 이렇게 적혀 있었기 때문이다. "본인은 귀 백화점의 크레디트 카드에 의한 신용거래를 하고자 함에 있어 뒷면에 있는 회원규약을 준수할 것을 서약하며 입회를 신청합니다." 나는 이 문장을 읽고는 무슨 모욕이나 당한 듯이 얼굴이 화끈 달아올랐다. 만일 내가 신청서를 내면 규약을 준수할 것을 '서약'해야 하는 입장에 놓이게 될 테니까 말이다.

서약한다는 것은 단순히 약속한다는 것과는 다르다. 일반적으로 약속은 쌍방간의 대등한 입장에서 이루어지는 것이지만, 서약은 어떤 종류이건 간에 상하관계를 전제로 한 약속이다. 가령 법정에 증인으로 나설 때 우리는 법관 앞에서 오직 진실만을 말할 것을 서약한다. 그것은 법관 자신이 개인적으로 높은 사람이기 때문이 아니라, 법관에 의해서 대표되는 법이 개인을 넘어서는 불가침(不可侵)의 권위이기 때문이다. 더 알기 쉬운 예를 들자면, 어떤 사람이 어느 회사에 취직할 때는 고용주이며 상사인 사장에게 사규(社規)를 지킬 것을 서약하는 서류를 낸다. 그러나 외상거래를 하는 상인과 고객 사이에는 이런 상하관계는 성립되지 않는다. 심지어 물건이 아주 귀했던 일제 말기에, 간청을 거듭해서 간신히 외상을 얻어냈을 경우에도 나는 지불에 대한 약속은 했지만 '서약'을 하지는 않았다. 하물며 오늘날 크레디트 시스템을 도입한 백화점들이, 고객에게 특별한 배려를 하고 고객의 서약을 마땅히 받을 만한 시혜자(施惠者)나 상급자라고 생각할 사람은 아무도 없고, 경영학에서도 그렇게는 가르치지 않을 것이다. 더구나 가만히 앉아 있는 사람에게 VIP의 대접을 하겠다고 제 걸음으로 공손히 다가와서는, 일방적으로 정한 규약을 준수할 것을 서약하라고 요구하는 행위를 어떻게 이해해야 할 것인가? 그 백화점의 경영자는 정신분열증 환자이거나 혹은 제 나라의 말을 모르는 사람, 양단간에 근본적인 결함을 가지고 있는 사람일까? 나는 그렇게까지 생각하고 싶지는 않다. 다만 확실한 것이 하나 있다. 그것은 '고객이 왕'이라는 비유까지 동원해서 봉사정신을 강조하는 것은 얄팍한 겉치레에 지나지 않고, 그 밑에는 구매자에 대한 거상(巨商)의 오만이 깔려 있어서 그것이 그런 단어로 부지중(不知中)에 표출되었다는 것이다.

이러한 한국적인 거상들의 의식을 반증이나 하려는 듯이 내게는 최근 또 하나의 크레디트 카드 신청서가 날아들어왔다. 외국에 본거지를 둔 D클럽의 것인데, 그 회사는 나를 VIP로 여기지는 않았음인지 카드까지 동봉되어 있지는 않았다. 나는 영문으로 된 그 신청서를 얼핏 훑어보았다. 깨알처럼 작은 글자로 잔뜩 적힌 무슨 규약 다음으로는 '나는 이 규약에 동의하여(agree) 신청합니다'라는 문장이 있었고 그 바로 밑에 서명하기로 되어 있었다. 나는 그런 카드를 가질 필요가 없다고 생각하여 당장에 찢어버렸지만, 그 '동의한다'라는 단어는 내게 깊은 인상을 남겼다. 그 단어를 쓴 D클럽의 태도와 '서약'을 강요하는 우리나라의 그 백화점의 태도 사이에는 가볍게 생각할 수만은 없는 차이가 있다고 느껴졌기 때문이다. 한쪽은 고객에게 제안을 하고 고객의 자유로운 결정을 바라는 겸손한 태도를 보이고 있다. 크레디트 카드로 외상을 할망정 고객은 대등한 인격으로 인정받고 있는 것이다. 이에 반해서 내게 서약을 시키려는 그 한국의 백화점은 나를 이용해서 돈을 벌려고 하면서도, 말하자면 나를 아랫사람으로 만들려는 것이다. '서약하다'는 동사는 영어로 'swear'일 텐데, 만일 그 백화점이 이 단어를 강요하면서 서양 사람에게 크레디트 카드의 신청을 권유한다면, 그는 이렇게 말할지도 모른다. "참 뻔뻔스럽고 불손하기도 하지. 장사의 기본을 모르는 이런 백화점에 카드의 이용자가 들끓는다니, 한국 사람 전체의 언어감각이나 의식구조를 한번 조사해볼 만도 하군." 아니, 어쩌면 나의 이런 가상(假想)이 당치않은 것일지도 모른다. 요즈음의 여러 가지 사례로 보아, 외국인에게는 허리 굽혀 '동의'를 구하고 내국인에게는 교만하게 '서약'을 요구하는 슬픈 가능성을 넉넉히 상정해볼 수도 있으니까 말이다.

『2000년』, 1984년 9월호●

이성의 언어를 위하여

 문교부가 펴낸 중학교 1학년 1학기 국어 교과서에 다음과 같은 이야기가 편지 내왕(來往)의 형식으로 실려 있다.

 중학교에 갓 들어간 인숙은 남녀공학반에서 공부하게 되었다. 그녀가 보기에는 남학생들이 공연히 잘난 체하고 교사도 남녀를 차별하는 것 같다. 그래서 "인간은 다 평등하게 대해야 하는 것인데, 이렇게 차별해서야 되겠느냐"고 선생에게 항의하겠다고 시집간 언니에게 써 보낸다. 그러자 언니로부터 답장이 왔다. 그 내용은 이렇다.

 "남녀차별에 대한 글을 읽고 난 한참 웃었다. 그건 아마 네가 잘못 본 것일 거야. 남자와 여자는 본래 다른 점이 많아. 그러니까 선생님께서는 남학생에게는 남학생에게 알맞은 교육을, 여학생에겐 여학생에게 알맞은 교육을 하시는 건데, 그걸 너는 차별이라고 본 것일 거야……. 그리고 선생님께 항의하겠다는 건 큰일 날 소리구나. 평생을 두고 가르침을 받아야 할 제자로서 어찌 감히 그런 불손한 태도를 가질 수가 있겠니?"

 내가 우연한 기회에 읽게 된 이 텍스트를 여기에 소개한 것은,

그것이 우리나라의 모든 분야에서 너무나 자주 눈에 띄는 이성(理性)에 대한 억압을 전형적으로 축약하고 있다고 여겨졌기 때문이다. 더구나 검인정(檢認定) 아닌 국정(國定)의 중학교 교과서에 이런 이야기가 실려 있는 점으로 보아, 내가 여기에서 설명하려는 이성의 억압을 국가가 어려서부터 국민에게 가하려 하고 있다는 악의적인 해석조차 가능할 것이다.

이 이야기에서, 납득할 수 없는 상황을 따지고 싶어하는 인숙(즉, 자라나는 세대)을 언니(즉, 어른)가 나무라는 것은 두 가지의 전통적 관념에 의거해서이다. 첫째는 남녀유별(男女有別)이며, 둘째는 스승의 절대적 권위이다. 물론 이조(李朝)시대 이래의 이런 관념이 오늘날에는 완전히 지양되었다거나 또는 지양되어야 한다는 말을 하기는 어려울 것이다. 어떤 기능에 있어서는 남녀는 다를 수 있고, 또한 교사의 권위는 지켜져야 한다. 그러나 도덕을 바로잡겠다는 명목으로 이 두 가지 기존관념을 무턱대고 휘둘러댄다면 그것은 현실에 맞지도 않고 사리에도 어긋나는 큰 잘못이 될 것이다. 학교에서 남녀공학을 시도하고 있는 것은 양성(兩性)간의 차이보다도 인간으로서의 동질성에 중점을 두고 있기 때문이며, 다른 한편으로 교사의 권위는 가르침의 현장에서 실현되는 것이지 결코 가르친다는 직업 (나는 교직이 천직이라고는 생각해본 일이 없다) 그 자체에서 자동적으로 솟아나는 것은 아니기 때문이다. 이러한 합리적인 견해는 전통윤리를 오늘날의 인간관이나 현실에 어울리도록 뉘앙스 있게 받아들이는 것을 가능하게도 해줄 것이다.

그러나 이 텍스트를 아무리 뜯어보아도 언니로 대표되는 어른

이 이런 융통성 있는 입장에 서 있다는 징조를 찾아볼 수는 없다. 만일 그녀가 다소라도 이성을 섬기는 존재로 상정(想定)되었다면, 그녀의 입에서 다음과 같은 대답이라도 나올 수 있게 텍스트가 꾸며졌을 것이다. "선생님에게 항의한다니 그것은 불손한 말이다. 선생님께 공손히 여쭈어보면 납득할 만한 답변을 해주실 것이다." 그러나 그녀는 아우의 '항의' 라는 서투른 표현을 놓칠세라 꼭 붙들고 그것을 구실삼아 이성적 언어의 길을 가로막아버린다. 교사는 신성불가침이라는 허울 좋은 편견을 앞세워서, 설명과 대화와 설득에서 비롯될 사제지간(師弟之間)의 바람직한 관계가 성립될 수 없게 만들려는 것이다. 나는 어릴 때 어른에게 무슨 반대의견을 말하려고 하다가 당장에 "이 고약한 놈 같으니!" 하고 호령을 들은 일이 많은데, 인숙 역시 그런 지경에 몰리고 만 것이며, 이 텍스트는 어른의 비이성적(非理性的)인 언어의 독재에 순응하는 것이 도덕적 행위라고 말하려는 것이다.

그렇다면 다스리기에 편리한 것처럼 보이는 이런 억압적 언어가 가져오는 결과는 무엇일까? 이 텍스트에 따라서 더 구체적으로 말해보자면, 남녀유별과 교사의 절대적 권위를 단단히 믿고 있는 언니의 꾸중을 들은 인숙은 앞으로 어떻게 될까? 우리는 세 가지 정도의 가능성을 상상해볼 수 있을 것이다. 첫째는 자폐증(自閉症)이다. 그녀는 신(神)에게 묻기를 두려워하는 어떤 종류의 신자들처럼 교사에게 질문하기를 두려워하면서 속으로 끙끙 앓다가 마침내는 언어능력을, 다시 말해서 인간으로서의 기본적 자격을 상실하고 말지도 모른다. 둘째로는 그녀가 자신의 의견을 못 갖는 길들여진 가축처럼 될 가능성을 배제할 수 없다. 그녀는 관습의 굴레에 묶이고 관례를 진리로 받아들이는 주체성 없는 인간, 착하디착하지만 비판적 지성이 없기 때문에 그럴듯한 말이나 협박적인 말에 언제나 끌려다니는 노리개가 될 것이다. 셋째로 생각할 수 있는 그녀의 미래상은 반항아이다. 아마도 그녀는 어느 날 갑자기 어른들의 교육이 거짓된 것이며 기존체제에 의식을 묶어두기 위한 술책이었다고 느끼게 될지 모른다. 기성세대의 사고방식을 전적(全的)으로 부정하고 과격한 반항의 길로 나설지도 모른다. 그럼으로써 세대와 세대 사이의 원활한 발전이 이루어지는 대신에 우려할 만한 단절과 혼란이 생길 것이다.

교육이 형성해야 할 것은 자폐증환자나 순응주의자나 반항아가 아니라, 전통을 비판적으로 수용하면서 이 공동체를 전진시켜 나갈 창의적 인간이다. 한데 이런 바람직한 인간은 일방통행적인 억압의 언어에 의해서는 태어나지 않는다. 교육의 각 단계에서 왜, 왜, 왜라는 질문을 수없이 던지는 청소년의 말문을 인숙의 언니처럼 막아버리기는커녕, 도리어 그들의 질문을 고무하고 그들을 납득시키고 그들과 의견을 나누려는 언어가 요구되는 것이다. 그것이 바로 이성의 언어이다. 욕심을 부리자면 그런 언어가 국민생활의 기초가 되고 사회 전체로 퍼져나가야 한다. 그러나 그 정착을 위해서는 교육의 차원을 넘어선 어떤 과감한 정치적 결단이 필요할 것이다.

『2000년』, 1984년 10월호 ●

눈치

    나의 오래된 벗인 A군은 좀 수다스러워서 자신의 일상생활에 관한 싱거운 이야기를 곧잘 늘어놓는다. 다음에 적는 것은 그런 이야기들 중의 하나이다.

    "자네도 알다시피 나는 밖에 나가거나 밖에서 돌아올 때 전철을 이용하는 일이 많지. 하지만 종점에서 타게 되는 경우는 매우 드물기 때문에 앉을 자리를 당장에 차지하지 못하는 것이 보통일세. 짧은 거리를 갈 때는 아무 문제가 없지만, 반 시간쯤 걸리는 경우만 해도 서서 버티기가 그렇게 수월하지가 않군. 나이 육십이니 허리가 아파온단 말이야. 그렇다고 노약자 보호석 앞에 서는 것은 질색일세. 벌써부터 노인으로 동정을 받기는 싫어. 게다가 빤질빤질하게 생긴 청년이 염치불구하고 버티고 앉아서 나를 힐끔힐끔 쳐다보기만 하거나 아예 눈을 감아버리면 괴롭기까지 하지. '요새 젊은 것들은 버릇이 없단 말이야!' 하고 불쾌한 생각을 하게 되고, 또 다른 한편으로는 그 청년의 의식을 무겁게 짓누르는 것이 미안하기도 하니까. 그래서 우선은 노약자 보호석이 아닌 일반좌석 앞에 서지.

154

그런데 전철 속에서의 나의 알량한 드라마는 바로 이때부터 시작되는 걸세. 물론 앉아 있는 두 사람의 무릎을 좌우로 탁탁 제치고 '나 좀 앉읍시다' 하면서 그 사이로 엉덩이를 밀어넣을 배짱은 아직은 없네. 도리어 간혹 어떤 기특한 사람이 자리를 양보하려고 할 때면, '아니 괜찮아요' 하면서 구태여 앉지 않으려는 제스처까지 해 보인다네. 결국 나의 드라마란 다름 아니라 남에게 폐를 끼치지 않으면서도 최단시간 내에 자리를 차지하기 위한 잔꾀를 부리는 걸세.

　그것이 무엇인지 말해볼까? 요컨대 눈치를 살피는 거야. 앉아 있는 승객의 복장, 표정, 몸짓, 나이, 말투를 샅샅이 그리고 종합적으로 살펴서, 가장 가까운 역에서 내림직한 사람의 앞에 탁 버텨 서는 걸세. 말하자면 형사적 감각을 발동시키는 것이지. 좀더 유식하게 말하자면 일종의 기호 연구를 하는 거지. 왜냐하면 서울이란 도시는 사람들이 왕래하는 지역이 아직도 비교적 계층별로 다르기 때문이야. 가령 말쑥하고 맵시 있게 차려 입은 서른 살 내외의 남녀는 대개 종로나 시청역에서 내리고, 어린애를 포대기로 둘둘 감아 업고 큰 보따리를 안고 있는 거무뎅뎅한 안색의 여인은 서울역에서 내리는 것이 보통이고, 색깔의 조화에는 아랑곳없이 값싼 시장에서 사 입은 듯한 옷차림에 남도 사투리로 돈 이야기나 집안 이야기를 하는 남녀는 영등포나 구로역에서 내리는 일이 많은 따위일세."

　여기까지 듣고 있다가 나는 A군에게 물었다.

　"물론 자네의 눈치작전이 백발백중 들어맞는 것은 아니겠지? 실패할 때는 무슨 생각을 하나?"

"여러 가지 생각이 뒤얽힌다네. 점쟁이의 예언이 틀릴 수 있고 형사의 육감이 빗나가기도 하는데 난들 무슨 특별한 재간이 있겠나? 끝끝내 자리를 못 얻고 서서 가게 될 때는 아주 답답해지지만 혼자 빙긋이 웃지. 심지어 눈치작전에 실패한 것이 어떤 점에서는 반갑기도 하다네. 복장이나 표정으로 어떤 사람의 신분이나 생활 형편을 판별할 수 없게 된다면 그만큼 문화적, 경제적 평준화가 이루어진 것이니 말일세. 가령 파리 같은 도시의 지하철에서 인상착의에 따라서 어떤 사람이 어느 역에서 내린다는 것을 예측하기는 어려운 일인데, 그런 어려움이 더욱 커질수록 고루 잘 사는 사회가 되는 것이 아닐까? 그리고 또 눈치를 살핀다는 것은 참으로 고단한 일이기도 하지. 전차에 올라타자마자 앉을 자리를 찾으려고 그때마다 눈망울을 굴려대다보면 나 자신이 한심한 위인이라는 느낌이 든다네."

"그렇다면 자네는 원칙적으로는 눈치 배격론자면서 실제로는 눈치를 살핀다는 모순을 범하고 있다는 말이 되겠군. 하기야 인생이란 모순 자체일지도 모르지만."

"자네의 지적이 옳아. 그렇지만 좀더 넓게 눈치가 무엇인지 생각해볼 수도 있지 않겠나? 전철에서 자주 눈치를 보다가 마침내 눈치가 어떤 것인지 일반화시켜서 생각하게 된 것이 나의 소득이라면 소득일세. 건방지게 눈치의 이론이라고까지는 할 수 없지만, 내 좁은 소견으로는 그 기능을 네 가지 정도로 나누어볼 수 있을 것 같네. 첫째로는, 바람직한 발견과 결부된 눈치가 있을 거야. 가령 울음소리나 외마디 소리를 듣고 어린애의 욕구와 불만을 당장에 분간하는 어머니의 눈치나, 피의자의 그럴듯한 말을 꿰뚫어보고 진범을 가려내는 수사관의 눈치나 또는 병자의 횡설수설을 통해서 그의 병의 원인을 밝혀내는 정신과 의사의 눈치 따위가 그런 거지. 둘째로는, 눈치가 현명한 처세를 위한 기술로서 필요할 때가 있네. 아무리 세간사에 서투른 자네라도 누구에게 부탁이나 충고를 할 때 상대방의 기분이나 상황을 살피지 않고 무턱대고 대들지는 않을 걸세. 만일 그런 당돌한 짓을 하는 사람이 있다면 그는 이른바 센스가 없는 우둔한 자로 대접받을 것이고, 우둔하다는 것은 결코 자랑스런 일은 못 되지. 셋째로는, 일정한 규칙이 설정될 수 없는 터전에서 자신의 이익을 위해서 눈치를 살펴야 하는 경우가 있을 걸세. 예를 들면 전철을 탔을 때의 나의 행동이나 대학입시에서의 이른바 눈치작전이 그런 종류의 것이지. 공급이 수요를 못 따르는 오늘날의 사회에서는 어쩔 수 없는 일이 아니겠나? 다만 그렇게 눈치만 보다가는 결국 약삭빠르고 얄미운 인간이 되고 말 것이 걱정스럽기는 하지만. 그러나 정말로 한심하고 비굴하고 비참하기까지 한 눈치가 있네. 무엇인지 알겠나?"

나의 대답이 얼른 나오지 않자, 그는 굳은 표정을 지으면서 내뱉듯이 말했다.

"그것은 제도적 폭력에 의해서 강요된 눈치야. 차마 폭력의 앞잡이가 될 만큼 뻔뻔하지도 못하고, 또 그렇다고 해서 죽음을 무릅쓰고 폭력과 항쟁할 용기도 없는 사람들의 경우가 그렇지. 가령 신문을 만드는 사람은 총칼을 휘두르는 독재자의 난도질이 무서워서 눈치껏 글을 쓰고 신문을 읽는 사람도 눈치껏 행간을 살펴온 것은 자네도 잘 알고 있지 않나? 목구멍이 포도청이라서 무식한 상사의 터무니없는 변덕을 마치 고양이를 대하는 쥐새끼처럼 살피면서 연명해온 하급관리가 있는가 하면, 술김에 좀 대담한 잡담을 하다가도 힐끗힐끗 옆자리의 사람들을 쳐다보는 대학교수도 있지. 자네는 자네 자신을 포함한 이런 폭력의 희생자들을 경멸하고만 말겠나? 제발 그런 흔해빠진 엄격주의자가 되기 전에 '주여, 우리를 불쌍히 여기소서!' 하고 기도나 하게."

나는 A군의 이러한 눈치론에 전적으로 동의할 수는 없었다. 그러나 눈치가 어떤 점에서는 폭력과 억압 앞에서 살아남으려는 약자의 자기방어의 방편이 될 수 있고, 이것이 한심한 일이라는 그의 의견에는 일리가 있다고 생각했다. 앞으로는 보통사람의 위대한 시대가 열린다니 그런 부끄러운 눈치 보기가 씻은 듯이 가실지도 모르지만…….

『신동아』, 1988년 2월호●

선의와 지성

인지(人智)가 발달하고 역사가 전진하면 모든 일이 더 분명하게 밝혀져야 할 텐데, 사실은 반드시 그렇지가 않다. 그 중에서도 특히 선과 악에 관한 문제는 날이 갈수록 더욱 풀기 어려운 문제의 하나가 되어가는 것처럼 느껴진다. 인간이 본래 착한 존재인지 아닌지에 대해서는 예부터 왈가왈부가 많았지만 오늘날에는 더욱 이설(異說)이 분분하다.

그뿐 아니다. 세상이 복잡해짐에 따라 무엇이 옳으며, 무엇이 옳지 않은지 가늠하기조차 어려운 일이 한두 가지가 아니다. 개인적 차원에서도 또 집단적 차원에서도 그렇다. 가령 비싼 비용을 치르면서 자식에게 과외공부를 시켜야 할 것이냐는 문제로부터 노사간의 갈등이나 조국통일과 얽힌 문제에 이르기까지 유일무이(唯一無二)한 대답을 기대하기는 어려운 일이다. 요새 TV의 심야토론에서는 흔히들 이런 문제를 다루고 있지만, 그것을 보고 나면 머리가 더 어지러워지고 공연히 잠만 밑졌다는 느낌이 든다. 속 시원한 대답을 바란 것이 어리석은 짓이었을 것이다.

이렇듯 사람의 본성을 알 수 없고 선악을 측정할 만한 객관적

척도가 얼른 마련될 수 없는 세상에서, 우리는 매일매일의 삶을 마치 아슬아슬한 줄타기처럼 살아가고 있다. 자칫하다가는 자기만이 굴러떨어질 뿐 아니라 남들에게 커다란 해를 입히는 위험이 도처에 도사리고 있다.

그러니 자신의 행복과 아울러 남의 행복을 진심으로 바라는 착한 마음만을 가졌다고 해서 만사가 해결되는 것은 아니다. 지성(至誠)이면 감천(感天)이라는 것을 믿고 또 그렇게 되도록 노력하는 사람이 많은 것은 다행한 일이다. 그럼에도 불구하고 세상사는 간단한 것이 아니어서 하늘이 때로는 우리의 뜻을 무시하고 배반하는 듯이 느껴지는 일이 있다. 경우에 따라서는 선의가 도리어 엄청나게 불행한 결과를 가져올 수도 있는 것이다. 마치 선무당이 사람 잡듯이 말이다.

가령 망해가는 나라를 바로잡겠다는 구국일념(救國一念)으로 쿠데타를 일으키는 사람들의 경우가 그렇다. 그들의 선의와 애국심이 가져오는 것은 흔히 무서운 독재이며 살육이다. 개인적인 차원에서도 선의가 악의만큼, 아니 때로는 악의 이상으로 나쁜 결과를 초래하는 예는 비일비재(非一非再)하다. 자식에 대한 어머니의 사랑은 선의의 극치이지만, 나는 그 엄청난 선의가 엄청난 불행의 원인이 된 경우를 여러 번 듣기도 하고 보기도 했다. 학질에 걸린 아이를 얼마 동안 독에 넣어두면 낫는다는 미신을 철석같이 믿은 어머니가 그렇게 하고는 엉겁결에 뚜껑을 닫아 제 아들을 죽인 일조차 있었다. 더욱 끔찍한 일로는 남편의 난봉을 견디다 못한 아내가 자식에 대한 맹목적 사랑 때문에 두 아들에게 독약을 먹이고 함께 죽은 사건이 바로 이웃에서 일어나기도 했다.

　이런 불행은 물론 극단적인 경우이다. 그러나 정도의 차이는 있을망정 우리에게는 모두 선의 때문에 일을 그르칠 슬픈 가능성이 있다. 따라서 중요한 것은 선의뿐만 아니라, 선의와 함께 있어야 할 지성이다. 인간과 사물에 대한 넓은 이해, 냉철한 상황 판단, 사용될 수단에 대한 깊은 반성이 있어야 하는 것이다. 하기야 아무리 훌륭하게 지성을 발휘해도 우리는 뜻하지 않게 악을 저지르고 불행을 가져올지도 모른다. 인간이란 원래가 불완전한 동물이니까 말이다.

　그러나 선의와 지성의 융합으로 그런 슬픈 일을 되도록 줄여나가기를 바라고 애쓰는 것 이외에는 달리 길이 없을 것이다. 아마도 이것이 '진인사 대천명(盡人事 待天命)'이라는 예부터의 교훈의 본뜻이리라.

『동방리뷰』, 1989년 6월호 ●

청상과부

17세기 프랑스의 뛰어난 문인들 중에 라퐁텐이라는 우화작가가 있다. 그는 경묘(輕妙)하면서도 뜻깊고, 날카로우면서도 구수한 시구(詩句)를 통해서 인생의 실상이 무엇인지를 가르쳐주려고 한다. 나는 간밤에도 잠자리에서 그의 우화집을 여기저기 펼쳐보았다. 역시 재미있다. 가령 '청상과부'라는 제목의 이야기가 있는데 그 내용은 다음과 같다.

미모의 젊은 여성이 과부가 되었다. 그녀는 남편의 뒤를 따라 죽겠다고 하면서 비탄(悲嘆)에 젖는다. 그 모습을 지켜보고 있는 친정아버지는 딸을 실컷 울게 내버려둔다. 머지않아 그 쓰디쓴 눈물도 저절로 마를 날이 올 테니 그때가 되면 새로운 남편감을 구해주려는 속셈에서였다. 과연 얼마 지나지 않아 아버지는 딸의 눈치를 살피면서 재혼의 이야기를 내비친다. 그러나 딸은 펄쩍 뛰면서 오직 수절(守節)만이 자기의 도리라고 버틴다. 그러니 아직은 별수가 없는 노릇이다. 아버지는 그 이야기를 그냥 거둬들이고 만다.

그런 상태로 몇 달이 지났는데, 그동안 그녀는 달라져간다. 차츰 복장이 화려해지고 집안을 드나드는 청년들과 곧잘 어울리게 된다. 함께 웃고 놀고 춤추는 품이 이제는 통 어색하지가 않다. 그러나 아버지는 청춘의 샘물에 나날이 더 젖어드는 딸을 그냥 지켜보기만 할 뿐, 재혼의 이야기는 다시 입밖에 올리지 않는다. 한데 그 침묵 때문에 답답해진 것은 오히려 딸이다. 참다 못한 그녀는 어느 날 아버지에게 다그쳐 묻는다. "아버지가 구해주시겠다고 말씀하신 새 남편은 도대체 어디 있어요?"

이 아이러니컬한 한 토막의 이야기가 무슨 뜻을 담고 있는지는 너무나 분명하다. 작가 자신의 멋있는 표현을 빌리자면 "시간의 날개를 타고 슬픔은 날아가니 한 달의 과부와 일 년의 과부는 딴 사람"이라는 것이며, 또 우리에게 낯익은 관용적(慣用的) 표현을 빌리자면 "세월이 약"이라는 뜻이다. "눈에서 멀어지면 마음에서도 멀어진다"는 서양의 속담도 또 "거자일소(去者日疎)"라는 한문도 모두 같은 맥락의 것이다. 그러니까 "사랑의 기쁨은 어느덧 사라지고 사랑의 슬픔만 영원히 남았네"라는 그 귀에 익은 노래는 거짓말을 하고 있는 셈이다. 시간은 인간을 배반한다. 기쁨만이 아니라 가장 뼈저린 슬픔과 고통과 원한조차 풍화(風化)시켜 버리는 것이 시간이다. 적어도 그것이 이 글을 읽는 대부분의 독자 여러분이나 나 자신과 같은 보통사람들의 시간체험이다.

그러나 좀더 생각해보자. 청상과부가 수절의 맹세를 스스로 등지고 팔자를 고쳤다는 라퐁텐의 이야기는 과연 인간의 감정의 덧없음을 한탄하기 위해서만 있는 것일까? 혹시 그것은 인간이란 원래가 그런 것이니 그 나름대로의 인간을 이해하고 받아들이는 것이 지혜의 시초라는 뜻은 아닐까? 아니, 한 걸음 더 나아가 그녀가 재혼을 해서 어느 때보다도 더 행복하게 살 수 있다면 우리는 자신을 배반한 것 같은 그녀를 도리어 축복해주어야 한다는 말이 되는 것은 아닐까? 이렇게 생각하면 우리에게 중요한 것은 시간이 가져오는 덧없는 변화 그 자체라기보다도, 그 변화에 적극적 의미를 부여하고 그것에서 발전적 계기를 발견해나가는 슬기일지도 모른다.

물론 그것은 쉬운 일이 아니다. 또한 그런 노력이 반드시 성공하리라는 보장도 없다. 시간에 따라 달라지는 우리의 감정이나 행동이나 풍습이 더욱 알찬 삶으로의 길을 열어주리라고 누가 기약할 수 있겠는가? 라퐁텐이 말한 청상과부가 재혼함으로써 새로운 행복을 얻게 되리라는 것은 그녀의 희망이며 우리의 희망일 따름이지 아직은 결코 현실이 아니다. 혹시 그녀는 재혼의 단꿈에서 미처 깨어나기도 전에 또다시 남편과 사별할지도 모른다. 이와 마찬가지로 우리의 모든 선의와 희망에도 불구하고 우리는 이중으로 시간의 노리개가 될 수 있다. 언제나 덧없이 변화하고 그 변화가 또 어떤 불행을 가져올지 가늠할 수 없기 때문이다.

그러나 인간은 역시 다른 동물과 달라서 시간에 좌우되는 자신을 스스로 바라보고 시간의 변화에 능동적으로 대처하는 지성을 가진 존재이기도 하다. 앞으로 내가 무엇이 될지, 내게 무슨 일이 닥쳐올지 모르면서 결국 죽음을 맞이하리라는 불안과 공포에서 근본적으로 해방될 수는 없지만, 바로 그 불안과 공포를 달래고 될 수 있으면 넘어서려고 꾀를 쓰는 것이 인간이다. 그는 자신이 겪어온 과거의 숱한 변화들을 다시 생각해보고 그 체험에 의거해서 미래를 예측하고 설계한다. 이왕 청상과부의 이야기가 나왔으니 말이지만, 우리는 이런 입장에 서서 라퐁텐의 뜻을 다소간 어겨 그녀의 내면세계를 다음과 같이 다르게 조형(造形)해보자. 그녀가 개가하는 것은 단순히 시간의 날개를 타고 슬픔이 날아갔기 때문만이 아니다. 그녀는 좀더 주체적으로 상황에 대응한다. 슬픔이 어느 틈에 날아간 것에 대해서 "나는 한심한 변덕쟁이로구나!" 하고 자괴지심(自愧之心)을 느끼면서도 그것을 새로운 삶의 계기로 삼는다. 그리고 이번만큼은 해로(偕老)할 수 있도록 건장한 청년을 새 남편으로 삼기로 작정한다. 그렇게 하는 것이 죽은 남편의 소원이기도 하리라고 생각하면서. 또 앞으로 어떤 불행이 어떻게 닥쳐올지 알 수 없지만, 지금으로서는 그런 태도가 최선의 처신이라고 생각하면서.

*

나는 이 변변치 못한 글을 세모에 쓰고 있다. 지금은 모든 사람이 어느 때보다도 시간을 의식하고 송구영신(送舊迎新)하려는 시점이다. 우리는 우리의 노력으로, 그리고 시간의 섭리로 괴로웠던 과거가 잊혀지고 밝은 미래가 트이기를 바란다. 때마침 이런 희망에 호응하듯 브란덴부르크 문이 활짝 열리고 루마니아에서 민중이 승리하는 모습을 TV가 보여주고 있다. 그 영상들은 21세기의 문턱을 밝게 조명해주는 듯이 보인다. 그러나 정말 그럴까? 누가 그것을 장담할 수 있을까? 어쩌면 우리의 노력과 희망에 대해서 시간은 관대하지만은 않을지도 모른다. 시간은 우리가 남기고 싶고 지키고 싶은 것을 모두 앗아가버리고, 상상할 수조차 없는 큰 불행과 고난을 안겨줄지도 모른다.

그러나 미래를 두려워하고 미래에 대해서 환상을 품지 않는다는 것은 반드시 절망한다는 말은 아니다. 우리도 그 청상과부처럼 팔자를 고치기를 시도할 수 있고 또 시도해보아야 한다. 과거의 슬픔에서 벗어나면서도 그 경험을 살려 신중한 판단과 끈질긴 구혼 끝에 얻게 될 우리의 '새 남편'이 "자유, 평등, 평화, 행복 가득 찬 희망의 나라"가 아닐지 누가 알랴! 만일 그렇지 못한들 또 어떠랴! 우리를 재판할 미래의 역사 앞에서 "우리는 애쓸 대로 애써보았지만 결국 또다시 꺾이고 말았다"고 증언할 수만 있어도 얼마나 떳떳한 일이겠는가? 결과야 어떻든 간에 인간으로서 할 일을 다하고 천명을 기다릴 수밖에는 더 있겠는가? 이것이 우리가 그 의중(意中)을 알 수 없는 시간의 신에게 의연히 몸을 내맡기는 길이다.

『유공』, 1990년 1월호 ●

속도의 문명 속에서

　예부터 노동을 찬양하는 말들은 수없이 많다. 가령 "노동은 권태, 부도덕, 빈곤이라는 세 가지 악(惡)을 추방해준다"는 볼테르의 유명한 말이 있다. 여기에는 경제적 차원에서뿐만 아니라 또한 도덕적 차원에서 노동의 중요성이 강조되어 있다. 그러나 이런 노동 예찬론은 지배계층의 사람들이 사용하는 기만적(欺瞞的) 언어일지도 모른다. 그런 말이, 강요된 노동에 종사하는 많은 사람들에게 지향될 때는 틀림없이 그럴 것이다. 상상해보라. 에밀 졸라의 『제르미날』에 등장하는 바와 같은 탄광 노동자들에게, 또 불과 삼사십 년 전만 해도 하루 스물네 시간을 쪼개 써야 했던 우리의 어머니나 할머니에게, 그리고 오늘날 온몸이 무너져 내리는 피로를 느끼면서 하루에 1달러도 못 버는 지구촌의 숱한 희생자들에게, 볼테르의 '명언'을 외쳐대는 사람이 있다면 그는 어떤 종류의 사람이겠는가?

　그래서 노동이 소중하다는 견해에 맞서서 그것은 인간을 예속시키며 천하게 만드는 고역(苦役), 가능한 한 최소화시켜야 할 고역이라는 주장이 태어난다. 그리고 여기에는 인간의 인간다운 모습과 활동은 노동 밖에서 실현된다는 생각이 맞물린다. 바로 이것이 마르크스 사상의 비전이었다. 그가 제시한 것은, 노동자가 생산의 주체로서 자기 자신을 정립(定立)하기 위한 투쟁의 철학과 방법만이 아니라, 이 투쟁의 궁극적 목표, 즉 여가를 향유하면서 이루어질 수 있을 개성의 자유롭고 풍요로운 실현의 전망이었다. 그러나 누구나 알다시피 엄청난 아이러니가 생겼다. 마르크스를 따른 세력들은 자기실현을 위한 여가를 산출하기는커녕 붕괴되고 말았고, 도리어 그것이 타도할 대상으로 삼았던 자본주의의 체제가 노동의 굴레로부터 인간을 해방시킬 가능성을 나날이 더욱 크게 현실화시켜온 것이다.

그것은 이 체제의 지배자들이 시장 획득을 위해서 전개해온 무자비한 경쟁의 덕분이다. 구체적으로 말하면 더욱 효율적인 상품의 생산, 유통, 소비를 가능케 해주는 테크놀로지의 개발과 발전을 위한 경쟁의 덕분이다. 한데 효율적인 상품이란 많은 경우에 가장 큰 효과를 가장 짧은 시간에 산출하는 상품, 즉 인간의 노력을 최대한으로 덜어주는 상품이다. 이런 생력화(省力化)의 가장 흔한 예로 들 수 있는 취사기, 세탁기, 청소기, 냉장고 등은, 옛날의 여성이 하루 종일 걸려도 못 했던 일을 불과 한두 시간에, 그것도 동시에 해낸다. 또한 주판으로부터 계산기를 거쳐 컴퓨터로 이르면서 수적처리(數的處理)의 능력은 천문학적 숫자로 늘어났다. 이리하여 기계에 의한 효율의 가속화는 필연적으로 노동 시간의 가일층의 감축을, 다시 말해서 여가의 증가를 가져온다. 따라서 마르크스가 바랐던 바와 같은 개성의 자유롭고 풍요로운 실현의 가능성은 그만큼 더 늘어가는 것처럼 보인다.

하기야 인간의 자기실현이 오직 여가를 통해서만 이루어질 수 있다고는 말할 수 없을 것이다. 도리어 어떤 직업이나 노동이 바람직한 자기실현의 길이 되는 일도 있다. 드물어져가지만 지금도 여전히 존속하는 여러 분야의 장인(匠人)들의 경우가 그럴 것이다. 그들은 직업이 과하는 고행을 통해서 소외의 슬픔이 아닌 창조의 기쁨을 맛보고 또 천지(天地)의 이치조차 터득할 수 있을 것이다. 그러나 여가를 통해서이건 직업을 통해서이건 간에, 이러한 자기실현은 아이가 자라듯이 시간적 숙성(熟成)이라는 느린 과정을 겪으면서 이루어진다는 것만큼은 공통적 사실이다. 한데 효율을 극대화시켜주는 기술문명은 여가를 베풀어주는 동시에 그런 시간적 숙성을 불가능하게 만든다. 속도가 지배하는 사회에 적응하도록, 그러기 위해서 자아의 일관성(一貫性)이 소거(消去)되도록 환경이 조성되어 있는 것이다. 우리는 이런 사정을 다음의 세 가지 측면에서 관찰할 수 있다.

우선, 빠른 속도로 밀려닥치는 정보들이 있다. 인터넷은 고사하고 TV만을 생각해보더라도 그것이 제공하는 정보의 엄청난 양과 종류와 속도는 우리를 그 홍수 속으로 빠져들게 한다. 보스니아 전쟁으로부터 뉴욕의 패션쇼에 이르기까지, 근해(近海)의 오염으로부터 50억 광년의 거리에 있는 별들의 폭발에 이르기까지, 가지각색의 이야기들이 즉각적인 현장성(現場性)을 지니고 나타났다가는 금세 사라지고, 한두 시간 후에는 또 다른 이야기들이 주마등처럼 우리의 눈과 귀를 자극하면서 지나간다. 그것들은 모두가 중요한 것 같지만 여간해서 축적되지 않는다. 우리의 뇌의 용량이 그 모든 것을 담아둘 수 있을 만큼 크지 못하기 때문인지도 모른다. 그러나 우리는 이 일과적(一過的)인 이미지의 두서없는 연속을 무시하면 세상의 움직임에 대응할 수 없으리라는 강박관념에 시달린다. 얼마 동안이나마 자연으로 돌아가겠다고 아라비아 사막에 천막을 친 그 지방 출신의 호족(豪族)들이 위성안테나와 TV세트만큼은 그 안에 설치했다는 일화는 시사적이다. 사실에 있어서는 이런 단편적이며 방대한 양의 정보들은 헌 신문지처럼 폐기되는 것이 대부분의 경우이지만, 간혹 그 무질서한 집적(集積)이 마치 세계와 인간에 대한 진정한 이해인 양 착각되기도 한다. 그래서 퀴즈 문답이라는 단편적 지식의 과시(誇示)가 성행하고 그것이 부러움을 산다. 결국 과다하게 난무하는 정보들은 정보로서의 가치를 상실하는 한편, 실존적 사고의 대상으로 내면화되지 않은 잡동사니가 지식으로 행세하는 위험이 초래된다.

둘째로 지적될 수 있는 것은 가속화(加速化)하는 변화가 주체의 일관된 형성을 매우 어렵게 만든다는 사실이다. 우리나라에서 TV방송이 시작되었던 무렵, 내가 아는 한 노인은 앞으로 더 희한한 기계들이 자꾸 나올 테니 그것들을 즐기기 위해서라도 오래 살고 싶다고 말한 일이 있었다. 그 노인은 애석하게도 곧 세상을 떠났지만, 과연 그 후 별의별 기계들이 쏟아져나와 '멋진 신세계'가 전개되었다. 그러나 오늘날 이 신세계를 살고 있는 노년의 나 자신은 그 희한함에 홀리기보다는 무너지는 소리와 불안감에 떨고 있다. 무너지는 것은 내가 나의 세대의 사람들과 함께 최고의 것으로 섬겨온 정신적인 자아실현이라는 가치이며, 불안한 것은 한 치 앞도 내다볼 수 없는 미래이다. 가속화하는 기술의 발전과 사회의 변동은 우리 모두에게 "나는 어떻게 될지 모른다"는 불안감을 안겨주며 평생을 한 길로 매진하려는 의욕을 꺾어버린다. 도를 닦듯이 셈을 닦은 주판의 명인이 컴퓨터에 의해서 밀려난 지는 벌써 오래다. 바로 오늘 아침에 읽은 신문기사에 의하면, 인터넷은 은행원이나 집배원(集配員)뿐만 아니라, 교사라는 존경받아온 직업조차도 없애갈 것이라고 한다. 학생들이 혼자서 재미있게 학습할 수 있도록 해주는 에듀테인먼트(edutainment, 즉 education과 entertainment의 합성어)라는 상품의 수요가 폭발적으로 증가할 것이기 때문이다(『경향신문』 1996년 2월 21일자, 8면에 실린 김봉환 씨의 글 중에서). 그렇다면 무엇을 위한 고속화된 변화인가? 일관된 길을 따라가면서 삶의 의미를 찾아보겠다고 애써온 자아는, 어지러운 변화에 발맞추어나갈 수밖에 없는 현실주의적인 또 하나의 자아에게 그렇게 물을 것이다. 그러나 두 자아의 긴장관계는 아마도 전자(前者)의 후퇴로, 어쩌면 결정적인 패퇴(敗退)로 끝날지도 모른다. 일관된 자아실현이라는 라이프 스토리(life story)를 위해서 변전(變轉)하는 현실에 적응하기를 거부하는 것은, 도리어 공적(公的)으로는 국가의 번영을 방해하고 사적으로는 생활의 수단을 스스로 포기하는 일이 될지도 모르기 때문이다. 참으로 아이러니컬한 세상이다.

따라서 여가(餘暇)는 정신적 숙성을 지향하는 자아가 들어앉게 하기 위해서가 아니라, 반대로 그것을 추방하기 위해서 사용되어야 한다는 일이 생긴다. 한데 여가를 베풀어주는 후기 산업사회의 지배자들은 바로 이 일에도 적극적으로 관여한다. 그것이 내가 셋째로 지적하고 싶은 문화산업 내지는 레저산업이다. 이 산업은 단순히 기술문명이 갖다준 여가라는 혜택에 편승하여 치부(致富)하려는 것이 아니라, 기술문명 그 자체와 유기적으로 결합되어 있는 것이다. 그것은 이렇게 말한다. "우리는 여러분에게 짙은 기쁨을 주려고 한다. 절대적 현재만이 있는 짜릿한 순간을 최대한으로 즐겨라. 인간의 조건이나 인생의 목적에 관한 느릿느릿하고 밑도 끝도 없는 상념(想念) 따위에는 아예 빠져들지 마라. 그것은 귀중한 시간의 낭비이며 바쁜 사회생활에 해롭기만 한 것이다." 이리하여 록과 랩의 광란적인 소음과 리듬이, 정신 없이 요동치는 비디오 영상이, 정감(情感) 없는 성행위를 찰나적이며 경련적인 몸부림으로 처리하는 영화가 생산되고 사람들을 사로잡는다. 대체적으로 1960년경까지만 해도, 그런 표현들은 부르주아의 순응주의(順應主義)에 도전하는 전위예술로서의 가치를 가졌으리라. 그러나 오늘날 그것은 반항적, 충격적인 성격을 상실하고, 상업적으로 성공하는 대중오락으로서 단단히 자리잡고 말았다. 다시 말해서 초고속으로 변천하는 사회적 환경을 무작정 따르고 받아들이게 하는 새로운 순응주의에 필요한 '탈혼작업(奪魂作業)'이 여가의 덕분으로 성공한 것이다.

이렇듯 자아 형성에 필요한 느리고 지속적인 시간은 거부된다. 한가한 시간은 자아와 삶에 대한 귀찮은 반성이 머리속을 차지하지 않도록 소비되어나간다. 그것이 이른바 레크리에이션이며 사람들은 이 레크리에이션 때문에 더욱 바쁘다. 그렇다면 결론 삼아서 마지막으로 근본적인 질문을 다시 한 번 던져보자. 행복은 과연 어디 있는가? 그것은 질주하는 사회에 적응해나가고 그 선두에 서는 데 있는 것인가? 혹은 진선미(眞善美)를 추구하는 정신적 고행에서 비롯되는 것인가?

지금까지 내가 말한 내용으로 비추어보아서는 내 대답은 후자(後者)라고 짐작할 독자들이 많을 것이다. 그러나 나는 그렇게 단순한 생각을 가지고 있는 사람은 아니다. 후자가 더 가치 있는 삶이라는 생각에는 변함이 없지만, 그것이 곧 행복을 보장해준다고는 여겨지지 않는다. 사실을 말해서 행복에 관한 이야기만큼 주관적이며 동의(同意)를 얻기 어려운 이야기도 없다. 그런 제한 하에서 내 생각의 일단을 말해보자면, 비록 가장 흔한 실용주의적 입장에 서더라도 정신적 가치와 그 가치의 상징 내지는 결정(結晶)이라고 할 수 있는 사물(주로 예술작품이겠지만)의 존재는 우리의 행복과의 관련 하에서도 옹호될 수 있을 것 같다. 끊임없이 변동하는 사회란 불안정하고 부단한 긴장을 요구하는 사회이며, 또한 아무리 기술이 발전할망정 물질적 희소성(稀少性)의 문제는 해결되지 않을 것이다. 따라서 가시적(可視的)인 것이 꼭 한 가지 있다면 그것은 개인적 차원에서이건 집단적 차원에서이건 간에 끊임없이 지속될 경쟁과 갈등이며 운명의 부침(浮沈)이다. 말을 바꾸면 물질적, 사회적 생활에서 연유하는 행복이 있다고 해도 그것은 예나 지금이나 항상 덧없는 것일 터이며, 그것을 자각하는 사람들은 삶을 지탱해줄 수 있는 원리를 여전히 정신적인 것, 초월적인 것에서 찾을 것이다.

한데 바로 이러한 비물질적 가치를 삶과 직결된 것으로 숙고하고 길러나가고 넓혀나가려는 노력이, 나날이 더욱 고속화되는 기술사회의 선풍에 휘말려들고 있는 것이다. 심지어 이 노력이 집중적으로 이어져가야 할 대학조차 무엇보다도 기능주의와 즉각적 효율을 중시하게 되었다. 그렇다면 이런 우려할 만한 사태를 의식하는 것 자체가 벌써 그 극복의 제일보라고 스스로 위안할까? 혹은 타르코프스키의 그 감명 깊은 영화에서처럼, 인간을 지키려는 사람이 드디어 미치고 마는 끔찍한 희생을 치르고 나야 비로소 정신이란 이름의 쓰러져가는 고목에 다시 수액(樹液)이 오를 것인가? 혹은 하이데거가 암시하듯, 기술문명의 종점에 이르러 나타날지도 모르는 어떤 신을 기약 없이 기다려야 하는 것인가?

아무도 미래를 예측할 수 없다. 그러나 마치 시끄러운 시장 한복판에서 명상을 하듯, 급변하는 사회를 별수없이 생활의 터전으로 삼으면서도 아직도 느리게 흐르는 시간 속에서 시를 읽고 실존을 생각하고 정신적 가치를 섬기려는 소수의 사람들이 남아 있다. 광적으로 달리는 기술문명의 시계를 거꾸로 돌리지는 못할망정 그것을 다소라도 늦추어보려는 그들의 반항적 고행을 찬양하고 또 그 고행이 확대되도록 고무하는 것 외에는 다른 길이 없으며, 그 길은 아직은 완전히 막혀 있지는 않다. 적어도 이것이 나의 희망이며 믿음이다.

『지성과 패기』, 1996년 4월호 ●

식염수 타령

　요새 젊은 어머니들은 조기교육의 필요성을 단단히 믿어서 어린애를 꼭 유치원에 보내야 하는 것으로 알고 있는 것 같다. 나의 집안의 경우도 예외가 아니라서, 막내딸이 두 아이를 동시에 유치원에 넣었다. 큰 놈은 우리식 나이로 일곱 살이고 그 아우는 다섯 살이다. 그런데 지원자가 너무 많아서였는지 혹은 지능의 정도를 미리 알아볼 필요가 있어서였는지는 몰라도, 유치원 선생은 두 아이에게 간단한 구두시험을 치르게 했다. 큰 것은 '우수한' 성적으로 합격했다. 유치원이 생긴 이후로 가장 머리 좋은 아이라는 칭찬을 들었다고 어미가 자랑스러워했다. 필경 듣기 좋으라고 웬만한 아이에게는 모두 그런 평가를 해주었겠지만, 아무튼 어미로서는 그 말이 언짢을 리가 있었겠는가? 그러나 둘째 놈의 경우는 딴판이었다. 시험의 고비를 당당히 넘기기는커녕 어미에게 망신을 시켰기 때문이다. 곡절인즉 이렇다.
　선생이 물었다. "애, 눈으로 무엇 하니?" 그러자 놈은 서슴지 않고 대답했다. "식염수 넣어요." 너무나 엉뚱한 대답에 얼떨떨해진 선생이 재차 물었다. "그러면 코로는 무엇 하니?" 역시 금방 대답이 튀어나왔다. "식염수 넣어요." 선생은 이 식염수 타령이 어떻게 해서 나왔는지 직감했을까? 혹은 이 녀석이 천치는 아닐 망정 적어도 저능아의 부류에 속할지도 모른다는 의심을 품고 그것을 확인하려고 했던 것일까? 어쨌든 간에 마지막 시금석 삼아서 세 번째 질문을 던졌다. "그러면 입으로는 무엇 하니?" 천만다행으로 이번에는 정답이었다. "맘마 먹어요." 그래서 '우수한' 성적을 올린 형의 후광(後光)도 있고 해서 간신히 합격을 했다.

그렇다면 식염수 타령은 과연 어찌된 일이었던가? 이유는 간단하다. 그 녀석이 눈이 거북하다고 투덜대거나 감기로 코가 막히면 제 어미가 자주 식염수를 넣어서 세척을 해주었던 것이다. 그래서 이른바 관념연상(觀念聯想)에 의해서 눈과 코라는 말이 식염수라는 말을 불러온 것이다. 요행히 아직까지는 목구멍에 고장이 없어서 입으로는 그것을 넣어주지 않았으니까 망정이지, 만일 그런 일이 몇 번이라도 있었다면, 녀석은 "입으로는 무엇 하니?" 하는 물음에도 역시 "식염수 넣어요" 하고 대답했을지도 모른다. 그리고 그 구두시험에서 어미를 망신시킨 바로 그날 저녁에 다시 코가 막혀서 또 식염수 세례를 받기라도 했다면, 녀석은 눈과 코는 식염수를 넣기 위해서 있다는 자기의 대답이 절대적으로 옳다는 것을 다시 한 번 확인했을 것이다.

*

나는 이 이야기를 듣고 한참 웃다가 생각해보았다. 아무리 문자 그대로 삼척동자이기로서니 목적과 수단의 관계를 그렇게까지 완전히 뒤바꿔버릴 수가 있을까? 식염수가 눈과 코를 세척하기 위해서 있는 줄을 모른다는 것은 인과관계나 약리작용에 대한 관념이 전혀 없는 그 나이의 아이로서는 당연하다고 생각해줄 수도 있다. 그렇다고는 하더라도 눈과 코의 용도가 식염수를 넣는 데 있다고 말하다니, 제 어미의 교육이 잘못 되었거나 녀석의 지능에 과연 문제가 있는 것은 아니겠는가? 그런 생각을 하니 웃음은 사라지고 이번에는 다소 우울한 느낌이 들었다.

　잠자리에 들어서도 그 이야기가 머리에서 떠나지 않았다. 다시 웃음이 터져나오기도 하고 걱정이 되기도 했다. 그러다가 나는 "X로 무엇을 하는가?" 하는 일반적 형식의 질문을 만들고, X에 여러 명사를 대입해보았다. 그리고 마침내 "인생으로 무엇을 하는가?" 하는 질문에 이르렀다. 나는 방송사의 기자가 앙케트를 하듯 어느 번잡한 거리로 나서서 선남선녀(善男善女)들에게 스스로 그 질문을 던지는 장면을 상상해보았다. 내가 "인생으로 무엇을 하세요?" 하고 마이크를 갖다댄다. 그러면 "돈을 벌어요" 하고 스스럼없이 대답할 사람이 필경 적지 않으리라. 그러나 그 장면이 라디오나 TV로 방영(放映)될 때 웃거나 야릇하다고 느끼는 사람은 과연 얼마나 될까? 내가 이런 이야기를 하는 것은 "인생으로 돈을 번다"는 언술(言述)이 "눈으로 식염수를 넣는다"는 내 손자의 대답과 똑같이 본말(本末)이 전도되고 목적과 수단이 역전된 경우로 느껴지기 때문이다. 식염수가 눈을 위해서 있듯이 돈은 인생을 위해서 있는 것이지 그 반대가 아니다. 그런데도 사람들은 인생이 돈을 위해서 있다는 말을 들을 때는 별로 이상하다고 여기지 않을 테니 그것은 어찌된 까닭일까? 그러나 그 일은 뒤에 더 따져보기로 하고, 우선 "X로 무엇을 하는가?"라는 질문에 대한 다른 '비정상적인' 대답의 예를 들면서 거기에도 역시 목적과 수단의 전도가 있는지 잠시 생각해보려고 한다.

가령 옷의 존재이유는 두말할 필요도 없이 우리의 몸을 추위나 더위로부터 보호하는 데 있다. 따라서 "옷으로 무엇을 하는가?" 라는 질문에 대해서 "육체를 가리는 척하면서도 요염하게 드러낸다"거나 또는 "예절과 신분을 나타낸다"고 대답한다면 정답이 될 수는 없을 것 같다. 그러나 현실적으로는 그런 목적으로 옷이 이용된다. 만일 여성의 육체를 요염하게 드러내기 위해서 옷을 만드는 작업을 본말전도라고 비난한다면 패션 사업에 종사하는 대부분의 사람들을 소멸시켜야 한다는 논리로 이어질 것이다. 또한 옷으로 예절이나 신분을 나타내는 관례는 인간의 문화와 똑같이 긴 역사를 지녀왔다. 그래서 원시사회로의 복귀를 바라거나 아나키즘의 이상향(理想鄕)을 꿈꾸는 사람이 아닌 다음에야, 남의 결혼식에 누더기를 걸치고 가도 상관없다고 주장하거나, 왕과 왕비의 위엄 있는 정장(正裝)도 한낱 허례허식이라고 규탄하지는 않을 것이다.

사실인즉 이런 경우에는 목적과 수단의 전도가 있는 것은 아니다. 그것은 본래의 목적을 배반하지 않고 부차적인 기능이 부가(附加)되는 경우이기 때문이다. 아무리 패션을 위한들, 또 아무리 예절이나 신분의 표현이 중요한들, 몸을 보호한다는 옷의 본래적이며 가장 중요한 목적이 배제되지는 않는다. 따라서 이때 우리는 "옷으로 패션을 창조하고 신분을 나타낸다"라고 말하는 대신에, "옷으로 패션'도' 창조하고 신분'도' 나타낼 수 있다"고 말하는 편이 더 정확할 것이다. 다만 어떤 사물의 본연의 목적이 너무나 당연해서, 도리어 부차적인 목적에 큰 가치가 부여되는 일이 흔히 있다. 가령 다리로 춤을 추고 말로 시를 짓는 경우가 그렇다. 그래서 우리는 극장에 갈 때의 자신의 걸음은 의식하지 않고, 「백조의 호수」를 춤추는 발레리나들의 그 절묘한 다리 짓에 박수갈채를 보낸다. 그리고 소월의 시를 읊을 때는 언어가 무엇보다도 일상생활에서의 의사소통의 수단이라는 사실을 잊고, 언어의 혼이 우리를 감동시킨다고 생각한다. 일반적으로 말해서 예술은 이러한 전용(轉用)된 수단의 소산이다.

그러니까 "X로 Y를 한다"는 형식에서 Y가 X의 본래의 기능과 부합하지 않는다고 해서 일률적으로 그것을 거부할 것은 아니다. "눈으로 식염수를 넣는다"는 발언과 "옷으로 패션을 창조한다"는 발언은 표면구조의 유사성에도 불구하고 심층적으로는 다른 성질의 것이다. 전자는 말이 안 되고 후자는 말이 된다. 한데, 이번에는 또 다른 경우를 하나 생각해보자. 그것은 수단이 목적에 선행(先行)하는 경우이다. 목적과 수단의 관계에서 보통은 목적이 먼저 설정되고 난 후에 그 실현에 알맞은 수단이 강구되는 법인데("목적은 수단을 정당화하지 않는다"는 널리 알려진 윤리적 명제는 그런 관련에서 말해지는 것이다), 반대로 수단만이 덜렁 눈앞에 놓여 있고 그것을 보고 나서야 목적을 강구하게 되는 일을 우리는 일상생활에서 자주 체험한다. 이른바 폐물 이용이라는 것이 그 대표적인 예이다. 가령 저기에 굴러다니는 빈 깡통을 보고는 비로소 그것으로 저금통을 만들 생각을 하게 되는 따위이다. 또한 예술의 분야에서도 소재가 먼저 있고 그 소재가 예술적 착상을 가져오는 일은 비일비재하다. 나는 오래전에 전라도의 한 사찰에서 장방형의 큰 바위에 새겨진 거칠지만 괜찮은 와불상(臥佛像)을 본 일이 있는데, 석공은 그가 평소 창조하고 싶었던 와불상을 실현시키기 위해서 마침 알맞은 돌을 찾아낸 것이 아니라, 필경 반대로 그 크고 두툼한 장방형인 돌의 존재가 와불상의 창조의 계기가 되었을 것이다.

이렇듯 수단이 먼저 주어지고 그 후에 목적이 선택된다는 현상은 오늘날 과학기술의 분야에서는 부단히 일어나고 있는 일이다. 그것이 인류의 공통적 행복과 발전을 위해서 이용된다면야 더할 나위 없겠지만, 사실은 그 반대의 가능성이 짙은 것이 걱정이다. 누구나 알고 있듯이 오늘날 원자력은 질병의 치료나 전기의 생산에 큰 공헌을 하고 있지만, 이와 동시에 인류의 파멸을 가져올 수도 있는 가공할 힘이다. 유전자를 무엇에 이용하느냐는 것에 대해서도 철석같은 율법이 성립되어 있는 것이 아니다. 겉으로는 그 이용을 규제할 법이나 윤리의 필요성을 외치면서도, 사실은 권력의 유지와 확장을 위해서, 또는 다른 나라와의 전쟁에 대비하기 위해서 인륜(人倫)에 반하는 실험을 어느 국가든지 감행할 수 있을 것이며, 또 벌써 감행하고 있는지도 모른다. 오늘날의 사회가 과거의 사회와 근본적으로 다른 이유의 하나는 바로 이런 점에 있다. 과거에는 일정한 목적을 위해서 어떤 수단을 선택하느냐는 것이 문제였는데, 오늘날에는 어떤 수단으로 말미암아 가능해진 여러 목적 중에서 어느 것을 선택하느냐는 것이 중요한 문제가 된 것이다. 우리가 누리고 있는 생존권이 무너지고 우리가 구현(具現)하고 있는 인간이 전혀 다른 종(種)으로 변신할 가능성은 얼마든지 있는 것이다.

*

　한데 이 새로운 종은 유전공학이나 원자력이나 공해 때문에 그 출현의 가능성이 점쳐지고 있을 뿐 아니라, 벌써 오래전부터 한 걸음 한 걸음씩 실현되고 있는 것 같다. 그것은 무엇보다도 돈의 문제에 있어서 목적과 수단의 완전한 전도가 보편화되고 심각해지고 있기 때문이다. 눈이 식염수를 넣기 위해서 있다는 나의 손자의 말을 듣고는 어리석다고 생각할 사람이 많겠지만, 인생은 돈을 벌기 위해서 있다는 말을 들을 때는, 대부분의 사람은 그 말이 어리석다고 생각하기는커녕, 당연한 이야기를 가지고 시비하는 나와 같은 사람들을 시대에 뒤떨어진 골샌님이라고 생각할 것이다. 전세계를 지배하려는 이른바 신자유주의는 돈벌이가 인류지상(至上)의 과제라는 대전제 위에 서 있는 것 같고, 얼른 '선진국'의 대열에 들어서고 싶어하는 이 나라에서도 부가가치가 높은 물건—그것이 어떤 것이건 간에—을 만들어야 한다는 지상명령을 떠받드는 점에서는 관민일체(官民一體)이며 거국일치(擧國一致)인 것이 현실이니 말이다. 인간이 진정 경제적 동물로 변신하고, 모든 문화적 산물의 의미와 가치가 오직 경제적 동물의 욕구 충족의 정도에 따라서 규정되는 날이 다가오고 있는 느낌이다.

　우리는 절대적 빈곤으로부터의 해방이 시급해서 '잘 살아보세'가 '돈 많이 버세'와 동의어로 이해되어야 했던 1960년대로부터, 이제는 더 부유해지지 않으면 개인적으로도 국가적으로도 낙오한다는 강박관념에 사로잡힌 시대로 들어섰다. 모든 것이 돈으로 환산되고, 모든 것의 가치가 금액으로 표현되어야 실감나는 시대로 들어섰다. 최근 어느 신문을 보니 우리나라에서 좋은 인공심장을 만들었다는 소식이 실려 있었는데, 그 기사의 첫머리는 "많은 사람을 구할 수 있는 인공심장이 개발되었다"는 말이 아니라, "부가가치가 높은 인공심장이 개발되었다"는 말로 되어 있었다. 운동선수들이 받는 계약금이나 연봉에 대해서는 마치 그들이 노예인 양 '몸값'이라는 생경한 단어가 예사롭게 사용되고, 바로 오늘 아침의 뉴스에서는 미술작품의 문화상품화가 시급하다는 말이 들려왔다. 이제 돈은 인간을 돕고 가치 있는 것을 창조하는 훌륭한 능력을 발휘한 사람들이 결과적으로 받게 되는 보수가 아니다. 정반대로 돈은 그 자체가 목적이며 뜻깊은 활동들조차 돈을 벌기 위한 수단으로 역전(逆轉)된 것이다. 신문이나 방송에서 그리고 또 정부에서 나오는 공적(公的)언어가 이 지경이니, 인생의 목적은 돈버는 데 있다는 생각이 어찌 개개인의 머리에 보편적으로 박히지 않을 수가 있겠는가?

이런 말을 함으로써 나는 돈을 천시하는 척하는 위선자들의 편에 서려는 것은 결코 아니다. 나 역시 돈의 중요성을 알고 있다. 알베르 카뮈는 "사람들로 하여금 돈 없이도 행복하게 될 수 있다고 믿게 하려는 것은 일종의 정신적인 겉멋이다"라고 말하고 있는데, 나도 전적으로 동감이다. 그런 겉멋을 떠는 것은 사실은 부유한 자들이며, 물질에 대한 정신의 우월성이라는 허울 좋은 간판을 내세워서 자기들의 지배체제를 유지하고 강화하려는 것이다. 그 점에서는 '돈에 대한 사랑은 모든 악의 근원이다'라는 성서의 구절을 뒤집어서, '돈의 결핍은 모든 악의 근원이다'라고 말한 버나드 쇼의 독설(毒舌)도 이해할 만하다. 그러나 성서의 말과 쇼의 말은 겉보기와는 달리 동질적이거나 적어도 연속적이라고 느껴진다. 성서의 계고(戒告)는 모든 부자에 대한 적의의 표현이 아니라 돈벌이와 인생을 동일시하는 사람들을 대상으로 한 것이며, 쇼의 표면적인 반대명제는 그런 금전지상주의자의 착취와 억압이 빚어낸 처참한 결과에 대한 고발이라고 생각되기 때문이다.

인생이 무엇이고 무엇이어야 하며, 우리가 추구하는 행복이 부(富)와 어떻게 관련되느냐는 문제는 인류의 역사와 함께 오래된 문제이며, 그것은 앞으로도 결정적인 해답을 얻지 못할 것이다. 그러나 돈은 비단 뜻있는 행위의 결과일 뿐 아니라 그 동기가 될 수도 있다는 건전한 상식을 넘어서서, 인생이 오직 부의 축적을 위해서 있다고 생각하는 것은 목적과 수단의 잘못된 역전의 전형적인 경우임에 틀림없다. 선(善)을 어떻게 규정하건 간에 인생이 선을 향한 운동이어야 한다는 것은, 그리고 돈은 이 목적을 위해서 쓰여야 한다는 것은 우리가 공동체의 일원으로 살아가는 데 절대로 필요한 신념이다. 따라서 모든 수단을 가리지 않는, 심지어 인생조차 수단으로 삼는 돈벌이 그 자체가 선일 수는 없다. 그것은 갈등을 심화하고, 누구보다도 먼저 그 당사자를 갈등의 제물로 만들 것이다. 배금주의자와 내 손자는 다같이 목적과 수단을 뒤집어 생각했지만, 그나마 내 손자의 경우가 낫다는 느낌이 든다. 왜냐하면 눈과 코가 식염수를 넣기 위해서 있다고만 알았던 그 녀석은 식염수를 너무 많이 넣어주면 눈이 쓰라려서 그만 넣으라고 할 것이며, 또 조금 더 자라면 눈이 식염수를 위해서가 아니라 식염수가 눈을 위해서 있다는 것을 깨닫게 될 테니까 말이다. 그러나 배금주의자가 돈이 인생을 위해서 있다는 것을 깨닫기는 어려운 일이며, 그는 그만큼 더 불행하고 해로운 존재가 될 것이다. 인생을 내바쳐서 악착스럽게 돈을 쌓아가는 것은 눈에 식염수를 쏟아부을 때처럼 쓰라리기는커녕 도리어 쾌감을 가져오며, 그 쾌감의 증가는 자신의 인생을 더욱 깊이 썩어들게 하고 남들의 인생을 더욱 괴롭게 만들 것이기 때문이다.

『현대문학』, 1999년 5월호 ●

두 가지 친절

낯선 곳을 돌아다닐 때 친절한 사람들을 만나지 못한다면 서글프고 불안할 뿐 아니라, 그 여행이 저주스럽게 느껴지기도 할 것이다. 그러나 대부분의 경우에는 그런 일은 일어나지 않는다. 가령 길을 가르쳐달라면 "난 모르니 다른 사람에게 물으시오" 하고 퉁명스럽게 내뱉거나 혹은 아무 말 없이 턱만 내밀어 보이는 거친 친절로부터 꼼꼼하게 지도를 그려 보이거나 제 발로 안내해주는 자상한 친절에 이르기까지, 그 표현과 정도는 천차만별이지만, 아무튼 간에 타자(他者)의 선의에 완전히 절망하는 일은 거의 없다. 나 역시 여러 곳을 여행할 수 있었던 것은 그런 남들의 무수한 친절의 덕분이다. 한데, 그 중에서도 지금껏 기억에 남는 것이 두 가지 있다. 더구나 종류가 다른 그 두 가지 친절은 하루 사이에 체험한 것이다.

이십여 년 전의 일이다. 나는 파리에 몇 달 머물러 있었는데, 마침 작은 사업을 하는 L군이 와서 이 기회에 런던을 며칠 동안 가보면 어떻겠느냐고 제안했다. 나는 그 자리에서 동의를 하고 우리는 이튿날 떠났다. 한 시간 남짓한 비행기 여행이었지만 히

드로 공항에 도착했을 때는 벌써 오후 한 시가 지나서 시장했다. 그럴 때 가장 만만한 것은 구미로 보나 호주머니 사정으로 보나 중국음식점인데, 우리가 나온 출구의 부근에는 그럴싸한 곳이 눈에 띄질 않았다. 그래서 마침 근처를 지나가던 한 서양 사람에게 물었다. "이 근처에 조촐한 중국식당이 없을까요?" 그는 한참 생각에 잠긴 듯 말이 없더니 자기를 따라오라고 했다. 어딘지 모르지만 한참 걸어서 후미진 곳으로 갔다. 그가 우리를 강탈할지도 모른다는 본능적인 경각심은 그의 좋은 인상 때문에 전혀 생기지 않았고, 다만 이 부근이라면 싸구려 중국집이 있으리라는 짐작이 갔을 뿐이다.

그러나 우리의 예측은 완전히 빗나가고 말았다. 그는 그곳에 서 있던 자신의 자동차의 문을 열더니 타라고 했다. 그리고는 말했다. "이 부근에는 마땅한 중국집이 없습니다. 내가 잘 가는 비싸지 않으면서도 맛있는 곳이 시내에 있는데, 당신들이 묵을 호텔에서 별로 멀지도 않으니 거기로 안내하죠." 우리는 족히 한 시간 가까이 달렸다. 하도 미안해서, 나보다 영어를 잘하는 L군이 물었다. "우리 때문에 선생은 엄청난 우회(迂回)를 하시는 게 아닙니까?" 그러자 즉석에서 대답이 나왔다. "좀 돌아가면 어떻습니까? 나는 나 자신이 생면부지의 외국에 갔을 때 누가 나를 이처럼 친절하게 대해주면 좋겠다는 생각을 하면서 두 분을 모시고 가는 겁니다." 우리는 그 당장에는 고맙다는 말만을 연발하고 그가 문전에 세워준 식당으로 들어갔다.

금강산도 식후경이라지만 반성적 기능도 역시 배가 차야 제대로 발휘되는 모양이다. 나는 식당에서 나오면서 그 친절한 서양 사람이 한 마지막 말을 되씹어보았다. 그러자 그의 친절은 순수한 동기에서 나온 것이 아니라, 그 밑에는 매우 공리적인 계산이 깔려 있다는 느낌이 들었다. 선(善)을 오직 그 자체를 위해서 하라는 절대적 명령에 어긋날 뿐 아니라, 선행을 하고 났을 때의 그지없는 기쁨 자체를 겨냥한 것도 아닌 것이다. 그러나 한편으로는 다음과 같은 생각이 들기도 했다. 남들도 내게 친절을 베풀어주기를 바라는 타산(打算)에서 나온 친절, 말하자면 이기적인 역지사지(易地思之)가 나쁠 것이 무엇이 있으며, 오히려 그런 공리적 생각이야말로 현실적으로는 인간의 정분을 유지해온 것이 아니겠는가? 그뿐 아니라 "오는 정이 있어야 가는 정이 있다"는 우리의 속담과 견주어볼 때 그의 타산이 더 도덕적인 것이 아니겠는가? 왜냐하면 우리의 속담은 "받기부터 해야 주겠다"는 것이지만, 그의 윤리는 "주고 나서 받기를 기대한다"는 더 너그러운 계산에 의거한 것이기 때문이다. 이리하여 나는 런던에 도착한 즉시로 과연 지혜로운 경험주의와 실리주의의 나라인 영국에 왔구나 하는 것을 실감하게 된 것이다.

　나와 L군은 호텔에 짐을 풀고는 그런 반성을 씨앗 삼아 이 이야기 저 이야기를 나누다가 저녁을 먹고는 거리로 나섰다. 지금 기억으로는 피카딜리 서커스의 야경을 보려고 했던 것 같다. 동서남북조차 잘 분간할 수 없는 밤거리이니 이 사람 저 사람에게 길을 묻기를 되풀이한 것은 두말할 나위도 없다. 그러나 런던의 독특한 말투인 커크니(cockney)가 이해하기 쉬운 것이 아니어서 영어에 능통하다는 L군 역시 제대로 알아듣지 못하고는 엉뚱한 곳으로 나를 끌고다녔다. 그래서 아예 그만두고 호텔로 돌아가려고 하다가 마지막으로 한 노신사에게 최후의 희망을 걸고 다시 안내를 청했다. 다행히도 그는 나도 알아들을 수 있는 기막힌 표준영어로 길을 가르쳐주었다. 우리는 그가 말해준 경로를 따라 이 골목 저 골목을 누비고 갔는데, 어느 순간 뒤를 돌아보니 그가 멀리서 따라오고 있었다. 우리는 놀라서 그가 다가오기를 기다리고는 당신 역시 같은 방향으로 가느냐 물었다. "아닙니다. 다만 두 분이 혹시 다른 길로 잘못 접어들까봐 불안해서 따라와본 겁니다. 이제 당신들은 저 십자로를 건너서 똑바로 가기만 하면 되니 안심하고 돌아가렵니다." 우리는 그가 어둠 속으로 사라질 때까지 손을 흔들었는데, 내 평생에 그렇게 정성껏 손을 흔든 일은 별로 없었을 것이다.

나는 호텔에 돌아와서는, 우리를 먼발치에서 따라오던 그의 속마음을 이렇게 풀이해보았다. "만일 내가 앞장서서 안내하면 저 사람들은 나의 친절에 큰 부담을 느끼고 또 나는 내가 친절한 사람이라는 것을 과시(誇示)하는 겸손치 못한 꼴이 되리라. 그것은 오른손이 하는 짓을 왼손이 모르게 하라는 성서의 계율(戒律)에 어긋나는 일이기도 하다. 게다가 과도한 친절은 앞으로 그들이 런던의 길을 스스로 찾아다니는 자신(自信)과 기쁨을 잃게 해줄지도 모른다." 이것이 과연 그 노신사의 속마음이었는지 혹은 나의 지나친 해석이었는지는 알 수 없는 일이다. 아무튼 그의 행위가 보기 드문 고귀한 친절이었다는 생각에는 변함이 없다.

그러나 나는 우리를 중국식당에 데려다준 사람의 타산적 친절이 이 노신사의 더 깊고 덕스러운 배려보다 윤리적으로 낮은 수준의 것임을 드러내기 위해서 이 이야기를 하고 있는 것이 아니다. 나는 자기중심적이고 많은 경우에 약삭빠른 우리 모두의 인간성에 비추어볼 때, 도리어 전자(前者)와 같은 이기적 동기의 친절이 널리 퍼지기를 바라는 것이 더 현실적이라고 생각한다. 성인(聖人)이나 덕인(德人)을 흉내내는 위선자들보다는, 약하고도 간사한 것이 자신의 본체임을 인식하고 반성하면서 스스로 바람직한 대타관계(對他關係)를 맺어나가려고 애쓰는 사람들의 존재야말로 이 땅의 소금이리라. 그런 점에서라도 "오는 정이 있어야 가는 정이 있다"는 우리의 소박하고 노골적인 이기주의는 "가는 정이 있어야 오는 정이 있다"는 더 세련되고 더 염치 있는 이기주의로 전환되었으면 하는 생각이 새삼스럽게 드는 것이다.

『수필』, 1999년 9월호 ●

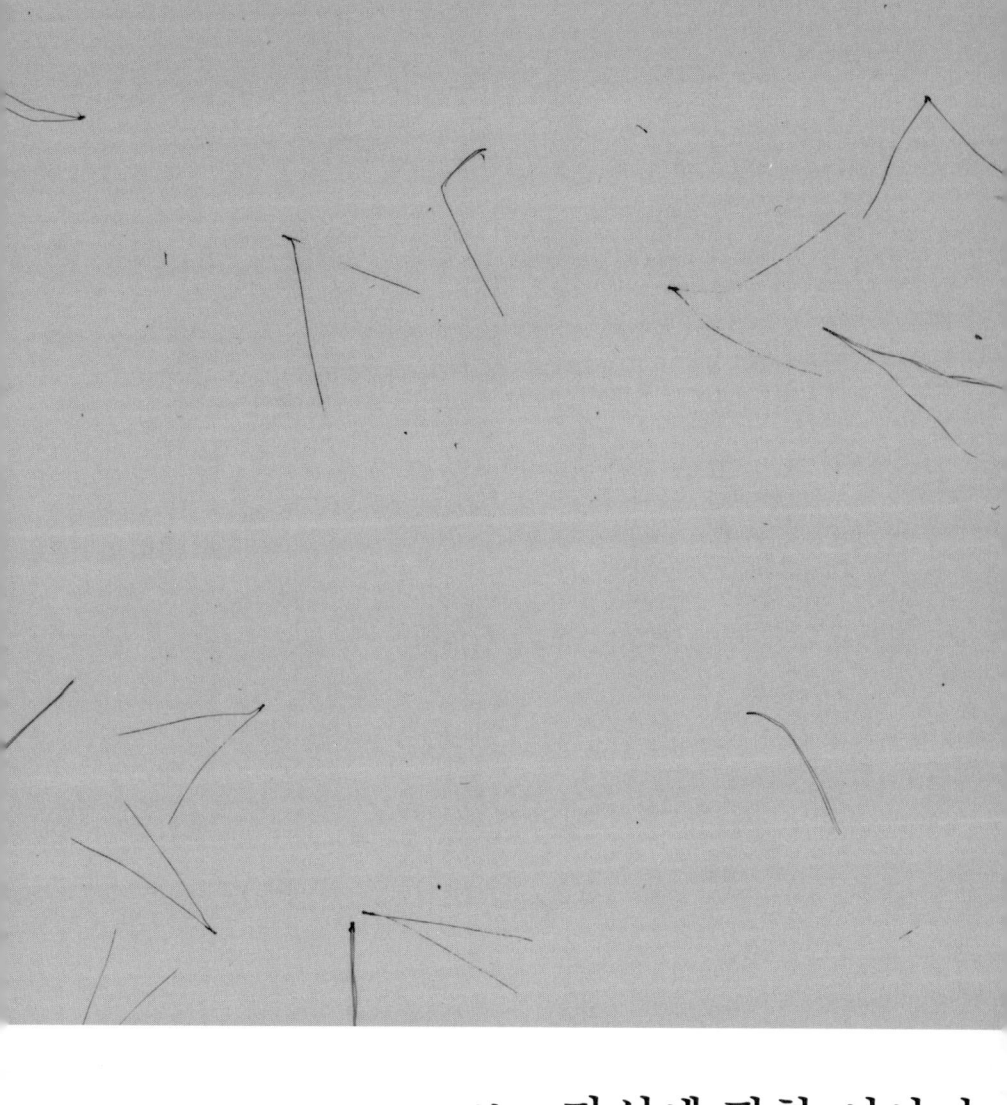

2부 · 자신에 관한 이야기

시레네스의 노래

　무슨 재미있는 이야기를 들어도 며칠이 못 가 깨끗이 잊어버리는 일이 많아졌다. 새로운 것을 자꾸만 받아들이기 위해서 신진대사를 해야만 하는 생체(生體)의 별수없는 운명일지도 모르지만, 그보다도 술과 담배의 영향이 크고, 또 건방진 말이지만 이제는 벌써 감격적인 일이 깊이 머리에 새겨지지 않는 나이가 된 탓인지도 모른다. 그렇다고 해서 프루스트처럼 시간의 마술사가 되어 사라진 현실을 재창조할 생각은 없다. 그럴 재주가 없다는 것을 잘 알고 있을 뿐더러, 내 생활이 굼벵이 걸음일망정 아직은 미래를 향해 뻗어 있다는 환상을 버리고 싶지 않기 때문이다.

　다만 아무런 연관도 없는 얼만큼의 이야기가 뒤죽박죽이 되어 내 머리라는 상자 속에 들어앉아 있는 듯이 여겨질 따름이다. 언제 누구에게서 주워들었는지 얼른 생각이 나지 않고 또 분명하게 목록을 꾸며볼 수도 없는 그런 이야기들의 퇴적은 마치 단정치 못한 여자의 핸드백에 들어 있는 잡동사니와 같다. 그러다가 어떤 계기로 자극을 받으면 그 중의 하나가 갇혀 있던 상자를 뚫고 나와 말하자면 내 머리의 표면 위로 불쑥 떠오른다.

물론 그 기간은 사나흘도 못 간다. 요행히 기억이 연쇄반응을 일으켜서 얽히고설킨 실매듭이 풀리듯 이야기들이 꼬리에 꼬리를 물고 연이어 나오고 그 근원에까지 이르는 일이 있다면 그것은 천재에게나 있을 수 있는 일이고, 나처럼 범용한 인간의 경우에는 고립되고 덧없는 기억들이 이따금씩 고개를 내밀다가는 어느덧 자취를 감출 뿐이다. 그러면서도 이런 대단치 않은 기억이나마 그것이 무의식의 암흑 속으로 움츠러들거나 영영 망각의 구렁텅이로 빠져버리게 내버려두기가 아깝다. 이런 일은 나만의 경우가 아닐 것이다. 그래서 나도 여러분도 회상기를 꾸미고 수필을 쓴다. 사실 수필이란 시간에 대한 가장 초보적인 투쟁의 한 형식이다.

*

일전에 한강에서 원영(遠泳)대회가 개최된다는 신문기사가 눈에 띄자 내 머리의 상자 속에서 과연 한 친구로부터 들은 이야기가 고개를 드러냈다. 작년의 일이었는데, 오래간만에 바다 속에 뛰어들어가니 물이 무서워져서 10미터도 못 가고 되돌아왔다는 이야기였다. 스무 살 때는 50미터를 자신 있게 갈 수 있었다는 그 친구는, 이렇게 물에 겁이 난다는 것이 다만 수영에 관한 일만이 아니라 생활 자체의 위축을 상징적으로 뜻하는 것이라고 하면서 자기환멸을 늘어놓았다. 그리고는 장가를 들어 처자를 거느리게 되고 매일매일의 자질구레한 걱정거리에 온몸이 뜯기게 된 이제는 희망, 절대, 순수와 같은 단어를 들으면, 그런 말을 당장에 말살해버리지는 못할망정 적어도 솜으로 귀를 틀어막기라도 해야 소위 정신위생을 지킬 수 있지, 만일 그렇지 않으면 미치게 될 것이라고 그는 덧붙였다. "바다가 부른다고? 오오, 천만에! 인생은 모험이라고? 설익은 소리! 자유가 아니면 죽음을 달라고? 무슨 잠꼬대!" 이런 식으로 가볍게 받아넘길 줄 알아야 비로소 조심성과 행복을 갖춘 현명한 어른이 되는 것인지도 모르겠다고 하면서 우리는 쓰디쓴 웃음을 지었던 것이다.

＊

　이런 추억을 더듬고보니 요행히도 생각나는 것이 있다. 그것은 시레네스의 신화이다. 내 머리에는 바다가 무서워진 그 친구의 어리둥절한 얼굴과 절묘한 노랫소리에 홀려서 물속에 빠져 죽은 항해자들의 모습이 겹쳐진다. 그리고 또 아예 수영을 못 배우고만 나 자신을 되돌아보게 된다. 중학 2학년 때에 학교에 풀장이 생겼는데, 체육선생에게 억지로 끌려서 생전 처음으로 물속에 들어갔다 그만 중이염을 앓게 되었다. 그때부터는 물이 무서웠다. 내가 해수욕을 가본 일이 없는 것도, 금전의 여유가 생기지 않는다는 이유도 있지만 수영을 못하는 것이 부끄럽고, 또 이 부끄러움은 내 친구의 경우 이상으로 생활의 다른 면에 있어서 더 큰 굴욕감을 연쇄적으로 가져올 것이 두렵기 때문이다.

　한데 시레네스의 노래에 홀려들지 않을 수 없었던 항해자들과 수영에 자신을 잃은 내 친구와 아예 물가에 가볼 생각을 하지 않은 나 자신은 인생을 살아가는 세 가지의 대표적인 유형처럼 여겨진다. 가장 안전한 자리에 있는 것은 나와 같은 인간이다. 천재지변을 당하거나 건강을 잃지 않는다면, 나와 같은 유형의 족속이 가장 명이 길 것이다. 그러나 목숨이 길다는 것 그 자체에는 아무 뜻이 없다. 백로가 되지도 못하면서 "까마귀 싸우는 곳에 백로야 가지 마라"는 시구(詩句)를 좌우명처럼 써 붙이고, "보고 도 못 본 척, 들어도 못 들은 척하라"는 교훈이 어느덧 몸에 배어 버린 졸장부들! 그러다가 드디어는 보려고 해도 못 보게 되고, 들으려 해도 못 듣게 된 불구자들! 그들은 유혹이라는 말의 뜻을 모른다. 그들의 귀에는 시레네스의 노래가 들리지 않는다. 아니, 시레네스는 그들에게는 아예 노래를 부르지 않는다.

삶을 안이한 관례로만 알고 이 관례의 이불 속에서 잠들어버린 이러한 침체된 족속과는 정반대의 위치에 서 있는 것이 시레네스에 홀려든 항해자들과 같은 사람이라는 것은 두말할 필요도 없다. 그들은 말하자면 '사려분별(思慮分別)이 없다는 고귀한 덕'의 소유자이다. 시레네스의 신화에서 중요한 것은 그들이 아름다운 노래의 함정에 빠져 붕어새끼처럼 죽고 말았다는 결과적 사실이 아니라, 삶과 죽음에 관한 타산을 넘어서는 견딜 수 없는 마력에 사로잡혔다는 점이다. 그러나 이 경우에 사로잡힌다는 것은 단순한 수동성이 아니다. 그것은 거의 본능적인 지향성(指向性)이다. 가령 신이 부른다거나 산이 부른다는 따위의 말은 그런 부름을 들을 줄 알고, 일단 듣고 나면 거기로 끌려가지 않을 수 없는 사람들에게만 뜻이 있는 것이다.

처음으로 에베레스트를 정복한 사람에게 한 신문기자가 "당신은 왜 산에 오릅니까?" 하고 묻자, 그의 대답은 짤막했다. "바로 저기에 있으니까." 바로 저기에 있는 저 산에 어떻게 안 오르고 배기겠느냐는 것이다. 하나의 도전처럼, 하나의 유혹처럼 내 눈에 보이고 내 귀에 들려오고 내 온몸에 호소하는 저 알지 못할 존재의 앞에 설 때, 나는 이미 이 속세의 사람이 아니라는 말이다. 그런 사람들의 사전에는 인간조건이니 상황이니 역사적 교훈이니 하는 말들이 실려 있지 않다. 아니, 물에 빠져 죽은 항해자나 에베레스트를 정복한 영웅들만이 아니라, 무릇 시인은 귀신에 홀린 사람들이다. 시를 쓴다는 것은 아름다운 목소리로 간장을 태우기만 할 뿐 그 모습을 보이지 않으려는 시레네스를 눈앞에 불러내기 위해서 주문을 외우는 것이다. 그리고 그들은 평생 이런 유혹에 사로잡혀서 죽거나 미쳐버릴 수도 있다는 것을 우리는 알고 있다.

*

나는 나 자신을 포함한 첫째 부류의 인간들, 사르트르가 『구토』에서 그린 부빌 시민들의 형제에 대해서 경멸을 쏟는 동시에, 그 대극(對極)에 위치한 사람들, 즉 시레네스에 사로잡힌 사람들을 그냥 동경하기만 한다. 그것은 태양을 우러러보거나 대붕(大鵬)의 비상을 부러워할 때와 같은 순수한 동경이지, 나도 그렇게 되어보겠다든가, 그런 사람들을 사표(師表)로 삼겠다든가 하는 다소라도 이상주의적인 냄새를 풍기는 성질의 것이 아니다. 겁을 집어먹는다는 것이 다만 수영의 경우뿐만이 아니라 널리 생활 전체에 걸쳐 일종의 제일원리(第一原理)가 되어버린 나로서는, 도무지 시레네스의 노래를 들을 수 없고 또 스무 살 때에도 듣지 못한 그 노래를 이제 와서 들을 수 있다고는 생각할 수 없기 때문이다. 나는 그런 허울 좋은 망상을 새삼스럽게 품어볼 만큼 자신을 모르지는 않는다. "아니 벌써부터 그런 패배주의에 빠져버리면 어떻게 하나?" 하고 누가 나를 비난한다면, 나는 그 사람의 '무식한 선의'를 픽 웃고 말 것이다. 도대체 평평범범(平平凡凡)하게 청춘기를 보낸 인간이 나이 서른이 넘어서 별안간 근본적인 변신을 한다는 것은 소설이나 희대의 위인에서는 볼 수 있을지 몰라도, 나와 같은 졸장부에게는 당치도 않은 헛소리이며 또 가장 비열한 자기기만이기도 하다. 못난 인간이 그나마 정직하게 살아가려면 자기가 못났다는 의식을 토대로 삼을 수밖에 없는 것이다.

한데 내가 경멸하는 눈멀고 귀먹은 내 부류의 인간들과 가장 높은 동경을 자아내는 '초인들' 사이에는, 내가 다소라도 친근하게 이해할 수 있을 듯한 중간지대의 종족이 있다. 그것이 바로 헤엄을 치기가 무서워졌다는 내 친구와 같은 사람들이다. 다소 과장해서 말하자면, 그들은 시레네스의 노래를 들은 일이 있으면서도 감히 유혹당하기를 두려워하고 또 그런 두려움에 쌓이고 만 자기 자신을 괴로워할 줄 아는 비극의 주인공들이라고 해도 좋을 것이다. 그들은 현명한 체념을 배우려고 하지 않고 자기의 무력감에 대해서 분노한다. 그들은 날개가 꺾였지만 나는 시늉이라도 해보고 싶은 새들이다. "나는 인간들에 대한 사랑보다 사상(事象)과 환영에 대한 사랑을 더 높이 여기니라. 나의 형제여! 그대 앞에 보이는 이 환영은 그대보다도 한결 아름다우니 어찌 그것에 그대의 살과 뼈를 받치지 않으련가!" 이러한 짜라투스트라의 말을 되씹을 때, 그들은 가슴이 그냥 설레는 대신에 도리어 장도리로 뒤통수를 얻어맞는 것 같이 느낄 것이다. 그런 말이, 이루지 못한 욕망에 대한 벌충할 수 없는 회한을 불러일으키기 때문이다.

문학적으로 보면 시레네스에 끌려 다시는 돌아오지 못하는 길로 접어드는 숙명의 영혼들의 세계가 주로 시의 세계라면, 있는 현실과 있어야 할 현실 사이의 거리를 느끼고, 무슨 이유에서이건 간에 후자(後者) 쪽으로 못 가는 자신의 무능과 분열을 자각하는 사람들은 산문을 그의 터전으로 삼는 일이 많다. 그래서 나는 시 앞에서는 침묵할 따름이고 산문으로 쓰인 것을 그나마 뜯어보려는 것인지도 모른다. 그러나 그것도 잘 되지가 않는다. 가령 카뮈와 더불어 삶의 괴로움과 자기분열을 느끼는 일이 있다 해도, 그것은 다만 느끼는 척하는 유사감정(類似感情)에 불과하고, 느끼는 척하는 것이 마치 느끼는 것처럼 느낄 만큼 그 증상이 고질화된 것이 아닐까 하는 의심이 앞서는 것이다. 그러면서도 척이라도 해볼 수 있는 구실을 갖고 싶다. 위선이 선에 대한 아첨이라면 모방은 참에 대한 아첨일 것이다. 그리고 나는 이런 아첨을 하는 것으로 인생을 끝마쳐도 별로 한이 없다고 생각할 수 있도록 자꾸만 자신을 설득하려고 한다.

*

　원영대회가 있다는 기사를 읽은 바람에 우연히도 툭 튀어나온 내 친구의 이야기를 하고, 그러다가 어느 틈에 늘어놓게 된 이런 자기고백이 과연 무슨 소용이 있을까 자문해본다. 사실 나는 이 오죽잖은 잡문을 읽고 내게 조소와 경멸을 던지는 분들이 많았으면 하고 바라고 싶다. 그것은 내가 무슨 노출증 환자처럼 마조히스트적인 쾌감을 느끼고 싶어서가 아니라, 나에게 동감하는 사람이 적을수록 참으로 다행스럽다고 여겨지기 때문이다. 『악의 꽃』

을 내면서 "위선의 독자여, 나의 동포여, 나의 형제여!" 하고 외친 보들레르의 그 구절이 무효로 되어버린다면, 그것처럼 기쁜 일은 없을 것이다.

다만 나 개인으로서는 이런 고백을 해두어야 할 한 가지 이유가 있다. 그것은 내가 약하다는 것이다. "당신은 왜 씁니까?"라는 질문을 받고 "약하기 때문에"라고 대답한 발레리가 그 말로써 무엇을 뜻한 것인지는 모르지만, 나는 내 나름대로 약하다는 것을 알기 때문에 이런 글을 쓰는 것이다. 그렇지 않으면 내게는 아무런 출구도 없을 것 같다. 만일 이런 수치스러운 자기고백을 활자라는 무서운 매개로 단단하게 응결시켜놓지 않는다면, 그것은 어느 틈에 손바닥에 담은 물처럼 새어버리고, 그 다음으로는 자기위안이라는 무서운 수마(睡魔)에 사로잡히리라는 것을 나는 알고 있다. 나는 스스로 수치감을 갖는 데도 약한 것이다. 그래서 타인의 시선을 우정 요청하고, 순시(瞬時)에 사라져버리려는 수치감을 감시하는 천 개, 만 개의 눈을 달아 그 눈들이 언제나 나를 날카롭게 쏘아보게 해놓고 싶은 것이다. 그래야만 살아갈수록 다소나마 이득을 보는 요행이 베풀어질 수 있을 것 같기 때문이다.

『사상계』, 1961년 문예증간호 ●

시계

벽에 걸린 시계 앞에 서서 태엽을 감아주고 있자니 내가 그 시계의 휴식을 방해하려는 것이 아닐까 하는 생각이 들었다. 스스로 느끼기에도 유치하기 짝이 없는 생각이다. 혹시 시계에게 생명이라도 있다면 모르지만 그렇지 않은 이상, 그것을 혹사한다고 생각하는 것은 터무니없는 물활론적(物活論的) 망상이기 때문이다. 그래서 이번에는 다시 좌우로 흔들리기 시작한 시계추를 보면서 좀 다르게 생각해보았다. 저 추의 운동이 바로 인생의 상징이 아닐까 하고.

그러나 나는 시계처럼 부지런하고 꾸준하게 일하라는 옛말을 여기에서 또 되풀이하려는 것은 아니다. 사실 이런 격언은 아무리 반복해도 나쁠 것은 없겠지만, 부지런히 일하는 것이 무슨 뜻이 있느냐는 문제가 먼저 해결되지 않으면 공허한 설교에 불과하게 된다. 그것보다도 열심히 제 몸을 흔들어대는 추의 운동 자체가 내 눈에는 삶의 역설의 상징처럼 보이는 것이다. 추의 움직임을 보고 있으면 그것은 늘 한가운데에 조용히 머무르기를 바라는 듯하다. 그리고 좌우로 몸을 흔드는 것은 안정을 위한 실패한 노력의 표현이 아닐까 싶어진다. 왼쪽으로 너무 쏠려간 추는 중심을 찾으려고 하다가 이번에는 힘이 지나쳐 오른쪽으로 쏠리고 또 다시 중심을 찾다가 왼쪽으로 치우친다. 그러니까 추의 이상은 양극으로 향하는 지나친 운동을 지양하고 안정된 중심을 찾는 데에 있겠지만, 항상 과유불급(過猶不及)이 되어 소원을 이루지 못하는 것인지도 모른다.

그러나 시계가 가는 것은 이 지나친 운동의 덕분이다. 만일 추가 소원을 성취해서 한가운데에 편안하게 머문다면 그 시계는 이미 시계로서의 일을 못하게 된다. 그러니까 시계의 생명은 안정의 소원을 이루지 못하고 몸을 흔들어대는 현실에서 탄생하는 것이라고 할 수가 있다. 이것을 시계의 미완성 변증법이라고 불러볼 만도 하다는 생각이 든다. 한데 인간의 문화가 창조되는 것도 역시 완성의 이상에 다다르려고 애쓰면서도 그것에 실패하는 미완성 변증법에, 좀더 과격하게 말하면 모순 덩어리의 과정 자체에 있다고 여겨지는 것이다.

*

앙드레 지드는 "신의 나라에는 예술이 없다"고 말한 일이 있다. 그러나 그가 가장 얄미운 무신론자였다고 해서 이런 표현에 대해서까지 트집잡는 기독교도가 있다면 그것은 온당치 않은 일이다. 지드는 그 말을 통해서 가장 평범한 진실을 요약해놓고 있을 따름이다. 방금 이야기한 시계의 추와 결부시켜서 생각해보면 곧 납득이 갈 것이다. 추가 한가운데에 안정하도록 하는 것이 시계의 소망이라면, 신이 되고자 하는 것은 인간의 영원한 소망이다. 그러나 추가 중심을 찾아버리면 시계가 가지 않는 것과 마찬가지로, 인간이 신이 되어버리면 할 일이 없어진다. 어떤 절대적이며 완전한 상태에 이른다면 그 이상 무슨 할 일이 있겠는가? 생각해보라. 예술작품이란 신의 경지를 지향하면서도 끝끝내 인간조건에서 벗어나지 못하는 의식체(意識體)들의 괴로움의 궤적이 아닌지 생각해보라. 그리고 이 괴로움의 궤적을 그려놓은 것 자체가 인간의 생명의 불이 꺼지지 않았다는 증거가 아닌지 생각해보라. "신의 나라에는 예술이 없다"는 지드의 인상 깊은 그 말은 이상과 현실의 괴리(乖離) 그 자체에 창조의 원리가 있다는 것을 확인시켜주는 것이다.

완성은 죽음이요 과정은 삶이다. 모든 예술작품은 완성을 향해서 걸어가다가 쓰러져버린 시체이다. 허나 그것은 살아 있는 시체이다.

*

인생 역시 예술과 마찬가지로 시계추처럼 이상적인 안정에 이끌리면서도 좌우로 흔들릴 때에 역동적(力動的)인 것이 된다. 그 안정된 중심적인 자리를 중용(中庸)이라고 불러도 좋고, 또 그것은 무(無)의 경지일 수도 신의 경지일 수도 있다. 다만 그런 궁극적인 목표에 너무 일찍이 도달하는 것이 반드시 바람직한 것은 아니다. 거룩하게 되었다는 것은 인생을 다 살았다는 뜻이다. 인생의 바늘이 그 어떤 절대점(絕對點)에 이르고 조금도 움직이지 않게 되었다고 스스로 생각하는 사람이 있다면 그것은 깨달음이 아니라 도리어 교만과 미망(迷妄)일지도 모른다. 성현들의 말씀에는 머리가 수그러지는 것이 사실이다. 그러나 다른 한편으로는 초월적인 지혜나 진리에서 거리가 멀다는 의식이 나로 하여금 더 살아야 하고 아직도 더 몸을 흔들어대야 할 필요성을 확인시켜준다. 앞서 언급한 것처럼 과유불급의 교훈은 귀중한 것이다. 그러나 시계추처럼 지나친 짓을 하는 데에도 무슨 큰 의미가 있으리라고 생각해보아야 한다. 서울에서 대전까지 가려던 사람이 내친 걸음에 부산까지 가버리면 지나친 짓이 되겠지만, 그 덕분에 도리어 바라지도 않았던 체험을 하게 될지 모른다. 가령 둘도 없는 친구를 부산역 앞에서 뜻하지 않게 다시 만났다던가 혹은 알지 못한 새로운 풍경에 넋을 잃었다던가, 또 반대로 어떤 큰 불행을 겪게 되었다던가 하는 식으로 말이다. 그리고 그런 우연적 체험이 인생의 전환점이 되지 말라는 법이 어디 있겠는가? 인생이 모험이라는 것은 이런 뜻이다. 좀더 과격한 비유를 해보자면, 신의 은총을 얻으려다가 도리어 악마의 유혹에 빠진 사람이, 신의 품에 안겼다고 자부하는 사이비 신자보다는 한결 더 신에게 가까울지도 모른다.

프랑스의 유명한 카톨릭 작가인 폴 클로델이 그의 최대의 걸작 『비단신』에서 한 인물의 입을 빌려 하고 있는 다음의 호소는 인생의 역설을 힘차게 표현하고 있는 것이다. "그가 밝디밝은 길을 밟아 그대에게로 가지 않거든 침침한 길로 가게 하소서……. 악을 바라거든 선과는 아예 등을 저버린 그런 악을 바라게 하소서. 혼란을 바라거든 혼란을 베푸시옵소서. 그를 에워싸고 그의 구원을 가로막고 있는 벽을 뒤흔들어 갈라놓는 그런 혼란을 베푸시옵소서." 이렇듯 평화를 바라면서도 늘 흔들리는 것, 안정을 바라면서도 극단에 쏠리는 것, 절대를 바라면서도 상대적 처지에서 벗어나지 못하는 것을 우리는 슬퍼하기보다도 도리어 거기에 구원의 역설이 있다고 생각해야 한다. 그리고 줄기차게 동요하다가 죽는 그 순간이 되어 비로소 정신의 추가 한가운데서 고요히 멈추게 된다면 그런 인생이야말로 가장 짙고 알찬 인생이라고 말할 수 있을 것이다.

『연세춘추』, 1962년 6월 11일 ●

한 회의적 지식인의 방황

　서른 살을 넘은 사람을 젊은 세대에 속한다고 하면 20대는 소
년시절일지도 모른다. 그러나 생각하는 내용에 중점을 두고 간단
히 늙은 세대와 젊은 세대의 두 가지 종류로 구분을 지어야 한다
면 나는 분명히 젊은 세대에 드는 사람이다. 내게는 아직도 확고
한 신념도 없고 또 가지가지의 경험이 베풀어주는 인생의 지혜도
없다. 그러나 확고한 신념을 내거는 나이든 사람들을 보면 부럽
다기보다도 우스워지고, 지혜라는 말에서 어쩐지 꾀와 비굴과 체
념의 뉘앙스를 느끼게 된다. 나는 아직도 회의적인 단계에 머물
러 있다. 휴머니즘의 이념을 소리 높이 외치기는커녕, 도리어 휴
머니즘의 가능성을 따져보는 것이 거의 습성처럼 되어버렸다. 후
배에게 자신 있는 태도를 보여주지는 못하고, 무엇을 가르쳐야
할지 모르는 어리둥절한 선배의 노릇을 해왔다.
　그러나 다른 한편으로 오늘날 20대의 청년들에 비하면 나는 기
성(旣成)세대의 일원이기도 쉽다. 왜냐하면 내가 회의를 하고 어
리둥절하게 느끼는 것은 사상의 영역에 있어서 상대적인 것을 넘
어서서 어떤 절대(絶對)를 구하려고 괴로워하는 증거라고 나 스

스로는 알고 있는데, 그들의 경우에는 사상을 소중하게 여기는 경향은 직접적 이해타산과 순간적인 쾌락 앞에서 물러가고 있는 듯이 생각되기 때문이다. 나는 그런 현상을 자주 보아왔다. 가령 각 대학에서 문과(文科)를 지망하는 학생의 수가 옛날보다는 한결 적고, 또 일단 문과의 학생이 되더라도 대부분은 소위 '살아 있는' 영어나 불어를 배워서 실생활에 이용하기를 바라고 문학이나 철학은 그저 교양으로 알아두겠다는 정도이다. 그들이 어느 작가나 사상가와 정신의 대화를 맺고 미지(未知)의 신비나 존재의 근원을 캐어보려는 정열에 끌리는 일은 매우 드문 것 같다. 게다가 재즈와 트위스트는 젊은 시절의 열기를 직선적으로 발산시키는 데 안성맞춤이다. 찰나주의적(刹那主義的)이며 본능주의적인 쾌락 앞에서는 일체의 사고와 지성의 험로(險路)가 그야말로 무용한 수난으로 보일 것이다.

이렇게 보면 나의 입장은 매우 애매하다. 나는 내가 부정하는 기성세대와 나를 기성세대라고 부정하는 젊은 세대 사이에 끼어 있다. 이러한 애매성이 30대가 보여주는 동서고금의 공통적 현상일지도 모른다. 또 이와는 반대로 나의 애매성이 30대에 속하는 모든 사람들의 것이 아닌지도 모른다. 그러나 어느 쪽이든 간에 나는 그런 전반적인 문제를 살펴서 서투른 세대론을 전개하고 싶은 생각은 없다. 다만 각 개인의 경험이 아무리 유별스럽게 보일 망정 그 사이에는 다소나마 비슷한 점이 있겠고, 세대가 같은 경우에는 이 유사점은 더욱 두드러지지 않을까 싶어서 내가 처해 있는 애매한 입장을 밝히고 몇 마디 말을 겸허하게 덧붙여보려고 하는 것이다.

*

지식은 인간을 세계의 주인으로 만들어주는 동시에 심연(深淵)으로 몰아넣기도 한다. 그것은 자동차와 원자력을 탄생시킨 동시에 우리의 가슴에서 고뇌의 외침을 자아내기도 한다. 지식을 밖으로 향하는 것과 안으로 향하는 것의 두 가지로 나누어본다면 전자는 무엇보다도 과학의 영역이며 후자는 특히 철학의 터전이다. 한데 우리 시대의 고민은 이 외적 지식과 내적 지식의 불균형에 있다는 것은 흔히들 하는 말이다. 인간의 공격을 받는 자연은 나날이 더욱 그 비밀을 드러내 보여주지만, 그것을 이용하는 인간 자신은 영원한 문제로 남아 있다. 현대의 과학자는 백 년 전의 과학논문을 한낱 역사적 유물로 대접하고 빙그레 웃으면서 들추어볼 수 있으나, 철학자는 천 년 전의 철학서적을 대할 때도 현대의 문제를, 아니 영원의 문제를 재발견한다. 신이 있느냐 없느냐, 이성과 감정의 배치(背馳)를 어떻게 처리할 것이냐, 삶의 가치는 무엇이냐는 따위의 문제가 줄기차게 그리고 안타깝게 되풀이되기만 한다.

그러나 안으로 향하는 지식이 아무리 문제만을 재생산하고 같은 자리를 맴돈다 해도, 시대가 비교적 안정되어 있는 경우에는 지식의 신화적 성격, 다시 말해서 통념(通念)이 지배한다. 가령 19세기까지만 하더라도 서구(西歐)는 대체적으로 정신의 권위와 사회의 진보를 믿는 이른바 휴머니즘의 테두리 안에서 여러 활동을 전개해올 수 있었다. 과학은 인간의 종복(從僕)으로서의 겸손한 자리를 지켜왔고, 문학을 일삼은 사람들도 몇몇의 예외가 있긴 했지만, 세상을 예찬하건 비판하건 간에 더욱 좋은 미래를 위한 투자를 이어왔다. 또 개개의 인간은 보편적인 이성과 이상의 존재를 믿고 각각 제 분야에서 노력하면 되었다. 허나 이제는 사정이 판이하다. 인류학의 발전은 자기가 살아온 사회가 세계의 전체라고 생각하던 고립적 사회의 망상을 깨뜨리고 이질적인 여러 문명을 병렬(並列)시켜놓았다. 과학의 힘을 이용하겠다던 인간은 도리어 그 무서운 힘 앞에서 부들부들 떨고 구명을 호소하는 망측한 꼴을 연출하고 있다. 쉴새없이 변모하고 격동하는 이 세계에서 모든 사상은 미처 뿌리를 박기도 전에 시효상실(時效喪失)의 선고를 받고 만다. 제각기 근본적으로 다른 견해와 이념을 전개시키는 숱한 사상들 앞에서 정신은 현기증을 느끼는 것이다.

게다가 날로 달라지고 다양해지고 팽창하는 지식은 지식의 분화(分化)를 가져왔다. 옛날에는 한 지식인이 여러 가지의 역할을 한꺼번에 할 수가 있었다. 볼테르는 동시에 사회학자이며 심리학자이며 문학자이며 철학자였다. 파스칼은 수학자와 철학자와 물리학자를 겸할 수 있었다. 그러나 오늘날에는 사람마다 제각기 좁디좁은 전문분야에 갇혀 있다. 개인은 전체적 인간이 될 수 없고 인간이라는 극히 추상적인 개념의 사소한 구성요소의 노릇밖에는 못 한다. 때로는 이것이 조화롭고 통일된 세계를 이루기 위한 꿀벌들의 분업과 같은 것이라고 생각해보기도 하지만, 그보다는 산산이 부서진 거울의 파편을 저마다 하나씩 만지작거리면서 그것이 온전한 거울이라고 외쳐대는 듯한 인상이 강하다. 인간이란 무엇이며 무엇을 할 수 있는 동물인지를 더 잘 알기 위해서는, 갈래갈래 분화된 지식의 조각들을 한데 모아서 전체상(全體像)

을 형성해야할 텐데 그럴 길이 없다. 정신의 잡다한 분야 상호간에서 대화가 맺어지지 않고 숱한 인생관이 독불장군의 노릇을 한다. 문학을 하는 사람이 인간과 세계에 관하여 무슨 견해를 내놓으면 당장에, 사회학이나 생물학의 견지에서 볼 때는 그렇게 생각할 수 없다는 따위의 이견(異見)이 백출한다. 요새 여러 사람들의 글을 한데 엮어서 거창한 제목을 내건 총서 따위가 많이 나오고 있지만 (이 글이 실린 책도 그런 총서 중의 하나일 것이다), 그것은 모두 공통의 자장(磁場)이 없는 단자들이 난무하는 자리이다. 그것은 길을 잃고 고민하는 정신에게 지침을 베풀기보다는 그것을 더욱 어리둥절하게 만들어놓을 뿐이다.

  이러한 전반적인 가치의 혼란에 가중(加重)하여 더욱 안타까운 것은 내가 1960년대를 사는 한국 사람이라는 상황이다. 별로 자랑스럽지 못한 5천년의 역사를 지니고 부글부글 끓는 이 국경 없는 세계를 맞이해야 하는 사람의 특수한 상황 말이다. 나로서는, 마구 밀려오는 가지가지의 서양사상에 대해서 나 자신을 지킬 만한 방파제를 내가 지닌 전통 속에서 찾기 힘들다. 수백 년 동안 우리 조상이 좌우명(座右銘)으로 받들어온 주자가훈(朱子家訓)으로 실존사상을 막아낼 수는 없고, 기하학적(幾何學的) 정신을 직관으로 넘어선다고 해서 일이 잘 풀릴 것 같지도 않다. 요새 서양의 문명을 한국적인 것, 동양적인 것과 절충시켜서 민족 고유의 새로운 문화를 창조해야 한다는 말을 흔히 듣지만, 이역시 아름다운 구호에 지나지 않고, 구체적으로 무엇을 어떻게 절충시키자는 것인지 신통한 방법론을 명시하는 사람은 별로 찾아볼 수가 없다. 차라리 직접적이건 간접적이건 또 좋건 나쁘건 간에 이질적인 것의 공격을 받을 때에 누구나 발휘하게 되는 자기방어의 본능이 그런 말을 시키는 것이 아닐까 하는 의심조차 품어보게 된다. 설마 갓을 쓴데다가 구두를 신긴다는 어색한 꼴을 사상의 분야에서 연출해보겠다는 말은 아닐 것이다. 어폐가 있을지 모르지만, 오늘날 우리의 후진성을 빚어낸 것이 하늘을 두려워하는 습성이고 반대로 서양 사람들의 선진성은 하늘에 거역하는 정신의 소산이라고 나는 생각하는데, 이와 같이 본질적으로 다른 정신의 지향을 어떻게 융합시키겠다는 말인지 얼른 납득이 가지 않는다.

과학적 지식은 서양에서 받아들이고 소위 동양적 미덕(美德)은 그대로 지키는 요행이 성립될 수 있을 것인가? 과학적 지식을 받아들인다는 행위는 논리적 사고방식을 따르겠다는 말일 텐데, 논리적으로 생각하는 능력은 자연히 모든 대상에 적용될 것이 아니겠는가? 이런 사고방식이 길러지면 삼강오륜(三綱五倫)이라든가 중용이라든가 또는 경천애인(敬天愛人)과 같이 우리 조상이 공리적(公理的)인 것으로 받들어오던 통념의 타당성 여부를 근본적으로 재고해보려고 할 것이 아니겠는가? 토인비는 『서양과 세계』에서 동양 사회의 개혁은 서양 문명의 단편적(斷片的)인 흡수에 의해서는 성공할 수 없고 그 문명을 무조건 받아들여야만 가능하다고 하면서, 일본의 소위 메이지(明治) 유신을 높이 평가하고 있는데, 이런 발언을 서양 사람들의 오만이라고만 단정해버릴 수 있는 것인가?

그러나 다른 측면에서 생각해보자. 우리의 정신적 유산을 아무리 거부해보아도 그 다음에 오는 것은 희망에 찬 창조의 의욕이라기보다는 새로운 자기실현으로 선뜻 나설 수 없는 답답함이다. 도무지 내 속에 뿌리 깊이 박혀 있는 동양적 유산이 쉽사리 가실 리가 없다. 그리고 원래 서양적인 것을 소화할 수 있는 단단한 바탕이 마련되어 있지 않으니까, 모든 외래사상이 폐허 위를 유령처럼 떠돌다가는 어느 틈에 사라지고 만다. 그것은 우리 자신의 내적 필연성에서 우러난 것이 아니고 여성의 의상과 같이 한낱 유행에 지나지 않는다. 이리하여 우리는 고유의 문명만을 가지고 살아나갈 수 있는 순종의 한국 사람도 아니고, 완전히 구각(舊殼)에서 벗어난 새 사람도 아니라는 애매성을 지니고 있다. 물론 긴 역사적 안목에서 볼 때는 이러한 애매하고 어려운 처지에 의미가 있을지도 모른다. 수십 년 또는 수백 년 후에는 새로운 한국이 이루어질 것이고, 1960년대의 젊은 사람들은 이 미래의 한국을 탄생시키기 위해서 진통의 과정을 겪었다고 문서에 기록되기를 바라는 것은 누구나 매일반이다. 그러나 역사적 희망이 성취되리라는 보장은 없고, 또 그것은 지금 내가 진통을 겪고 있다는 현실 그 자체를 말소시켜주지는 못한다. 그리고 이러한 괴로운 현실은 자아의 내면을 깊이 살피면 살필수록 더욱 끔찍해진다.

*

나는 "너 자신을 알라"는 소크라테스의 권고가 고맙다기보다도 무섭게 여겨진다. 또 "지식은 힘이다"라는 홉스의 말을 사람들은 즐겨서 인용하지만, 이 말은 오늘날 사물의 비밀을 찾는 과학자에게는 합당할지 몰라도 자아를 살피는 사람에게는 해당되기가 어려울 것 같다. 도리어 가장 냉정하고 속임 없는 자기반성

212

일수록, 그나마 가지고 있던 힘마저 잃게 하는 듯이 생각된다. 나는 나의 인격이라는 것을 믿을 수 없다. 나를 구성하고 있는 잡다한 요소, 내가 하는 모순된 행동, 내가 느끼는 변덕스러운 감정은 나라는 개체(個體)의 개념이 겉껍데기에 지나지 않는다는 것을 가르쳐준다.

가령 내가 하는 역할이 엄청난 수효에 이른다는 것을 생각해본다. 내 학생의 선생, 내 자식의 아버지, 내 어머니의 아들, 내 처의 남편, 내 동생의 형, 내 친구의 친구, 내 나라의 백성……. 나는 이런 숱한 역할을 용하게 감당해나가는데 그때마다 임기응변적인 태도를 취한다. 내가 어느 한 입장에서 하는 행동을 고립적으로 보는 남들의 눈에는 나는 그때마다 정상적이며 이해 가능한 인간으로 비칠 것이다. 그들이 보기에 나는 훌륭한 선생이며 훌륭한 아버지일지도 모른다. 또 다행히 이 모든 역할을 한꺼번에 해야 하는 경우는 거의 없다. 학교에 나가서 강의를 할 때에는 나는 선생으로서의 나이지, 그 이외의 존재양식을 취하지 않는다. 또 남편으로서의 나의 역할은 선생으로서의 나의 존재와 별로 상관이 없다. 그러나 시시각각으로 다른 역할을 연출하게 되는 나 자신은 나의 행동을 고립적으로만 볼 수는 결코 없다. 나를 구성하는 것은 이 모든 이질적인 역할의 총화(總和)이며 그 사이의 상호당착이라는 것을 나는 의식한다. 그 하나하나가 모두 나인 동시에 내가 아니다. 나를 이루는 것은 조각난 파편들의 무질서한 퇴적(堆積)이다.

그러나 내게도 쾌락은 있다. 그것은 자학(自虐)이 가져오는 쾌락이다. 괴로워할 줄 모르는 인간에게 다분히 질투가 섞인 경멸의 시선을 던짐으로써 괴로워할 줄 아는 나 자신을 우월한 존재로 느껴보려는 것이다. 파헤쳐진 상처를 아물게 할 방도를 모르니까 그 상처를 새까만 손톱으로 살살 긁음으로써 쾌감을 맛보려는 것이다. 현대의 나르시스는 자기의 추상(醜相)에 반하고, 그의 자존심은 아이러니와 무상(無償)의 반항만을 자아내는 자기분석에서 태어난다. 고독은 견딜 수 없고 상통(相通)은 불가능한 이 세상에서 나는 내 몸을 비틀고 그 모습을 거울에 비쳐보고 좋아하는 것이다. 말똥말똥하다는 것, 지성의 소유자가 된다는 것은 자기의 나갈 길을 똑똑히 파악한다는 말일 텐데, 말똥말똥할수록 더욱 갈 길을 모르고, 제 속에서 맴도는 현대적인 지식의 단편들을 나누어 가진 것을 자랑으로 생각하고, 그럼으로써 현대인의 자격증을 얻은 것으로 착각하고 있단 말이다. 그리고 이러한 태도가 패배주의적이며 비굴하다는 것을 나는 아는데, 이 비굴성을 스스로 깨닫게 되었다는 것 자체가 벌써 하나의 은근한 자랑을 자아낸다. 이러다가는 자멸의 길밖에는 남는 것이 없을 것이다. 그것은 겨울철 따뜻한 대낮에 윗도리를 홀랑 벗어들고 이를 잡으면서 느끼는 거지의 쾌감과 다름이 없다.

*

이와 같이 발판을 잃고 제 몸 둘 곳을 모르는 자학적 지식인인 나는 밖으로도 안으로도 생존에 무슨 적극적인 뜻을 부여하지 못한 채로 진정하지 않은 삶을 이어나가고 있다. 하기야 우선 한 가지 해결책으로 자아멸각(自我滅却)이라는 것이 있기는 하다. 자살을 할 수도 있고, 대자연의 품속으로 뛰어들어서 새의 노래와

214

시냇물의 속삭임에서 구원을 찾을 수도 있고, 또 비슷한 이야기지만 불교적인 정(靜)을 택해서 윤회의 괴로움에서 벗어나기를 시도할 수도 있다. 그러나 이런 태도는 내가 전통적 인습에 반항하기 시작하고 의혹을 품게 된 당초의 의도를 어기는 것이다. 내가 방금 말한 애매하고 괴로운 상태에 빠진 것은 주체자로서의 나의 존재를 정립시키려는 과정에서 일어난 일이었다. 그런데 만일 내가 어떤 식으로든 자아멸각의 길을 취한다면 나는 내가 싫어하고 문명의 적이라고 생각하는 전통적 사고방식에 다시 사로잡히는 결과가 되고 말 것이다. 카뮈는 그의 『반항적 인간』에서 "나는 무엇 때문에 반항했던가" 하는 질문을 늘 되풀이해야 한다고 말하고 있지만, 나도 "내가 왜 이런 괴로움을 자초하고 있는가? 나의 괴로움은 나의 유산을 거부하려는 데서 온 것이 아니었던가?" 하는 식으로 자문자답을 계속해야만 하는 것이다. 즉 한 바퀴 돌고, 아니 미처 한 바퀴 돌기도 전에 제자리로 돌아오는 우행(愚行)을 범하고 싶지는 않단 말이다.

또 아예 자아를 성찰하는 고행을 그만두고 소박한 영혼을 다시 찾도록 해보면 어떨까 하는 생각이 들기도 한다. 사실 이쪽이 한결 더 매력이 있다. 인생의 본질이나 의미에 대해서는 별로 살펴보지 않고 맡은 바 직책을 충실히 이행하거나 또는 과학적 지식을 탐구하는 데만 골몰하는 식으로 말이다. 아닌 게 아니라 연구실에서 시험관을 만지는 과학자나, 사무실에서 일정한 일을 하는 직원을 보면 부러워지기도 한다. 그런 사람들의 경우에는, 자의식(自意識)의 벌레에 파먹히지 않고 또 노력과 결과가 어느 정도 비례한다는 두 가지 행운이 있다. 또한 사회를 짊어져나가는 것도 대개는 그런 사람들이다. 더구나 오늘날에는 공산국가에서 보는 바와 같은 어용문학이라도 주장하지 않는 한, 문학의 사회적 효능에 대해서 과장된 생각을 품어서는 안 될 것 같다.

그러나 나의 경우에는 자의식이라는 악마가 나를 단단히 사로잡고 있다. 그런 자의식의 악마를 선뜻 떨쳐버리고 반성작용과 관계 없는 기계적 정확성을 일삼거나 과학적 진리를 탐구하는 학자가 되라고 내게 권고하는 것은 고맙기는 하지만 허무맹랑한 소리이다. 나는 어느 시인의 예를 따라 이것이 나의 숙명이라고 거창한 말을 할 용기는 없지만, 이제는 다르게 생각할 도리가 없게 되었다는 것만큼은 말할 수 있다.

그렇다고 해서 나는 이러한 해독적(害毒的) 사고방식에 사로잡혀 있는 사실에 어떤 뚜렷한 가치를 부여하려는 것은 아니다. 인생의 뜻을 직접 캐보지 않고 사는 모든 사람들에 대한 나의 우위(優位)를 어색하게 주장하고 마치 선택된 사람처럼 처신하려는 것은 나의 본의가 아니다. 구체적 현실 속에서 살아가는 사람들은 서로 연맥이 없는 자질구레한 일들에서 인생의 보람과 기쁨을 느끼는데, 그것으로 족할 것이다. 다만 재미있는 영화를 구경했다던가, 월급이 올랐다던가, 맛좋은 술을 마셨다던가 하는 순간순간의 기쁨으로 하루의 피로를 풀고 이튿날의 고역을 치르기 위한 에너지를 마련하고 이렇게 해서 월화수목금토…… 그러면 되는 것이다. 이런 점에서 정치가의 능력은 국민들로 하여금 괴로운 인간조건을 어느 정도 잊게 해줄 수 있느냐는 데에 따라서 결정된다고도 말할 수 있다. 인생의 근거가 무너지고 부조리가 태어나는 이른바 실존적 경험을 어떻게 막느냐는 것이 정치가의 가장 중요한 과제라는 말이다. 하루의 노동시간을 될 수 있는 대로 단축시키면서도 더 많은 급료를 주고, 또 재미있게 놀 수 있는 시설과 자유를 풍부하게 마련해주는 것, 다시 말해서 파스칼이 부정한 '심심풀이'의 뜻을 적극적으로 긍정하고 그것이 최대한으로 실현되게 민중을 다스리는 것이 정치가가 성공하는 길이 되는 것이다.

만일 그러다가는 가치의 황무지에, 허무주의에 빠지겠다고 걱정하는 사람이 있다면, 그것은 지나친 노파심이다. 선량한 서민은 철학적인 가치관과는 별로 상관이 없는 그들 나름의 온건하고 실증적인 가치관을 가지고 있으며, 또한 사회를 이끌어나가는 사람들이 그때그때의 실생활에 알맞은 규범을 마련해주기 때문이다. 인간은 어떤 보편타당(普遍妥當)한 인생관이나 가치관에 따라서 움직여야 한다는 것은 몇몇 윤리학자들의 구호에 불과하다. 한 시대에는 그 시대에 적합한 도덕 내지는 규범이 사회적 요인에서 생긴다. 더구나 시대가 가속적(加速的)으로 달라지니까 도덕의 규준도 그만큼 자주 바뀌게 될 것이다. 이제는 가치의 상대주의를 손쉽게 배격할 수는 없을 것이다.

그러나 아무리 생각해보아도 괴로운 자의식에서 탈각(脫却)할 줄 모르는 나 자신의 문제, 소외당하고 스스로를 소외해버린 나 자신의 문제는 그대로 남는다. "자기가 모른다는 것을 아는 사람은 단순한 사람이다. 그런 사람을 가르쳐라"는 말이 있지만, 나의 경우를 생각해보면 모른다는 것을 알기는 하지만 별로 단순한 것 같지는 않고, 또한 가르침을 받아야겠지만 시원스럽게 가르쳐주는 사람이 없다. 결국 나로서는, 그리고 나처럼 자신을 파먹는 것이 어느 틈에 생의 전체가 되어버린 사람으로서는 하나의 커다란 꿈을 간직한 채 괴롭고 외로운 길을 그대로 갈 수밖에 없을 것 같다. 그것은 무슨 구원이 고행(苦行) 자체에서 오리라는 꿈이며, 나는 이 꿈에 악착같이 매달림으로써 니힐리스트가 되는 것을 막으려 한다. 그리고 꿈과 현실의 거리가 멀어지면 멀어질수록 구원의 가능성은 더욱 커간다는 역설을 믿으려 한다. 모든 책을 읽었지만 나는 전보다도 더욱 현명해지지 못했다는 파우스트의 한탄에는 지적(知的) 교만의 냄새가 풍긴다. 아직도 읽을 책이 많고, 괴로움 속에서도 스스로 겸손하다고 생각하는 나로서는 그런 큰소리를 칠 수는 없다. 있음직한 이야기는 아니지만 죽음에 임박해 조화롭고 궁극적인 그 무엇을 내 속에서, 그리고 이 세상에서 찾아내고 괴테처럼 "빛을 더 달라!"고 외칠지도 모른다. 혹은 절망의 마지막 고비를 견디지 못하고 그 어떤 초월적 존재에게 이 몸을 건져달라고 안타깝게 호소할지도 모른다. 필경은 하나의 실패의 궤적(軌跡)만을 그려놓기가 쉬울 것이다. 그러나 이 실패의 궤적을 분명히 그려놓기 위해서라도 나는 바둥거리며 살아야겠다. 최후의 판결은 죽음의 그 순간에 내려진다는 신념 아닌 고집을 지켜가면서.

『젊은 세대의 발언』, 문학사, 1962년 8월●

괴로운 추억

　시간은 우리의 과거와 야릇한 장난을 한다. 짓궂기조차 하다. 즐거운 일은 아껴주고 괴로운 일은 어서 지워주었으면 좋으련만 반드시 그렇지가 않다. 도리어 질투라도 하듯이 즐거움은 순식간에 앗아가버리고 괴로움만을 우리들의 마음속 깊이 새겨놓는다. 나의 머리 속에서도 즐거웠던 나날은 어느덧 사라지고 별로 되씹고 싶지 않은 일들은 생생히 살아남아 있다.

　몇 달 동안 파리에서 살아본 지 벌써 십여 년이 지났지만, 그때의 경험으로서 가장 가슴 깊이 새겨져서 지금도 통 잊혀지지 않는 일이 있다. 물론 달갑지 않은 추억이다.

　그곳에 도착하고 얼마 되지 않아서 나도 여느 여행자와 마찬가지로 값싼 카메라를 하나 샀다. 그리고 생전 처음 만져보는 그 카메라를 가는 곳마다 걸머지고 다녔다.

　하루는 지방에 있는 고성(古城)들을 구경하고 파리에 저녁 늦게 돌아왔다. 늘 이용하는 대학식당의 문이 벌써 닫혀서 싼 음식점 하나를 찾아 식사를 청하러 들어갔다. 그때 구질구질한 옷차림의 한 노인이 나를 따랐다. 본능적으로 도둑이라는 생각이 들어서 어깨에 멘 카메라에 신경이 쓰였다. 식당 안으로 들어서서도 나는 그 노인을 유심히 살피면서 앉았다. 그러자 용변을 보고 싶었다. 나는 도둑 같은 노인, 새로 산 카메라, 그리고 참을 수 없는 자연의 요구라는 삼각관계 사이에 끼어 잠시 망설였다. 카메라를 화장실까지 끼고 들어가자니 남 보기가 우습겠고 그냥 놓고 갔다 오자니 불안스러웠다. 그래서 옷걸이에 그것을 걸고는 보이지 않게 레인코트로 덮어씌우고 나서 화장실로 간다는 타협적인 중간노선을 택했다. 그러나 얼른 일을 마치고 돌아와보니 아뿔싸, 카메라가 없어지고 노인도 자취를 감추고 말았다. 나는 시켜놓은 저녁도 먹지 않고 당장에 경찰서로 달려가 서투른 프랑스말로 사정을 설명했다. 물론 그 노인의 소행이 틀림없을 것이라는 주석을 잊지 않으면서. 하숙방에 돌아왔지만 잃은 물건이 아깝다는 생각과 내가 경솔했다는 생각이 뒤섞여서 잠이 잘 오지 않았다. 그런데 새벽세 시쯤 되었을 때 주인 노파가 내 방문을 요란스럽게 두드렸다. 경찰에서 사람이 와서 나를 만나자고 한다는 것이었다. 겁 많은 여주인은 대문도 열어주지 않아 문구멍을 통해서 경찰의 이야기를 들을 수밖에 없었다. 내 카메라를 찾았으니 다음날 아침 교외에 있는 모 기동경찰대 본부로 오라는 것이었다.

놀랍기도 하고 기쁘기도 해서 거의 뜬눈으로 밤을 새우다가 지정된 시간에 지정된 장소로 갔다. 나를 대해준 형사는 퍽 상냥했다. '고요한 아침의 나라'의 사람을 보니 반갑다고 하고는 이윽고 알제리 놈들에게는 조심해야 한다고 소근거리듯 말했다. 나는 영문을 몰랐다. 내가 용의자로 신고한 노인은 알제리 사람 같지가 않았기 때문이다. 그러자 형사가 내 카메라를 책상 위에 꺼내놓은 것과 때를 같이하여 한 알제리 사람이 끌려들어왔다. 머리가 곱슬곱슬하고 눈이 오목 패인 중키의 청년이었다. 그가 항변을 시작하자 형사는 호되게 꾸짖고 내게 말했다. "이 녀석이 범인인데 그 식당에서 못 보았습니까?" 나는 정직하게 못 보았다고 대답했다. 청년은 득의양양해서 더욱 항변을 늘어놓으려고 했다. 형사는 다시 한 번 호통을 치고 알제리 놈들에 대해서는 특별히 경계를 해야 한다는 주의를 내게 거듭 주었다. 나는 필름이 없어진 카메라를 들고 내 방으로 돌아왔다. 어쩐지 마음이 개운치가 않았다.

그러나 일은 그것으로 끝난 것이 아니었다. 한 달쯤 지나자 법원의 소환장이 날아들었다. 모모인(필경 그 알제리 청년이었다. 이름을 잊었으니 Y라고 불러두자)의 공판에 증인으로 출두하라는 명령이었다.

나는 지시된 날에 법원으로 갔다. 한참을 기다리고 앉아 있으니까 마침내 Y가 피고석에 끌려나왔다. 그는 장내를 휘돌아보았다. 곧 나와 시선이 마주쳤다. 그때의 Y의 표정, 나는 그것을 평생 잊을 수가 없을 것이다. 파리한 얼굴에 그려낸 크고도 처량한 미소, 그것은 자기의 운명을 관장한 나에 대한 애끓는 호소였다. 당신 말 한마디로 내 신세가 결정되니 유리한 증언을 해달라는 필사적인 부르짖음이었다. 나도 그에게 어렴풋한 웃음을 지어 보였다.

드디어 재판이 시작되었다. 무슨 말인지 잘 들리지는 않았지만 판사와 Y 사이에 몇 마디 말이 오고갔다. 이윽고 서기가 내 이름을 불러서 앞으로 나갔다. 관례대로 "나는 진실을, 모든 진실을, 오직 진실만을 말하기로 맹세합니다"라는 선서가 끝난 뒤 법관의 질문에 대답해나갔다. 그리고 마지막으로 "현장에서 이 사람을 보았소?"라는 물음이 나왔을 때는 내 나름대로 힘을 주어서 "못 보았습니다"라고 외쳤다. 나는 마땅한 일을 했다고 자위하면서 원래 앉아 있었던 뒷자리로 돌아왔다. 그 다음으로는 변호인이 일어섰다. 젊은 여자였는데 필경 국선(國選)의 무료변호사였으리라. 미처 10분도 안 걸린 변론내용을 분명히 알아들을 수 없는 중에도, 그것이 매우 형식적이라는 것만은 짐작할 수 있었다. 이윽고 잠시 침묵이 흐르더니 선고가 내려졌다. "징역 6개월."

그 말이 떨어지기가 무섭게 Y가 내게 쏘아붙인 시선을 나는 또 평생 잊을 수가 없을 것이다. 불과 몇 분 전에 던졌던 처량하고 아첨하는 듯한 미소와는 딴판으로 증오와 원망에 가득 찬 무서운 눈초리였다. 지금 생각해도 몸서리나는 그 시선의 의미를 나는 이렇게 해석했다. "네 증언이 고맙기는 하다. 그러나 네가 애초에 신고를 하지 않았던들 나는 억울한 감옥살이는 안 하게 됐을 게다. 너는 너의 선의에도 불구하고 나를 망친 놈이다."

나 자신은 그 증오에 가득 찬 시선이 못내 거북해서 또 어렴풋한 웃음을 지어 보였다.

법정에서 나오자 나는 계산을 해보았다. "Y가 6개월의 징역을 살고 나올 때는 11월이리라. 그때 그는 내게 복수하려고 하겠지. 그러나 참 다행이다! 내 귀국 예정은 7월이니까." 나는 7월이 되자 얼른 짐을 꾸려가지고 프랑스를 떠났다. 말하자면 감옥의 벽을 뚫고 화살처럼 쏘아대는 그의 시선에 쫓긴 것이나 다름없이. 그는 감옥에서 나오자 필경 나를 찾아다녔으리라. 학생들이 왕래하는 곳이라야 뻔한 파리의 어느 골목이나 다방에서 나를 붙들고

맥주병으로 내 머리를 후려치려고 했을지도 모른다.

　과연 그가 진범이었을까? 비록 진범이었다고 해도 과연 물욕에 끌려서 도둑질을 한 것일까? 혹은 알제리의 독립투쟁을 위한 다소의 자금을 얻으려고—그 무렵에는 파리 시내에서 그 투쟁과 관련된 사건이 무척 많았다—내 카메라를 훔친 것이 아니었을까? 나는 그것은 모른다. 아무튼 시간은 내 머리에 새겨진 그 미소와 그 눈초리를 지금껏 지워주지 않는다. 그러기는커녕 폭동을 일으키고 상점을 터는 미국 흑인들의 사진을 볼 때도 또 몇 푼의 돈 때문에 살인을 저지른 가난한 농부의 이야기를 읽을 때도, 그리고 지금도 가지고 있는 그 알량한 카메라를 만지작거릴 때도 언제나 그의 이중의 표정이 더욱 생생하게 눈앞에 떠올라서 부질없는 생각에 끌리는 것이다.

『자유공론』, 1968년 9월호 ●

변덕

내가 서울에서 가장 싫어하는 거리는 청계천(淸溪川)을 덮은 길이다. 그 아름다운 이름과는 정반대로 원래가 더럽기 짝이 없던 개천을 덮어씌운 것까지는 좋았지만, 그렇다고 해서 이 길을 지나다니는 기분은 조금도 나아진 것이 없다. 가로수 한 그루 없는 살풍경(殺風景)한 거리의 양쪽에는 지저분한 물건들을 파는 성냥갑 같은 가게들이 즐비해 있고 녹슨 자전거와 손수레를 몰고 가는 사람들이 길을 비키라고 고래고래 소리를 지른다. 더구나 그 위로 고가도로가 생긴 후로 흉물 같은 교각이 시야를 온통 가로막아버리고 그 밑을 수없는 버스들이 사납게 달린다. 흡사 굴 속에서의 아귀다툼과 같은 장면이다.

작년의 일이다. 그 거리를 H교수와 함께 택시로 지나갔다. 후덥지근한 오후 한 시쯤이어서 시커먼 거리의 소음과 열기와 매연에 그만 짜증이 났다. 내 입에서는 "정말 생지옥 같은 곳이군" 하는 소리가 절로 새어나왔다. 그러자 H교수가 말했다. "이 동네에 자그마한 가게라도 하나 가지고 있으면 그런 소리는 안 나올걸."

옳은 말이라고 생각했다. 나는 이 거리를 바라보는 사람일 따름이며 이 거리와 함께 사는 사람이 아니다. 내 입에서 그런 소리가 나온 것은 내가 이방인의 입장에 서 있었기 때문이다. H교수의 말마따나 만일 내가 그 한 모퉁이에 담뱃가게라도 차려놓았다면 이 잡연(雜然)한 거리는 나의 삶의 터전이 되었을 것이다. 그리고 청계로를 '생지옥 같은 거리'라고 하면서 눈살을 찌푸리는 건방진 녀석의 낯짝에 도리어 찬물을 한 바가지 끼얹어버렸을지도 모를 일이다.

이런 양극적인 경우가 아니더라도, 다소의 입장의 변화조차 우리의 느낌과 생각을 변덕스럽게 만든다는 것을 나는 그날 중으로 두 번이나 더 깨달아야 했다. 우리는 삼일빌딩 앞에서 하차하고 그 위압적인 건물의 18층에 있는 다방으로 올라갔다. 그러자 흉물 같던 청계로가 아름답다고까지는 못할망정 재미있게 보이기 시작했다. 냉방이 되어 있는 시원한 분위기 속에서 우선 답답증이 가라앉은데다가, 두터운 유리창이 밖의 소리와 연기를 가로막아주었기 때문이리라. 고가도로를 달리는 자동차들이 장난감처럼 예쁘고, 그 밑으로는 인파를 헤쳐 나가는 버스들의 아슬아슬한 지그재그가 능란한 곡예사의 요술처럼 신기했다. 신문팔이 소년도 지게꾼도 또 간간이 눈에 띄는 판잣집조차도 고달픔이나 더러움에서 해방되어 이 거리를 다양하게 점묘(點描)해놓는 데 한 몫 끼고 있는 것 같았다. 그렇게도 보기 싫던 거리를 재미있는 거리로 표변시켜준 이 거리감, 그리고 거리감 속에서 편안히 자리잡은 나 자신…… 나는 희한하고도 터무니없다는 느낌을 되씹으면서 어수선한 거리로 다시 내려왔다.

이윽고 나는 H교수와 헤어지고 사업을 하는 동창생 A군과 만나기 위해서 그의 사무실이 있는 명동거리로 나섰다. 자동차의 홍수 사이를 헤쳐 가자니 겁이 나고 울화가 치밀었다. "망할 녀석들! 무슨 부자 나라라고 이렇게 차를 타고 야단들이야!" 보행인의 사정을 전혀 아랑곳하지 않는 차들의 횡포에서 나는 오늘날의 지배층의 교만을 보는 듯했다.

그러나 나의 한탄이 그렇게도 쉽사리 방향전환을 할 줄이야! 그것은 A군이 함께 점심이라도 나누자고 하면서 그의 자동차에 나를 태우고 나섰을 때였다. 이번에 나를 한탄하게 한 것은 자동차의 횡포가 아니라, 제멋대로 거리에 깔려서 차들과 뒤범벅이되어 그 진로를 가로막는 군중들이었다. "못된 것들! 이렇게 무질서해서야 어떻게 사회가 유지된담!" 차를 얻어 타기가 무섭게 180도로 급선회한 감정이 스스로 어처구니없어서 고소(苦笑)가 새어나왔다.

그래서 그날은 하루 종일 우울했다. 저주하던 청계로가 다음 순간에는 아기자기하게 보이고, 차를 나무라다가는 이윽고 보행자가 미워진 이 변덕스런 자신을 어떻게 해석해야 할지 몰랐다. 다감(多感)하다는 자화자찬은 너무나 뻔뻔스럽다. 그보다는 도리어 풍향에 따라 이리 구르고 저리 구르는 가랑잎처럼 정견(定見)이 없다는 말이 더욱 합당하리라. 조금이라도 처지가 바뀌기만 하면 당장에 느낌과 생각이 달라진다는 것은 참으로 한심한 노릇이다.

나는 어느 학생에게 이런 이야기를 하면서 어떻게 생각하느냐고 물어보았다. 인간이란 다 그런 게 아니냐는 싱거운 대답이었다. 이튿날에는 나와 함께 청계로를 달렸던 H교수에게 또 그 이야기를 늘어놓았다. 그의 반응은 대충 다음과 같았다. "이해관계에 좌우되어, 감정이나 사고에 있어서 통일성이 없는 것이 현실적 인간이라는 것은 사실이다. 그러나 그 점을 자각하고 넘어서려는 데에 지성의 출발점이 있는 것이 아니겠는가?" 좀 어렵고 고단한 주문이지만, 학문을 하는 사람으로서는 당연히 나올 수 있는 말이다. 마지막으로, 사업가인 A군을 얼마 전에 다시 만났더니 그는 내 이야기를 들으면서 한바탕 웃고는 이렇게 말했다. "이 사람아, 그런 데까지 신경을 쓸 것이 무엇 있나? 우리는 도리어 변덕스럽게 느끼고 행동해야만 일이 된다네. 눈치를 잘 보고 그때그때마다 임기응변책(臨機應變策)을 세우는 것이 성공의 열쇠지."

사회 자체가 하도 변덕스러우니까 그 틈에서 사업을 하려면 그런 변덕 긍정론을 지침으로 삼는 것은 슬프지만 별수없는 일이라고 느꼈다. 하기야 H교수의 말마따나 변덕으로부터 정견(定見)으로 이르는 길을 계속 모색해야 할 나 자신도 언제 또 무슨 변덕을 부리고 서투른 자기변명을 내세울지 모를 일이다.

『중앙』, 1974년 9월호 ●

추석

　도회지에서 자라고 도회지밖에 모르는 내게는 추석이 별다른 감흥(感興)을 가져오지 않는다. 오곡을 무르익게 하는 대자연을 찬양할 줄도 모르고, 밝은 달에 취해본 일도 없고, 송편이 특별히 맛있다고 느껴지지도 않는다. 도리어 그날이 다가오면 걱정부터 앞선다. 선산이 서울에서 오백여 리나 떨어진 교통 나쁜 곳에 있어서 성묘를 하려면 여간 힘이 들지 않기 때문이다. 하기야 조상 숭배의 절대적 의의(意義)를 굳게 믿고 있는 것이 아니니까 안 가도 그만일지도 모른다. 그러나 조부의 생존시부터 산을 관리해온 묘지기 영감에 대한 체면도 있고 더구나 팔순 노모의 마음을 아프게 해드릴 수도 없어서, 고단한 의무를 치르는 기분으로 해마다 집을 나서는 것이다.

　그래도 자식 된 몸이라서 별수가 없는 모양이다. 조부모와 선친의 묘에 차례로 절을 하고 나면 그분들에 대한 추억이 떠오른다. 아니, 떠오른다기보다도 억지로 떠올리면서 조상을 소홀히 해온 자신을 달래고 위장하려는 얕은꾀를 부리는 것이다. 그래서 가령 일곱 살의 어린 손자를 억지로 잡아놓고 길 영(永)자를 붓으로 한없이 쓰게 했던 할아버지의 모습을 다시 그려본다. 또 양말에 전구(電球)를 끼워넣고 침침한 눈으로 해진 뒤꿈치를 꿰매주던 할머니의 고생도 생각해본다. 조부모에 관해서는 그 외에도 몇 가지의 영상이 살아남아 있어서, 선산에 갈 때마다 그것들을 마치 환등기의 슬라이드처럼 내 마음의 스크린에 번갈아 비쳐보곤 한다.

그러나 내가 열여섯 살이나 되어서 여읜 아버지에 대해서 떠올리는 추억은 꼭 한 가지밖에 없다. 내가 자랄 때만 해도 부자지간(父子之間)이 지금처럼 다정하지는 않은데다가, 우리 집의 경우에는 아버지가 어느 은행의 지방지점에 근무하고 있어서 일요일에나 잠깐 만나고 했기 때문이리라. 그러나 그 한 가지 추억만큼은 아마도 내 인생에서 가장 중요한 사건들 중의 하나와 관련되어 있는 것이다.

＊

초등학교 4학년 때였다. 산수문제도 국어문제도 척척 풀어주고 아주 쉽게 설명해주는 담임선생이 내게는 전지전능한 하느님처럼 여겨졌다. 그러나 나의 존경심이 와르르 무너지는 날이 오고 말았다.

그 일은 선생이 무슨 책 한 권을 교탁 위에 놓아둔 채 잠깐 밖으로 나갔을 때 일어났다. 나는 교단으로 올라가서 그 책을 눈여겨보았다. 『소학교사년산술(小學校四年算術)』이라는 표제는 우리들의 교과서와 마찬가지지만, 한결 두꺼웠고 한 모퉁이에는 작은 글자로 '교사용(敎師用)'이라고 적혀 있었다. 나는 호기심에 끌려서 그것을 펼쳐 보았다. 아니, 이럴 수가 있을까! 그 속에는 선생이 우리들에게 그렇게 자신 있게 설명하던 말들이 그대로 적혀 있고 해답이 골고루 나와 있지 않겠는가! 내 어린 마음속에서 전지전능한 신과 같던 선생은 그 당장에 앵무새로, 사기꾼으로 실추하고 말았다. 그리고 나의 실망과 환멸은 나도 모르는 사이에 "자식, 이것 보고 가르친다!"는 불손한 외침으로 터져나왔다.

그러자 정말로 난리가 났다. 그 소리를 들은 급우 하나가 선생에게 고자질을 한 것이다. 나는 교무실로 끌려가서 따귀를 호되게 맞고, 당장 퇴학을 시킬 테니 내일 아버지와 같이 오라는 무서운 호령을 들었다. 나는 집으로 쫓겨갔지만 여간해서 그런 엄청난 곡절을 입 밖에 낼 수가 없었다. 그러다가 마침내 내 기색을 이상하게 여긴 어머니의 유도신문에 걸려서 자백하고 말았다. 지방에 있는 아버지에게 전보가 날아갔고 우리 모자(母子)는 뜬눈으로 밤을 새웠다. 어머니의 꾸지람과 한숨, 나의 후회와 눈물, 그리고 어린 아우의 걱정스런 얼굴……. 그런 이야기를 길게 늘어놓아서 무엇 하랴.

이튿날 아침에 부랴부랴 상경한 아버지는 식사도 하지 않은 채 나를 끌고 학교로 갔다. 이따위 버릇없는 아이는 못 가르쳐먹겠다고 호통치는 선생 앞에서 아버지는 쉴새없이 허리를 굽혔고 나도 손바닥이 닳도록 빌었다. 간신히 용서를 받았다. 반성문을 쓰고 일주일의 근신기간이 지난 후 나는 다시 학교를 다닐 수 있게 되었다.

이윽고 추석이 다가왔다. 아버지가 나와 같이 선생의 집을 찾아가자고 했다. 우리는 배 한 상자를 짊어진 지게꾼을 앞세우고

익선동(益善洞)의 꼬불꼬불한 골목길을 더듬어서 그의 집을 찾았다. 그리고 배 상자를 마당에 내려놓게 하고는 선생이 청하는 대로 방으로 들어갔다. "요전에는 제 자식놈 때문에⋯⋯"하며 다시 사과하는 아버지와, "앞으로는 선생님 말씀 잘 듣겠습니다"라고 새삼 맹세하는 나에게 선생은 무척 친절했다. 나오는 길에 배 상자가 마당에 놓여 있는 것을 흘낏 본 그는 "뭐 이런 것까지⋯⋯"하면서도 도로 가져가라고는 하지 않았다. 얼마나 다행인지 몰랐다.

그 후부터 선생은 내게 특별한 관심을 기울여주었다. 가끔 "아버지 안녕하시냐?"고 묻기도 하고 숙제를 게을리 해도 크게 문제 삼지도 않았다. 나는 생기를 되찾고 다시 까불 수 있게 되었다. 그래도 그 학기의 성적표에는 사건의 여파가 다소는 반영되어 있었다. 수신(修身)과목과 조행(操行)만은 을(乙)이었다. 하지만 그것도 학년말의 총평에서는 모두 갑으로 환원되고, 나는 말하자면 스트레이트 A의 성적으로 우등상을 타고는 5학년으로 당당히 진급했다.

*

지금 이 글을 쓰고 있는 것이 추석 이틀 전이다. 한창 선물을 주고받는 무렵이다. 이제는 지게꾼에게 사과 상자나 배 상자를 짊어지게 하고 그 뒤를 따라가는 사람들의 모습은 볼 수 없게 되었고 모두들 자동차에 물건을 싣고 다닌다. 그런 거리의 풍경을 보면서 나는 혼자 생각해본다. 그 중에는 혹시 나의 아버지처럼 자식의 잘못을 사과하려고 선생의 집을 찾아가는 이도 있으리라고. 그렇다면 얼마나 망신스럽고 괴로운 일이겠는가. 그래서 모레 성묘할 때는 좀 뻔뻔스럽지만 선친에게 이렇게 말씀드리면서 절을 하려고 한다. "아버님, 그때는 정말 고생하셨습니다. 저로 말미암아 아버님이 당하신 그런 망신을, 저는 제 자식들 때문에 당하는 일이 없도록 보살펴주시옵소서."

『현대문학』, 1974년 11월호 ●

졸기를 배우다

동경의 지하철. 나는 어느 날 일본인 노교수 K씨와 함께 비교적 한산한 찻간에 올라타고 빈 자리를 찾아 앉았다. 그러자 K씨가 맞은편에서 볼썽사납게 꾸벅꾸벅 졸고 있는 한 중년의 사나이를 가리키면서 말했다. "당신은 가령 파리의 지하철에서 저렇게 추한 꼴로 졸고 앉아 있는 사람을 본 일이 있습니까? 세상에 저토록 체면을 모르는 것은 아마도 일본인뿐일 거외다."

나지막하면서도 혐오감을 잔뜩 담은 그의 말에 나는 그냥 빙그레 웃어 보이기만 했다. 파리의 지하철에서 그런 승객을 본 일이 있었는지 도무지 기억이 묘연했기 때문이다. 아니 그보다도, 졸다 못해 쿨쿨 자는 사람들을 잔뜩 싣고 달리는 일종의 침대차와 같은 고국(故國)의 버스의 모습이 눈앞에 떠올랐기 때문이다. 그래서 "이 양반이 서울에 오면 뭐라고 할까?" 하는 생각에 스스로 민망스러워져서 얼른 화제를 다른 데로 옮겨버렸다.

한데 요새는 지하철이나 버스에서 천하태평으로 졸고 앉아 있는 사람들을 보면 불쾌하기는커녕 부럽기조차 하다. 소음도 체면도 아랑곳없이 불편한 좌석을 침대 삼아 잠들 수 있다는 것이 마치 천복(天福)처럼 여겨지는 것이다.

차중 수면에 대한 이런 부러움이 싹트게 된 것은 지난 3월에 나의 직장이 한없이 먼 곳으로 옮겨가고부터이다. 서울의 북쪽 끝에 웅크린 내 집과 남쪽 끝에 우뚝 솟게 된 내 직장과의 사이에는 칠팔십 리나 되는 거리가 가로놓이게 되었다.* 택시로 가자면 근 이천 원을 물어야 하고 시내버스는 내게 두 시간 가까운 고역을 치르게 한다. 양단간에 힘에 부치는 노릇이다. 다행히 아침이면 통근버스가 있어서 한 시간 만에 나를 목적지까지 실어다준다.

문제는 그 한 시간을 어떻게 보내느냐는 데 있다. 처음 며칠 동안은 옆자리에 앉은 동료와 잡담도 하고 또 비교적 낯선 남쪽 서울의 모습을 차창 너머로 바라보기도 했다. 그러나 잡담에는 한계가 있고, 또 입을 쉴새없이 놀리다가는 학교에 도착해서 강의할 기력을 미리 탕진하고 마는 위험이 따른다. 그렇다고 해서 매일처럼 남부 순환도로의 알량한 수풀이나 봉천동 일대의 구슬픈 판자촌을 보면서도 그때마다 새로운 생각이나 느낌에 젖을 정도로 나의 감수성이 예민한 것도 아니다. 결국 멍청하게 앉아서 자꾸만 시계나 들여다볼 수밖에 없는데, "시간이여 빨리 가라"는 소원이 그렇게 쉽게 이루어지지는 않는다. 시간이라는 이 얄미운 요물은 늦게 가라면 빨리 가고 빨리 가라면 늦게 가는 법이다.

생각다 못해 나는 졸아보기로 작정했다. 졸기에 성공만 한다면 그것은 일거양득의 효과를 가져올 것 같았다. 망각을 통해서 시간에 대한 승리를 얻는 동시에, 새벽에 선잠에서 깨어난 몸에 다소라도 에너지가 축적될 수도 있을 테니까 말이다. 다만 한 가지 걱정이 있었다. 그것은 졸 때의 스타일이다. 나는 어느 짓궂은 사람이 여행길에서 졸고 있는 친구들의 모습을 일일이 찍은 천연색 사진을 본 일이 있었다. 그 꼴이란 참! 고개를 벌렁 젖히거나 툭 떨어뜨리고 입을 헤 벌리고 팔다리를 아무렇게나 내맡긴 그 모습들에서 내가 연상한 것은 추한 꼴로 죽은 시체의 모습이었다. 그렇다면 내가 졸 때 나만은 그런 추태에서 벗어나리라는 보장은 없을 것이다. 몸가짐을 단정히 하고 얼굴에서 지성의 빛을 잃지 않으면서도 졸음의 낙원으로 들어갈 수 있는 방법을 찾아야겠다고 생각했다.

　물론 묘안이 나올 이치가 없었다. 그래서 차라리 책이나 읽어보려고 했다. 그러나 이것 역시 쉬운 노릇은 아니었다. 가뜩이나 난시(亂視)가 심한데다가 들까불러대는 버스 안에서의 일이니 글자가 멋대로 춤을 춘다. 게다가 몇 분이라도 참고 책장을 들여다보고 앉아 있으면 이번에는 도리어 졸음 비슷한 것이 찾아든다. 결국 눈을 감을 수밖에는 없게 된다. 물론 스타일을 생각하면서. 그러자 감긴 내 눈앞에서는 회색의 배경 하에 별의별 영상이 떠오르기 시작한다. 간밤에 울며 잠들던 막내년의 얼굴, 우리 집 마당에서 시들어가는 장미꽃, 며칠 전에 퇴학당한 학생의 모습, 그리고 동경의 지하철에서 일본 사람의 무례(無禮)를 탓하던 K교수의 표정……. 별로 반갑지도 않은 이미지만이 두서없이 이어져 나오는 것이 싫어서 이번에는 "하나, 둘, 셋, 넷……"하고 숫자를 마음속에서 외우면서 잠을 청해본다. 그러나 수를 세면서 자신을 잠들게 하려고 애쓰고 있다는 자의식이 잠드는 것을 가로막는다. 그러다가는 참다 못해 눈을 뜨고 만다. 밖을 내다보니 이제 겨우 약수동이다. 아니, 그것은 처음부터 짐작하고 있었던 것이다. 잠들기 위한 연극을 자신과 벌여오면서도 사실은 의식의 한 구석에서 "지금쯤은 돈암동, 이제는 신설동" 하는 식으로 지나가는 거리 하나하나를 가늠해온 것이다.

그러기를 벌써 서너 달. 요새는 제법 수양이 쌓였는지 비몽사몽간을 헤매게 되었다. 하기야 도중에 여러 번 눈을 떴다 감았다 하고 머릿속에 떠오르는 영상들을 지워버리려고 애쓰는 것은 전과 다름없지만, 가끔은 희한한 일이 생길 때도 있다. 눈을 떠보면 버스가 벌써 현관 앞에 도착해 있는 것이다. 그럴 때면 옆자리에 앉아 있는 동료에게 물어본다. "내가 좀 졸았던 모양이지? 내 꼴이 어떻던가?" "뭐 별로 보기 좋지는 않더군." 나는 씁쓸하게 웃고는 내 연구실로 올라간다. 졸리면 조는 모습 따위는 아예 염두에 두지 말고 철저히 졸 수 있을 만큼 무신경해지거나, 반대로 스타일을 소중히 여길 바에야 끝끝내 말똥말똥하게 버티고 앉아 있을 만큼의 극기력이 있어야 할 텐데 하고 혼자 되뇌면서.

(＊ 서울대학교가 관악산 밑으로 이사를 했지만, 나는 수유리에 그냥 살고 있었다.)

『수필문학』, 1975년 9월호 ●

일기 쓰기

　가끔 중학시절의 생각이 난다. 그러면 즐거웠던 일보다도 괴로 웠던 일이 먼저 머리에 떠오른다.
　일제 말기에 보낸 공립중학교의 생활이 그렇게 유쾌했을 리가 없다. 하지만 그것은 내가 식민지 소년으로서의 자기 자신의 처지를 뼈저리게 인식했기 때문이 아니다. 나 역시 다소의 민족의식을 갖고 있긴 했지만, 어느 쪽이냐 하면 고분고분한 모범생이었다. 그래서 나의 괴로움은 좀더 개인적이고 육체적인 데 그 원인이 있었다. 궁핍한 집안 사정, 맛없는 도시락, 힘에 부치는 교련시간, 진저리나도록 싫은 체육과 수학, 자주 끌려 나간 근로동원……
　그러나 그 중에서도 가장 괴로운 것은 일기 쓰기였다. 우리는 해방을 맞을 때까지 근 4년 동안 줄곧 일기를 썼다. 썼다기보다 쓰지 않을 수가 없었다. 반드시 일주일에 한 번씩 담임선생에게 일기장을 제출하고 검열을 받아야 했기 때문이다. 그런 제도가 마련된 이유는 뻔하다. 그것은 무엇보다도 우리들 속에서 이미 자라고 있을지도 모르는 불령선인(不逞鮮人)의 뿌리를 뽑아내기 위한 것이었다. 그리고 요행히 그런 '몹쓸 조선사람'이 아직도 되지 않았다면, 소년시절부터 사상을 '선도'(善導)하여 '충량(忠良)한 황국신민(皇國臣民)'을 만들려는 속셈이었음이 틀림없다.

　그 당시 나이 어린 우리로서는 대부분 그런 것을 또렷이 의식하지는 못했을망정, 적어도 일기 쓰기가 자신을 위해서가 아니라 검열을 위해서 있다는 것만큼은 알고 있었다. 그러니까 그 내용은 거짓말투성이가 될 수밖에 없었다. 대개의 친구들은 학교 공부에 관한 이야기만 하거나 통 쓸 거리가 없어지면 다른 반의 친구들의 것을 송두리째 베껴내기도 했다. 그러면 '검'(檢)이라는 도장이 찍힌 일기장이 우리의 손에 다시 돌아오고 또 거짓말을 늘어놓는 악순환이 되풀이되었다. 그러나 가끔은 일이 터지기도 했다. 베낀 것이 발각되기도 하고 내용에 관한 시비도 있었다. 그중 두 친구의 경우가 생각난다.

　하나는 L군. 반골적인 기질이 강한 그는 주로 거짓말로 장식해야 했을 일기장에 정말을 썼다. 한문을 가르치던 일본인 선생으로부터 "조선사람은 면종복배(面從腹背)를 잘 한다"는 소리를 듣고 화가 나서 사용 금지된 우리말로 분통을 터뜨렸던 것이다. 그는 여러 번 반성문을 썼고 장기간의 정학처분을 받았다. 다른 한 친구는 장난꾸러기 C군. 2학년 때라고 생각되는데, 그는 영어사전에서 찾아낸 '매우 부도덕한' 단어를 우리 모두에게 가르쳐 주었을 뿐 아니라 그것을 일기장에 열 번씩이나 되풀이해 쓰는 오기를 부렸다. 그 덕분에 호되게 매를 맞은 그는 지금은 미국에서 어엿한 변호사가 되어 있다.

　그러나 나 자신으로 말하면, 그토록 대담했던 두 친구와는 달리 퍽이나 얌전하고 약하고 또 약기도 해서 칭찬받을 만한 내용의 거짓말로 시종일관했다. 요컨대 공부를 더 잘 해야겠다느니, 선생님의 말씀을 명심해야겠다느니 하는 따위의 두세 가지 주제를 중심으로 변주곡을 엮어나갔던 것 같다. 그러나 그것은 참으로 괴로운 일이었다.

특히 일요일 밤은 우울했다. 이튿날 제출하기 위해서, 일주일 동안 내팽개쳐놓았던 일기장에 무엇을 몰아 써넣어야 할 지옥 같은 최후의 시간이 왔기 때문이다. 일기장에는 그날그날의 날씨를 적어 넣는 난이 마련되어 있었는데, 우선 그 빈터를 메우기가 어려웠다. 지난 며칠의 일기가 어땠는지 기억이 날 리가 없었다. 집안 식구에게 물어도 소용없었다. 어머니가 "그날은 흐렸을걸" 하시면 옆에 있던 아우가 "아니, 개었어요" 하고 딴 소리를 하는 판이었다. 그래서 가령 겨울이면 날씨는 개이거나 흐리거나 혹은 눈이 오거나 셋 중의 하나니까 그것을 적당히 배합해서 적어 넣었다. 다만 정확한 것이 꼭 하나 있었다. 그것은 일기를 몰아 쓰는 그 일요일의 날씨였다.

그러나 날씨 적기보다도 더 어려운 것은 물론 내용이었다. 방금 말한 것처럼 변함없는 골격이 두세 개 마련되어 있었지만, 그것에 살을 붙여서 겉으로나마 좀 다르게 보이게 하자니 그 고역은 이만저만이 아니었다. 생각 같아서는 월요일 몫만 이럭저럭 꾸며놓고 "이하 동문"이라고 휘갈기고 싶었지만 그럴 용기가 어찌 있었으랴! 그래서 갖은 꾀를 써서 공백을 채워나갔는데, 정녕 바쁘고 군색해지면 서너 달 전의 것을 그대로 옮겨 쓰기도 했다. 그토록 오래전에 썼던 것을 선생이 기억하거나 새삼 들추어보지는 않을 것이라고 확신하면서.

그뿐 아니다. 일주일분의 날씨와 내용은 이렇게 해서 해결했다 해도 또 다른 문제가 한 가지 남았다. 그것은 잉크의 색깔이었다. 요새는 볼펜이라는 편리한 것이 있고 또 그 색도 가지가지여서, 며칠분의 일기를 한꺼번에 써버려도 마치 그날그날 쓴 것처럼 감쪽같이 속일 수가 있을 것이다. 하지만 나의 중학시절에는 잉크밖에 없었고 그것도 글씨 쓰는 것으로서는 청색 단 한 가지뿐이었다. 한데 잉크는 볼펜과는 달리 정직한 액체이다. 같은 잉크를 사용해도 오늘 쓴 것과 며칠 전에 쓴 것은 색깔이 다르게 나타나는 법이다. 그러니까 무슨 꾀를 부리지 않으면 매일 써야 할 일기를 단 하루에 처리해버렸다는 엄연한 증거를 남기게 되고 이것이 또 책잡힐 충분한 이유가 된다. 그래서 나는 좀 오래되어 변색한 잉크와 새로 산 잉크를 번갈아 사용했다. 과연 이렇게 고심참담 (苦心慘憺)한 보람이 있기는 했다. 나는 적어도 일기 때문에 선생의 꾸지람을 들은 일은 없었고 모범생으로서의 외양을 지켜나갈 수가 있었던 것이다.

그 후 30여 년이 지난 지금 이런 잡담을 늘어놓으면서 나는 스스로 물어본다. 완전범죄를 겨냥하여 속임수를 총동원한 그 일기 쓰기가 내게 갖다준 것은 무엇일까? 아마도 두 가지의 효과가 있었을 것 같다. 첫째는 일기 쓰기에 염증을 느끼게 되었다는 부정적 효과이다. 요새도 일상생활에서 간혹 재미있다고 여겨지는 것들을 적어보기도 하지만, 그 횟수는 점점 더 뜸해져간다. 또 외국에라도 가면 처음에는 그 경험이 소중할 것 같아서 하루의 일을 적어놓지만 그것도 삼사 일이 지나면 그만둔다. 그렇다면 긍정적 효과는 없었을까?

만일 있었다면 그것은 거짓말을 꾸며나가는 과정에서 얻어진 것 같다. 거짓말을 해도 어느 정도 그럴듯하게 하자니 별수없이 구상을 하고 단어와 문장을 조리 있게 연결하도록 애쓰고 그것을 종이에 옮기는 이른바 작문의 연습은 되었을 것이다. 오늘날 이렇게 서툰 글이나마 가끔 쓸 수 있게 된 것도 그 지긋지긋한 일기 쓰기의 덕분일지도 모른다.

그러나 작문실력을 기른다는 목적으로 중학생에게 일기를 강요하고 그것을 검열하는 일이 있기를 나는 결코 바라지 않는다. 만일 그런 학교나 교사가 눈에 띄면 내 입에서는 이런 외침이 터져나올 것이다.

"여보시오, 가장 기본적인 인권마저 침해하던 일제의 망령을 되살리자는 말이오? 다른 방법을 생각해보시오!"

『신동아』, 1978년 8월호 ●

내심의 비밀

나는 얼마 전에 친구 P에게서 다음과 같은 편지를 받았다.

정형. 가령 이런 일이 있다고 상정해보구려. 청년 A가 넓은 강의 대안(對岸)에 있소. 그의 애인 B가 이쪽 강가에 있소. 그녀는 A를 만나러 시급히 강을 건너야 할 입장이오. 그러나 나룻배를 탈 돈이 없소. 그녀는 딱한 사정을 뱃사공 C에게 이야기해보았지만, C는 뱃삯을 못 받고는 건네줄 수 없다고 딱 잘라 거절하오. 그때 또 한 사람의 뱃사공 D가 다가와서 건네주는 대가로 그녀의 몸을 요구하오. 그녀는 울면서 그것을 허락하고 배를 타게 되었소. 그러나 대안에 닿았을 때 청년 A는 그 곡절을 알고 그녀를 버리고 마오…….

무슨 신파조(新派調)의 삼류소설만큼도 못한 엉성한 이야기지만, 만일 이런 경우가 있다고 하면, 형은 그 인물들 중에서 그나마 누가 가장 좋고 누가 가장 나쁘다고 생각하겠소?

사실을 말하자면 이것은 한 젊은이가 내게 낸 문제라오. 잠시 생각했소. 그리고는 나 같으면 차라리 뱃사공 C를 택하고 청년

A를 가장 미워하겠다고 했소. 그러자 젊은이가 내 대답을 이렇게 평가했소. "선생님은 돈을 제일 소중히 여기시는 분이군요. 이 상황의 설정은 정신적, 도덕적 성향을 테스트하기 위한 것인데, 적어도 그 공식 해답란에는 C가 금전욕을 상징하는 것으로 나와 있답니다."

나는 무척 당황했소. 내가 돈에 홀려 있다니! 내 딴에는 다음과 같이 생각하고 대답한 것이기 때문이오.

'이 이야기에서 처녀 B는 상황의 전개자(展開者)이니까, A, C, D의 행동이 문제가 된다. 그런데, 그들은 모두 제 나름대로 결함을 가지고 있다. D는 남의 불행이나 약점을 이용하는 간악한 인간의 타입이다. A는 어떤 점에서는 그보다도 더 나쁘다. 진실로 사랑한다면, 애인의 그런 불가피한 잘못을 충분히 용서해줄 수 있어야 하는데, 도리어 그녀를 절망의 구렁텅이로 빠뜨리는 잔인한 가해자의 역할을 했다. 그것은 순결이라는 이름을 내세워 저지른 가해행위이니 만큼 더욱 가증스럽다. 굳이 누구 하나를 선택해야 한다면 나는 차라리 C의 손을 들어주겠다. 돈만 아는 인물이지만, 도선(渡船)을 유일한 생활수단으로 삼고 있는 그의 경우에는 돈 없으면 못 건네주겠다는 태도에는 합리적인 일면이 있다. 그는 적어도 적극적인 악인은 아니다.'

나는 젊은이에게도 내 대답의 이유를 이런 식으로 설명하려고 애썼소. 진심에서인지 예의상 그랬는지는 몰라도, 그는 내 설명이 단순한 억지만은 아니라는 것을 납득하는 듯이 보였소.

그러나 이번에는 그렇게 이유를 댄 나 자신이 찜찜해졌소. 차마 입 밖에 낼 수는 없었지만, 이런 의심이 번뜩 떠올랐기 때문이오. '어쩌면 그의 평가가 옳을지도 모른다. 내 내심의 한 구석에는 돈이 가장 소중하다는 생각이 어느 틈에 자리잡고, 내가 표면상으로 내세우는 언어나 행동은 그런 수치스런 내심의 비밀을 때로는 감추고, 때로는 정당화하기 위한 간사한 유희일지도 모른다.' 나는 사실 이런 따위의 자기반성을 하면서 혼자 씁쓸하게 웃는 일이 가끔 있소. 그리고 또다시 자문한다오. '그런 반성은 과연 나를 어디로 끌고갈 것인가?'

다만 한 가지 자위(自慰)가 있기는 하오. 그것은 반성을 통한 자기인식이 지혜의 시초임에는 틀림없다는 것이오. 노자도 공자도 부처도 우리에게 그것을 가르쳐주고 있소. 그러나 자기에 대한 반성과 인식은 지혜에 대한 필수조건이긴 하지만, 결코 충분조건이 될 수는 없다는 것을 나는 또한 알고 있소. 욕심에서 해방된 달관(達觀), 그리고 그 달관에 기초를 둔 삶의 기술의 실천이, 자기반성이나 자기인식의 작업에서 자동적으로 우러나온다고는 말할 수 없는 것이오.

그런 반성은 도리어 자학적(自虐的) 쾌락이나 허무주의로 낙착될 수도 있소. 또한 지적인 명민성(明敏性)이나 논리적 사고가 반드시 지혜의 소유를 보장해주는 것도 아니오. 그와는 반대로 형식화되지 않은 체험의 축적이나 번개처럼 빛나는 직관을 통해서만 지혜는 터득되는 것인지도 모르오.

그러나 체험이건 직관이건 간에, 모든 것이 참으로 뜻있게 되기 위해서는, 아무래도 자아의 본체를 인식해나가는 고역이 오랜 세월을 두고 선행(先行)되어야 할 것 같소. 그리고 예술가의 한 기능은 바로 이 고역을 스스로 치르고, 또 남의 고역을 마땅하게

도와주는 데 있을 것이오. 그러나 그런 종류의 고역이 어떤 경로나 형식을 취하건 간에, 인간이 자신도 모르는 사이에 소외되고 물질화되어나가기 쉬운 오늘날에는 (내 속에 돈이 깊이 들어앉았다는 의심은 바로 그런 데서 유래한 것이오), 그것은 어느 때보다도 어렵고 고단한 일이오. 하기야 그러니까 더 보람이 있다고 생각해둘까? 형의 의견은 어떻소?

나는 P에게 아직도 답장을 못 쓰고 있다. 여러분의 생각은 과연 어떠하신지?

『조선일보』, 1978년 11월 18일 ●

사이비 읽기를 위한 변명

―지드의 『지상의 양식』과의 만남

　누구나 마찬가지겠지만, 나도 제법 나이가 들어 자신의 인생을 정리해보아야겠다는 집념에 사로잡혀 있다. 프루스트처럼 흘러간 시간을 부활시켜 다시 삶으로써 죽음을 넘어서려는 그런 큰 욕심이 있기 때문이 아니다. 다만 벽돌을 차곡차곡 쌓아 조촐한 집이라도 지었으면 좋았을 텐데 그러지 못하고, 이런저런 큰 건물을 지어보려고 부질없는 짓만 되풀이하다가 오늘날에 이른 나 자신이 왜 그렇게 되었을까 하고 자문해보고 싶은 것이다. 그러나 그 이유가 과연 밝혀질 수 있을 것인가? 내가 지금 이 순간에 밝혀냈다고 생각하는 이유는 아마도 거짓된 것이고 내일이면 필경 또 다른 이유를 찾아볼 것이다. 자신의 과거에 대한 물음과 대답에 있어서조차 나는 변덕스러운 존재이다.

　그러나 지난날을 돌이켜본다는 이 헛된 탐구를 이어나오는 중에도, 분명한 것이 한 가지는 있다. 그것은 내가 책의 세계에만 묻혀서 살아왔다는 것이다. 그것만은 아마 남들도 인정해줄 객관적인 사실이다. 몇 달 전에 별로 넓지 않은 아파트로 이사를 했는데, 아예 방 하나를 도서관의 서고처럼 꾸며서 책들을 줄줄이 꽂아놓았다. 서재로 사용하는 또 하나의 방에도 사면의 서가에 책이 가득 차 있다. 대학 선생 노릇을 해왔으니까 당연한 일이라고 생각할 수 있을지도 모른다. 그러나 많은 책을 가진 같은 대학 선생이라도 수석이나 화초나 새를 위해서 방 하나를 선뜻 내바치는 사람들이 얼마든지 있을 것이다. 인위적이며 폐쇄된 공간 속에서 별수없이 책과 씨름하면서도 자신을 길러준 자연과의 접촉을 결코 잃지 않기 위해서 말이다. 한데 나는 그런 행복한 사람들과는 대척적(對蹠的)인 인간이다. 어쩌다가 자연의 사물을 홀린 듯이 바라보기도 하지만 그것은 차라리 무슨 의무감에서 비롯된 의태(擬態)에 가깝다. 사르트르의 자서전의 한 구절을 흉내내서 말하자면, 나의 경우에도 나비와 꽃과 새는 모두 책에서 태어났을 따름이다. 어쩌다가 그렇게 되었을까? 벌충할 수 없는 회한과 같은 이 물음 앞에서 나는 어리둥절하게 된다. 그것이 다른 어떤 질문보다도 나를 곤혹스럽게 만드는 매우 아이러니컬한 이유가 있기 때문이다. 내게 가장 큰 충격을 준 한 권의 책이 있었다면, 그것은 다름 아니라 바로 자연 앞에 자신을 내던지기를 정열적으로 권유하는 지드의 『지상의 양식』이었던 것이다. 그러니까 나는 그 책을 거꾸로 읽으면서 "유레카!"를 외쳤던 셈이다.

*

아마도 중학 3학년 무렵이 아니었나 싶다. 나는 나의 세대의 많은 소년들과 마찬가지로 『좁은 문』과 『전원 교향곡』을 읽고 지드에 홀려 있었다. 그러나 이 홀림은 텍스트를 올바로 이해하지 못해서 생긴 엉뚱한 효험(效驗)이었다. 여주인공 알리사와 게르트뤼드의 사랑이 정말 슬프다는 나의 사춘기적 인상은, 일어 번역으로도 어느 정도 느낄 수 있었던 지드 특유의 미문(美文) 때문에 더욱 감상적(感傷的)인 것이 되었다. 그것이 이 두 소설이 준 감회의 전부였다. 그러나 그 거짓된 인상은 참으로 깊은 것이어서, 나는 우상처럼 받들게 된 지드의 작품들을 닥치는 대로 읽어보려고 했다. 그러다가 곧 벽에 부딪혔다. 아름다운 비련의 이야기가 아닌 『배덕자』는 별로 재미없었고, 『팔뤼드』와 『교황청의 지하도』는 도대체 무슨 말인지 가늠할 수조차 없었다. 어떤 계기였는지는 잊었지만, 『지상의 양식』이 내 앞에 나타난 것은 바로 이러한 곤혹스런 기분에 빠져 있을 때였다.

마치 나를 버리고 가려는 애인의 옷자락에 마지막으로 한 번 더 매달리듯이, 나는 그 책을 움켜잡았다. 그러나 이 일을 또 어쩌랴! 야릇하기 짝이 없는 첫줄이 나를 어리둥절하게 만들었다. "나타나엘이여, 모든 곳 이외의 다른 곳에서 신을 찾기를 바라지 말라"니! 기독교도는 나와는 전혀 이질적인 별난 인종으로만 느껴져서 교회의 문턱에도 가본 일이 없는 나에게는 우선 신이라는 단어가 역겨웠다. 게다가 '모든 곳 이외의 다른 곳'이라는 알쏭달쏭한 말은 또 어떻게 새겨들어야 한단 말인가? 그러나 나는 알아들을 수 없는 외국어로 조롱당했을 때와 같은 불쾌감을 무릅쓰고, 그리고 이 책까지 싫어지면 지드와는 아예 인연을 끊겠다고 벼르면서 정신없이 훑어내려갔다. 자꾸만 신에 관한 이야기가 나왔지만 그런 곳은 얼른얼른 뛰어넘고, 알 만한 구절만을 뜨문뜨

문 주워읽었다. 그러기를 열 몇 쪽, 나는 사랑, 열정, 기쁨과 같은 낱말들이 별처럼 반짝이는 서정적 문체에 차츰 휘말려들어갔고, 무엇보다도 가족을 버리고 새로운 감성(感性)을 향해서 뛰쳐나가라는 권유에 흥분하기 시작했다. 책장을 넘길수록 나는 더욱 달아올랐다. 그러다가 마침내 지금도 대충 기억하고 있는 다음의 구절과 마주쳤을 때 내 흥분은 거의 경련으로 치달았다.

"나타나엘이여, 나는 너에게 열정을 가르쳐주련다. 나타나엘이여, 너를 닮은 것 곁에 머무르지 마라. 결코 머무르지 마라, 나타나엘이여. 주위의 것이 너를 닮게 되면, 또 혹은 너 자신이 주위의 것을 닮게 되면, 그때부터 당장 너에게는 이로울 것이 하나도 없다. 그런 것에서 떠나야 한다. 너의 집안, 너의 방, 너의 과거보다도 너에게 더 위험한 것은 없다. 모든 것에서, 그것이 너에게 줄 수 있는 교육만을 받아라. 그리고 거기에서 철철 흘러나오는 쾌락이 그것을 탕진토록 하라."

악마화된 예수와 같은 메날크의 이 유혹적인 '복음'을 들으면서 나는 스스로 나타나엘이 되었다. 거추장스러운 모든 것을 뿌리치고 미래를 향해서 몸을 내던지라는 이 지상명령이 바로 나 자신을 위해서, 오직 나 자신만을 위해서 내려진 것처럼 가슴이 설렜다. 그것은 차라리 개안(開眼)이었다. 나는 가까스로 흥분을 가라앉히면서 계속해서 읽어나갔다. 벌써 내 넋의 지도자가 된 지드의 분신 메날크로부터 더 많은 '복음'을 듣기 위해서였다. 그러나 그 후부터의 글들은 나로서는 도저히 따라갈 수 없는 것이었다. 생면부지의 아프리카의 지명과 풍경이 쏟아져나와 어리 둥절할 수밖에 없었고, 메날크가 그런 자연 속에서 체험한 벅찬 육체적 환희의 노래가 내게는 생생하게 와닿지도 않았다. 그러면서도 내가 그 책을 끝까지 읽었던 것은 차라리 추상적이며 비유적인 표현들이 나의 최초의 감격을 지탱해줄 수 있었기 때문이다. "나의 영혼은 네거리로 향해 열려 있는 여관이었다", "나는 이미 고독이란 말을 이해할 수 없게 되었다. 내 속에서 혼자 있는 것, 그것은 이미 그 누구도 아니게 있는 것이다. 더구나 나는 모든 곳에 있을 때에만 내 집에 있는 것이다."…… 이런 말을 들을 때마다 또다시 흥분하는 나는, 삶이 주는 모든 가능성 속으로 무작정 뛰어드는 것이 인생의 올바른 길이라고 다짐해나갔다. 그래서 마지막으로 "나타나엘이여, 이제는 내 책을 내던져라. 거기에서 너 자신을 해방시켜라. 나를 떠나라"는 메날크의 역설적인 명령을 들었을 때, 나는 망연(茫然)하기는커녕 그것이 당연하고도 멋있는 결론이라고 느꼈다.

*

이렇게 해서 내 딴에는 『지상의 양식』을 다 읽었다. 메날크의 말을 빌리자면 그의 책을 내던지고 그의 곁을 떠난 셈이다. 그의 값진 가르침을 따라서 나 자신의 열정을 불태우기 위해서 말이다. 그러나 도대체 어쩌자는 것인가? 어디로 어떻게 뛰쳐나가겠다는 것인가? 이런 엄청난 질문을 스스로 던지자마자 나의 감격은 일시에 당황으로, 실의로, 그리고 마침내는 절망으로 변질하고 말았다. 자연에 대한 갈증은 아예 느껴본 일이 없었고, 또 집

250

구석이 답답하다고 해서 홀어머니를 뿌리치고 뛰쳐나갈 만한 돈도 담력도 없는 터였다. 그러나 아무리 도시의 보수적인 가정에서 양순하게 자라났을망정, 이제 『지상의 양식』의 그토록 큰 충격을 겪고 난 소년이 그대로 순응주의자로 머물 수는 없는 일이다. 집안과 과거의 굴레에서 벗어나 색다른 인간이 되기 위하여 무슨 잔꾀라도 써서, 메날크의 사이비 제자라고나마 스스로 치부할 수 있게 되어야 할 판이었다. 한데 그 잔꾀는 곧 마련되었다. 그것은 나 자신을 이분화(二分化)하는 것이었다. 나는 겉으로는 여전히 미풍양속을 지키는 착한 아들 노릇을 하면서(그것은 효심에서라기보다도 어머니에게 의지하기 위한 것이었지만), 내심으로는 인습을 송두리째 거부하는 반항아가 되기로 작정했다. 그리하여 나의 본질처럼 굳어져버린 방랑하는 관념적 반항아가 태어난 것이다.

이런 곡절로 『지상의 양식』의 사이비 세례를 받고 나서부터는, 메날크의 충고대로 삶의 현장의 환희를 위해 책을 내던지기는커녕 도리어 책 속으로 빠져들었다. 전통적인 가르침을 거역하고 새로운 경지를 열어 보이는 듯이 여겨지는 책들을 닥치는 대로 주워읽었다. 그러던 중에 일제로부터 해방이 되어 헌책방에는 일본말로 된 고본들이 쏟아져나왔다. 그 무렵 종조(從祖)에게서 『맹자』를 배우다가 "맹자견 양혜왕(孟子見 梁惠王)하신대"라는 첫줄부터 싫증이 났던 나는 동양고전은 아예 케케묵은 것으로 거들떠보지도 않고, 바르뷔스의 『지옥』, 빈델반트의 『철학개론』, 크로포트킨의 『상호부조론』 따위를 단돈 몇 푼으로 사가지고 오곤 했다. 그 중에는 끝까지 읽은 것보다도, 몇 장 뒤적거리다가 무슨 말인지 갈피를 잡을 수가 없어서 포기한 것이 더 많았다. 그러면서도 나는 방법도 체계도 없는 이런 서양 책들의 난독(亂讀)이 미지의 나라로의 모험이며 자아를 해방시키고 확장하는 길이라고만 생각하기를 계속했었다. 내가 대학 예과를 마치고 불문과로 진학하게 된 이유의 하나도, 특히 프랑스라는 서양의 나라가 가장 산뜻하고 짜릿하고 아찔하기까지 한 정신적 자극을 베푼다는 행복한 착각에 사로잡힌 데 있다.

*

지금에 와서 돌이켜보면 이 모든 일이 부질없는 신경증상이었다. 『지상의 양식』의 근본적 의미나 그 상대적 가치를 터득하기는커녕, 그것을 멋대로 오해하고 곡해하고 아전인수해서 시작된 이 관념적 방랑은 이불 속에서 춘 활개춤조차 못 되었다. 방랑이라기보다도 차라리 방황을 거듭해온 나에게는 잠시라도 자기만족이 없었다. 진정으로 뱃속을 채워줄 마땅한 음식을 찾지 못해서 간혹 헛배만 불렀지 허기가 가시지 않았다. 그것은 지금도 마찬가지이다. 한데 구태여 자기변명을 하자면 바로 이 허기의 계속이 나의 장기라면 장기이다. 단단한 신념이나 일사불란(一絲不亂)한 인생관이나, 또 나의 좁은 전공분야로 말하자면 결정적인 문학관을 지닌 것 같은 사람들을 보면, 나는 그들이 부럽다기보다도 우스워진다. 그들은 자기에게 도전해오는 것을 반길 줄 모르고 두려워하는 사람들이다. 다시 『지상의 양식』을 내 멋대로 들먹이자면 "이 지상에서 아무것에도 집착하지 않고 부단히 움직이는 것들 사이로 영원한 열정을 쏟아나가는" 행복을 거부하는 사람들이다. 그럴 바에야, 차라리 지드를 짐짓 잘못 읽은 나처럼 관념적으로나마 떠돌고 방황하는 불행을 겪으라고 그들에게 외치고 싶다.

이런 말은 철없는 분풀이에 지나지 않을지도 모른다. 더구나 이순(耳順)의 나이를 넘어선 인간이라면 만사를 담담하게 받아들이는 덕을 본능처럼 지니고 있어야 할 텐데, 오죽잖은 반항이나 자기부정(自己否定)을 옹호하다니 유치하다고까지 여길 사람들이 많을 것이다. 나 자신이 느끼기에도 사실 그렇다. 그래서 우정 흐트러뜨린 것들을 이제는 어느 한 점을 향해서 모으고, 흔히들 말하는 변증법적 통합의 흉내라도 내보려고 애쓰기도 한다. 그러나 다른 한편으로는 통합을 한다는 구실 아래 안이한 환원주의(還元主義)에 빠지거나 인습적 사고로 되돌아가서는 안 된다고 자신을 타이르고도 있다. 그렇게 될 바에야 차라리 수많은 희한한 책들이 베풀어주는 상념의 방랑을 계속해서 때로는 흥분하고 때로는 놀라고 또 때로는 꿈꾸는 일을 이어나갔으면 한다.

또한 그렇게 하기를 젊은이들에게 권하는 것이 문학교사로서 내가 걸어온 길이었다. 그 점에서도 나는 엉뚱하게 읽고 비뚤게 받아들인 『지상의 양식』에서 벗어나지 못하고, 스스로 사이비 메날크가 되려고 한 것이다. 되도록 일상생활에서 떠나게 하거나 혹은 그것을 낯설게 바라보게 하는 텍스트들을 두서없이 다루기만 했을 뿐, 문학사나 문학원론과 같은 체계적 강의는 아예 염두에도 두지 않았다. 뿌리를 찾기 위해서 제 나라의 문학부터 읽어라, 혹은 고전을 통해서 선현(先賢)의 지혜를 터득하라는 따위의 주문을 해본 일도 별로 없다. 학문으로서의, 지식으로서의, 수양의 수단으로서의 문학을 강조하는 사람들은 나 아니고도 얼마든지 있으리라고 생각했기 때문이다. 또 그런 근엄한 접근이 아니라, 언어의 다양하고 충격적인 마술에 무작정 끌려가는 것도 문학의 길의 하나라고 생각했기 때문이다.

이 모든 것이 『지상의 양식』에서 비롯되었다. 그러나 나는 젊은이에게 꼭 그 책을 읽으라고, 더더구나 내가 읽었듯이 읽으라고 권할 생각은 추호도 없다. 허기를 느낄 줄 아는 자에게는, 아무리 먹어도 허기가 가시지 않는 자에게는, '지상의 양식'은 도처에서 발견되고 또 발견될 수 있는 것이니까 말이다.

『책, 어떻게 읽을 것인가』, 민음사, 1994년 3월●

비학문적인 변덕의 궤적

　이번 학기에 내가 재직하고 있는 대학에서 맡게 된 강의의 하나는 프랑스 문학비평사라는 엄청난 제목의 것이다. 그 강의를 학부 3학년 학생을 대상으로 하게 되었으니 더욱 난감한 노릇이었다. 문학비평사는, 학생들이 작품에 대한 통시적(通時的)인 독서 체험을 이미 갖추고 있고 또 사상적 배경을 어느 정도 알고 있어야 비로소 효과적으로 강의할 수 있는 것인데, 오늘날에는 어느 대학을 막론하고 불문과 3학년 학생에게서 그런 예비지식이 마련되어 있기를 기대하기는 매우 어려운 일이다. 요컨대 대학의 제도가 잘못되고 교과과정도 잘못 짜여 있는 것이다. 그래서 만일 강의 제목을 충실히 따르겠다는 일념에서 비평사를 본격적으로 다룬다면, 문자 그대로 과유불급(過猶不及)의 폐단을 가져오고 문학의 이해를 도리어 저해하고 말 것이라는 생각이 들었다.

　이런 연유에서 나는 머리를 짜내서 결국 몇 토막의 글을 텍스트로 골랐다. 그것은 보들레르가 고티에를 논하면서 시의 본질을 이야기한 부분, 프루스트의 『잃어버린 시간을 찾아서』의 끝에 나오는 인생과 예술의 관계를 논한 글, 사르트르의 『현대』지(誌)

창간사의 일부분, 그리고 카뮈의 『반항적 인간』에서 뽑은 소설론 중의 몇 구절이었다. 학생들이 그 텍스트들을 접하면서 문학이란 무엇이며 우리가 왜 문학을 읽어야 하는지를 반성하게 되기를 바란 것이다. 동시에 나 자신도 그 글들을 참고삼아 문학에 관한 생각을 정리해보고 싶었던 것이다.

한데 강의 제목을 크게 어기면서 교재로 선택한 이 글들이 하고 있는 이야기는 서로 다르다. 보들레르에 의하면 시는 아름다움 그 자체를 겨냥하는 것인데, 아름다움에 대한 인간의 향수가 지상(地上)의 사물들을 피안의 낙원의 상징으로 보게 한다는 것이다. 보들레르가 이렇게 '모든 것이 질서 있고 아름답고 호사스럽고 고요하고 요염한 곳'을 향해 가기 위해서 상징적 상상력을 동원한 반면에, 프루스트는 의식의 밑바닥을 탐사한다. 우리들의 내면에 깊이 묻혀 있는 영역을 찾고 발견하고 재생시키기 위해서 거짓된 표면적 현상 밑을 파내려가는 고행이 이어진다. 그런가 하면 사르트르의 경우에는 사회적 현실의 변혁을 위해서 직접적으로 이바지해야 하는 것이 문학의 사명이라는 주장이 내세워진다. 이와 반대로 카뮈는 현실에서는 결코 이룰 수 없는 자아의 일관성, 그러면서도 우리가 결코 욕망하기를 그치지 않는 그 일관성을 굳이 실현해보려는 것이 소설적 허구라고 말한다.

그렇다면 이 네 텍스트는 근대문학사상의 변천을 어느 정도나마 대표하고 있는 것인가? 나는 문학에 대한 생각이 보들레르로부터 카뮈에 이르는 동안에 본질적으로 달라졌고 오늘날에는 카뮈의 문학관이 정당하다는 것을 설명하고 증명하기 위해서 그 텍스트들을 택한 것인가? 천만의 말이다. 내가 학생들에게 보여주고 싶었던 것은 도리어 어느 한 가지의 것으로 요약되거나 환원될 수 없는 상이한 문학관의 병존(竝存)이다. 문학은 동시에 미의 추구이며 인간과 세계의 비밀의 탐구이며 사회적 항의이며 실생활에서는 충족될 수 없는 욕망의 대리만족이다.

그러나 이 모든 확산적(擴散的)인 양상에도 불구하고 거기에는 공통점이 있다. 그것은 문학이 어떤 의미에서이건 간에 현실의 거부이자 초월이라는 것이다. 그러니까 나는 그런 견지에서 그 네 텍스트를 강의의 소재로 삼은 것이다. 바꾸어 말하자면 그 선택의 밑에는 거부와 초월을 제일의(第一義)로 삼아온 나 자신의 개인적인 문학관이 깔려 있었다. 더 노골적으로 고백하자면 나는 자신을 관습적 사고의 굴레에서 해방시키기 위해서 문학을 맞았고, 그런 해방의 길을 터 보이는 듯한 작품만을 가치 있는 것으로 삼아왔다고 할 수 있다. 따라서 그 네 가지 텍스트의 선택도 결코 객관적 기준에서 이루어진 것이 아니라 나의 주관적, 실존적 태도의 반영일 따름이다.

한데 이런 식으로 문학을 접하기 시작했고 또 지금도 그러기를 계속하고 있는 나 같은 사람이 학자가 아닌 것은 분명한 사실이다. 그 동기가 아무리 주관적이고 또 심지어 감정적이라도, 일단 학문의 길로 접어들려는 사람은 자기의 지식을 쌓아 모으고 조직하고 체계화하는 과정을 밟으며, 또 그 과정에서 되도록 객관적인 입장을 취하려고 하는 법이다. 문학적 글쓰기가 거부와 초월을 향한 움직임이며, 독자 역시 그런 목적에서 시나 소설을 읽는다고 주장할 때라도 그 주장이 학문적 주장으로서 성립하기 위해서는 그것을 객관화하고 가능하다면 이론화해야 하는 것이다. 그러나 문학에 대한 나의 태도는 그런 것조차 아니었다. 마치 꽃을 찾는 나비가 사방으로 날아다니듯이, 나는 나의 현존(現存)과는 다른 참신하고 충격적인 작품을 만나면 그때마다 그 속으로 쏠려 들었다. 이런 원심적(遠心的)인 방황이 나의 문학적 자아의 과정 이었는데, 나도 이제 나이를 제법 먹어서 그 과정을 총체적으로 그리고 비판적으로 돌이켜보아야 할 판국에 이른 것이다.

*

그러기 위해서는 우선 자신의 비학자적(非學者的)인 방황이 어디에서 연유했는지 제 속을 캐볼 필요가 있을 것이다. 그러나 그것은 어려운 일이다. 지금의 자아를, 더더구나 과거의 어느 한 시점에 있어서의 자아를 형성한 원인이 무엇인지를 꼬집어낸다 는 것은 우주나 생명의 생성과정을 캐내는 것만큼이나 불가능한 일로 여겨진다. 아마도 우리의 '나'는 '내'가 스스로 체험했지만 기억에서 사라졌거나 아예 의식하지 못한 우연한 일들의 야릇한 화합작용(化合作用)에 의해서, 그리고 '나'를 둘러싸고 '내' 속 에 스며든 모든 역사적, 사회적, 자연적 환경의 총체에 의해서 형 성되었을 것이다. 그러니까 자아의 근원에 대한 물음은, 간단한 것으로부터 복잡한 것으로 사고(思考)의 순서를 밟아가라는 데 카르트의 권유에 따라서 해결될 수 있는 성질의 것이 아니다. 그 러니까 또한 자서전이나 전기는 사실에 있어서는 시간을 꼬리로 부터 날조한 허구이며, 프루스트가 『잃어버린 시간을 찾아서』를 자서전 아닌 소설로 만든 이유도 바로 여기에 있다. 내가 지금 나 의 과거를 돌이켜보는 경우도 결코 예외일 수는 없다.

이런 불가피한 허구화라는 전제 하에서 나 자신의 문학적 근원을 감히 말해보자면 그것은 중학 3학년 무렵에 있었던 앙드레 지드의 『지상의 양식』과의 만남이다. 그것이 내게 무엇을 가져다주었는지에 대해서는 이미 다른 곳에서 한두 번 이야기한 일이 있어서 여기에서는 생략하고, 요컨대 그 책이 나를 관념적 반항아로 만들어놓았다는 말만을 되풀이해두자. 그 책을 읽고 나서부터 나는 관례적이며 인습적이라고 느껴지는 모든 것은 진실한 인식과 자아실현의 길을 가로막는다고 생각하기 시작했다. 단적으로 말해서 서양의 현대사상이야말로 내게 새로운 경지를 열어 보인다고 속단해서 일본말로 번역된 책들을, 그리고 대학예과(豫科)에 들어가서부터는 쉬운 영어나 불어로 쓰인 이른바 원서를 난독(亂讀)하게 되었고, 이휘영(李彙榮) 선생의 권유에 따라 무턱대고 불문과로 진학했던 것이다.

그렇다면 그 무렵의 몇 년 간에 걸친 엄청난 사회적, 정치적, 국가적 난국은 나의 지적(知的) 경력에 있어서 별다른 의미가 없었고, 나는 말하자면 초상황적(超狀況的)으로 서양사상에 쏠려들기만 했던 것인가? 꼭 그렇지만은 않았던 것 같다. 나라고 해서 한국인으로서의 시대고(時代苦)를 겪지 않은 것은 아니다. 순식간에 사라진 해방의 기쁨, 외세에 의한 조국분단, 이승만의 무자비한 권력욕, 모든 규칙을 짓밟는 정상배(政商輩)의 난무, 열악하기 짝이 없는 사회경제적 여건……. 이 모든 것이 나라의 장래에 어두운 그림자를 던지고 있다는 것을 난들 왜 실감하지 않았겠는가? 그러나 나는 말하자면 회색분자로 남아 있었다. 선배들의 추천으로, 일본의 사회개량주의자인 가와이 에이지로(河合

榮治郎)의 책을 한두 권 얻어 읽은 덕분으로, 나는 당시의 많은 지식인이나 학생들과는 달리 공산주의가 나라를 구하는 길이라는 생각을 품고 있지는 않았다. 그렇다고 해서 봉건주의와 자본주의와 독재정치의 기형적 합성체제가 펼쳐놓은 탐욕과 억압과 테러리즘의 현실에 동의할 수는 없었다. 그러다가 터진 1950년의 전쟁과 김일성의 군대에 의해서 점령된 서울에서의 3개월 간의 고생……. 나는 당황했다. 유물사관과 마르크스주의에 대한 부정적 생각에도 불구하고, 한때는 이 전쟁이 결국은 김일성의 승리로 끝날 것이니 그것을 기정사실로 받아들일 수밖에 없고 더 나아가 그것이 나라의 통일은 물론 재생(再生)의 진실한 계기가 될지도 모른다는 환상을 품기도 했다. 그러나 인민재판의 끔찍한 현장, 이데올로기의 구속, 사생활의 철저한 통제, 가차없는 동원체제 등, 그 석 달 동안에 보고 듣고 겪은 것들은 이 초기의 환상을 곧 무너뜨렸다. 이에 덧붙여 용케 구해 읽은 모스크바판(版)의 『소련공산당사』는 나를 세뇌시키기는커녕, 그 나라에서는 모든 개인이 뷰로크라시에 의해서 결정된 국가목표의 수행을 위한 노예가 된다는 것을 내게 가르쳐주었다. 이리하여, 내가 동의할 수 없는 이데올로기로 말미암아 나의 주체가 완전히 말살되는 사회보다는 개인적 자유의 겉껍질이라도 유지될 수 있는 혼란한 사회, 내 선배 한 분의 익살스런 표현을 빌리자면 거지 노릇을 할 자유조차 없는 사회보다는 거지가 될 자유나마 있는 사회가 다시 그리워졌다. 서울이 수복되고 국군이 북진을 계속하던 그해 11월에 나는 그야말로 자의반 타의반으로 통역장교가 되어 4년 간을 사이비 군인 노릇으로 보냈다.

지금 돌이켜 생각해보면 내가 개인의 자유와 주체성의 이름 아래서 대한민국을 내 조국으로 결정적으로 선택한 근저에는 역시 지드를 위시한 서양책이나 서양사상을 섬기는 일본인 학자들의 책을 주로 읽어왔다는 독서 체험이 깔려 있었던 것 같다. 그렇기 때문에 처음으로 사르트르의 문학작품이나 철학논문을 알게 되었을 때도 내가 반긴 것은 그의 좌경(左傾)된 언행이 아니라— 한국 전쟁을 겪은 나로서는 그의 동반자적 자세는 차라리 철없는 관념적 작태로밖에는 보이지 않았다—, 그런 언행의 밑바닥을 이루는 반체제적인 비판정신 그 자체였다. 지드에 의해서 촉발(觸發)되었던 거부와 초월의 지향은 『구토』와 『실존주의는 휴머니즘이다』를 홀린 듯이 읽어내려가면서, 그리고 『존재와 무』 중에서 이해할 만한 곳만 드문드문 더듬어나가면서 더욱 강한 것이 되었다. 내가 1955년에 프랑스 정부가 준 몇 푼 안 되는 장학금으로 유학의 길로 나선 것은 이런 지적 상황 속에서였다.

*

　그러나 그 당시만 해도 매우 특권적이었던 이 서양유학이 내게 갖다준 것은 슬프게도 자신에 대한 환멸뿐이었다. 애당초 무슨 대망(大望)을 품고 떠난 것은 아니었는데도, 나는 나의 전공인 프랑스 문학과 거리가 먼 인간이라는 것을 괴롭게 자각하기 시작했다. 제 능력의 한계를 안다는 겸손한 마음에서 외국인을 위한 프랑스 문학 강좌에 등록했지만, 그것조차 성공적으로 이수할 것 같지가 않았다. 무엇보다도 프랑스말의 실력이 턱없이 모자라서 —그것은 지금도 마찬가지여서 세상에서 가장 못된 직업 중의 하나는 잘 알지도 못하는 남의 말을 가르치며 먹고사는 것이라는 생각을 가끔 하기도 한다—숙제로 주는 방대한 양의 책들을 읽어낼 재주가 없었다. 그래서 학년말에 치르게 되어 있는 수료증 획득을 위한 시험에 참가하지 않고 그냥 청강생으로 강의를 듣겠다고 아예 미리 신고해버렸다.

이와 아울러 내가 그 교과과정을 충실히 따라가려고 천신만고하다가는 기껏해야 프랑스 사람들의 시동(侍童)밖에는 못 되리라는 생각이 들기도 했다. 이것은 물론 건전한 생각이 아니다. 이왕 어려운 유학의 길로 나선 바에야, 그들이 베푸는 모든 것을 최대한으로 받아가지고 돌아와도 그것이 반드시 주체성의 상실로 이어지는 것이 아니며, 도리어 자기확립을 도우리라고 생각하는 것이 정도(正道)였을 것이다. 그러나 어학실력의 부족에서 연유한 이런 소극적 태도와 편견은 어떤 의미에서는 플러스의 측면도 있었던 것 같다. 왜냐하면 나는 내게 허락된 8개월의 기간에 걸쳐 좋아하는 책들만을 골라서, 다시 말하면 나의 생각을 새롭게 해줄 비관례적이며 현대적인 사상을 담은 책들만을 골라서 꼼꼼히 읽을 수 있었기 때문이다. 이리하여 사르트르와 카뮈는 물론, 말로, 생텍쥐페리 등, 넓은 의미에서 이른바 실존주의의 범주에 들어갈 수 있는 작가들의 작품이 나의 독서목록의 주종을 이루었다.

그러나 새로운 자아의 형성이라는 이름 아래서 시도된 이러한 독서편력이 아무런 고민 없이 이어져나간 것은 아니다. 한국으로 돌아가면 구체적으로 무엇을 할 것인가 하는 질문이 귀국 날짜가 다가올수록 더욱 무겁게 가슴을 짓눌렀기 때문이다. 명색은 불문학 전공이지만, 프랑스 사람의 방법이나 척도에 따라 불문학을 할 생각은 없었다. 그렇다고 해서 몇 개월 간에 걸친 편파적인 독서 체험을 밑천삼아 불문학 소개로 나서는 것도 낯간지러운 일이라고 여겨졌다. 하기야 그 무렵은 학사과정만 끝내도 곧 대학 강단에 설 수 있었던 '좋은' 시절이라, 서울로 돌아가면 어느 사립대학의 시간강사 노릇은 할 수 있으리라는 희망이 있기는 했다. 그러나 저학년의 비전공 학생들에게 교양불어를 가르치는 것으로 만족하면서 세월을 보낼 수는 없고, 또 설사 요행으로 전공과목을 맡게 된다 해도 너무나 짧은 밑천으로 자기 자신과 학생을 기만하는 것을 생업으로 삼을 수도 없겠다는 생각이 나를 괴롭혔다. 그렇다면 무슨 뜻있는 일이 따로 없을까? 알량한 불문학의 지식일망정 그것을 한국문학의 장래를 위해서 활용할 수 있지 않을까 하는 생각을 내가 마침내 품게 된 것은 자신의 지적 장래에 관한 이런 난문(難問)들을 해결하기 위해서였다.

부끄러운 이야기지만 내가 한국문학과 접촉하기 시작한 것은 겨우 해방 이후의 일이다. 문학애호가였던 매부가 사 모은 소설들을 이것저것 두서없이 빌려 읽었는데, 별로 끌리지 않았다. 서민의 애환이 담긴 박태원의 『천변풍경』을 그나마 재미있게 읽었을 뿐, 장편의 경우에는 읽다가 만 것이 대부분이다. 왜 그랬을까? 내 손에 잡힌 것이 공교롭게 싱거운 것뿐이었기 때문일까? 혹은 내가 일제 말기에 공립중학의 교육을 받아서 한국어의 묘미를 모르고 민족적인 에토스에 흠뻑 젖어들 만한 소양을 갖추고 있지 못했기 때문일까? 혹은 내가 탐독한 지드를 위시한 서양소설에 비교해볼 때 근대 한국소설이 그 구성이나 사상이나 논리에 있어서 취약하다는 객관적 이유가 있었기 때문일까? 이제 나는 그 이유를 밝혀보아야겠고 만일 그것을 정당하게 제시할 수 있다면 뜻있는 일이 될 것이라고 다짐했다.

나는 귀국하자 이진구(李鎭求) 선생의 주선으로 외국어대학 시간강사의 자리를 얻고 이듬해인 1957년에는 요행히도 전임강사가 되었다. 그러나 앞서 말한 것처럼 불어를 가르치고 불문학을 학내외(學內外)에 소개하는 일에 전력을 바칠 생각은 없었다. 나는 대학교수라는 신분이 주는 많은 여유를, 한국 근대문학의 실상을 알아보고 현역작가의 작품들을 읽는 데 할애했다. 이런 과정이 10여 년 계속되었다. 그간 한국문학에 관해서 많은 잡문을 쓰고 좌담이나 논쟁에 끼어들고 또 엇비슷한 연구논문을 몇 편 만들어내기도 했다. 그렇다면 내가 관심을 가지고 살펴본 한국문학에 관해서 알게 된 것은 과연 무엇이었던가? 그것은 한국의 근대소설이 별로 재미없는 이유는 나 자신의 이해력이나 감수성의 부족에 있다기보다는, 현실의 추구, 생성의 논리, 구조의 치밀성이 불충분하기 때문이라는 것이었다. 속되게 말해서 대상을 물고늘어지는 끈기를 보이지 않는다는 것이었다. 그래서 많은 경우에 절망의 밑바닥까지 가는 고행을 스스로 과하거나 혹은 반대로 홀림의 극점까지 다다르려는 모험을 줄기차게 이어가는 작품을 찾아보기가 어려운 것이다. 적어도 이것이 이광수 이래 1960년대까지의 한국소설의 공통된 양상이라고 나는 생각했다.

그러나 이런 판단은 과연 객관적이며 정당한 것이었을까? 굳이 변명하자면 다음과 같다. 원래 나는 앞서 말한 것처럼 문학을 나 자신의 실존과 떨어뜨려 생각하지 않고 그것이 나의 기존관념을 뒤집어엎고 나의 인생관을 변질시키기를 기대했었다. 그래서 도덕적 설교나 관례적인 휴머니즘을 겨냥하는 소설은 물론, 이른바 리얼리즘에 대해서도 큰 관심을 갖지 않았다. 한데 이러한 이기적이며 편파적이기조차 한 나의 지향은 주로 서양의 소설을 통해서 채워질 수 있었으며, 내가 한국소설을 비판하면서 기준으로 삼은 것도 바로 그런 종류의 서양소설들이었음을 부인할 수 없다. 내가 후일 몇몇 글을 골라서 엮어놓은 『한국작가와 지성』을 읽어본 독자들은 그 점을 넉넉히 짐작했을 것이다. 그리고 바로 이런 서양편중이 규탄의 대상이 되기도 했다. 나는 그 규탄을 지금도 달게 받아들이고 있다. 그러나 다른 한편으로 보면 나의 편협한 문학관이 도리어 한국문학의 문제의 일부분을 부각시켰을지도 모른다. 또 서양에 비추어서 우리 자신을 비판하는 행위가 반드시 부당한 것이라고만은 생각하지 않는다. 일반적으로 말해서 그런 행위는 타자의존(他者依存)이 아니라 타자를 통한 정화적(淨化的) 반성을 가져오고 주체의 혁명이나 발전에 이바지할 수도 있기 때문이다. 극단적으로 말해보자면 타자의 사상의 수용은 문화적 폐쇄성을 타파하기 위한 방법적 과격주의의 구실을 할 수도 있는 것이다.

*

옳건 옳지 않건 간에 나는 그런 생각에서 한국의 근대소설을 계속 살펴보려고 애썼다. 이광수, 이상, 이효석에 대해서 일단 내나름대로의 비판을 가하고 난 시점에서 나는 이번에는 염상섭을 위시한 소위 자연주의 작가들의 실상을 밝혀보려고 했다. 한국의 자연주의 문학이 자연과학적인 방법론을 내세운 프랑스의 자연주의와는 매우 달리 감상적(感傷的)이라는 인상을 주는 이유와 곡절을 규명해보겠다는 것이 당초의 계획이었다. 그러나 이 문제를 풀기 위해서는 한국문학이 그 사조(思潮)의 수용에 있어서 겪게 되었던 이중의 굴절작용을 염두에 두어야겠다는 생각이 들었다. 즉, 본바닥의 프랑스의 자연주의가 일본에 수용되었을 때 그것은 그 나라의 정신적 문화적 풍토 때문에 우선 굴절되고, 그 굴절된 자연주의가 이 땅에 재수용되었을 때 식민지적 상황에 의해서 다시 굴절되었다는 것이 나의 작업의 가설의 하나였다. 이런 점에서 나는 일본의 자연주의 문학을 알아야겠고, 더욱 거슬러 올라가서 에밀 졸라로 대표되는 본래의 자연주의를 더 깊이 공부하는 것이 필요한 절차라고 생각했다. 한데 이런 절차를 밟아나가다가 나는 그만 본래의 목적을 등지고 한국문학 연구에서 떠나고 말았다.

이 아이러니컬한 자기배반은 한마디로 해서 내가 졸라에 홀려버리게 된 데에 기인한다. 그의 『루공 마카르』 총서를 한 권 한 권 뜯어읽기 전까지는 나 역시 프랑스 문학사가 일반적으로 제공하는 지식밖에는 가지고 있지 않았다. 많은 문학사가(文學史家)들의 견해에 따르면, 졸라는 과학성과 객관성을 내세워서 인간의 정신과 행위를 인과관계로 설명한다는 무모하고 당치않은 시도로 나선 촌놈이며, 그의 작품은 인생의 어두운 면을 일방적으로 과장한 분뇨담(糞尿譚)에 지나지 않다는 것이었다. 오래전에 읽은 『목로주점』이나 『나나』와 같은 소설은 사실 내게도 그런 인상밖에는 남겨주지 않았었다. 그러나 이제 『루공 마카르』에 포함된 스무 권의 소설을 면밀히 읽어나가니, 나는 문학사가들의 견해도 나 자신의 첫 인상도 얼마나 거짓된 것인지를 알게 되었다. 나는 졸라의 상상력에, 가히 우주적(宇宙的)이라고 할 수 있는 그 상상력에 자꾸만 끌려들어갔다. 그에게 있어서 원리적으로 작용하는 것은 '삶과 죽음의 상향 나선형적 변증법'이라고 이름붙일 수 있는 생성의 신화이며, 결코 사회적 현실의 재현의 욕망도 또 더더구나 추악한 것을 향한 병적 심리도 아니라는 것을 발견한 것이다. 인간의 썩은 육체를 양분 삼아 묘지에서 꽃이 피어나듯이, 피가 흐르는 가운데서 아이가 태어나듯이, 더러운 것, 슬픈 것, 파괴적인 것은 더욱 알찬 전생(轉生)을 위한 필수적 요건이며 이 과정이 상향적으로 반복되면서 자연이 살쪄간다는 생각만큼 다부진 생각이 또 어디 있겠는가? 이 시적(詩的) 비전은 우리 개개인의 생존에 역사적 의미를 부여하는 것이며 또한 인간의 생사 자체를 대자연의 틀 속에 생산적으로 편입시키는 것이다.

나는 졸라의 이러한 원초적 신화를 감지하고 나서는 그가 표방한 과학주의적 리얼리즘의 주장과 실천에 대해서도 통설(通說)과는 다른 견해를 품게 되었다. 내 생각에는 그것은 한편으로는 자기의 시적 상상력을 제동하여 그것이 현실, 특히 사회적 현실과의 긴장관계를 유지하게 하려는 것이며, 다른 한편으로는 선배인 발자크나 위고와는 다른 소설을 씀으로써 독자적 지위를 획득하기 위한 것이었다. 그러나 가장 시사적(時事的)인 주제를 다룰 때조차도 생사의 변증법이 끼어들어 그의 현실묘사를 신화적인 것으로 만들어놓는 것이다. 그리하여 밑에 깔린 신화적 상상력과 표층적인 시대묘사의 언어 사이의 중첩되고 양의적(兩義的)인 양상을 두고 나는 내 나름대로의 졸라론을 전개해볼 수 있을 것 같았다. 때마침 대학선생 노릇을 계속하려면 박사학위를 갖는 것이 유리하다는 시류에 끌리기도 해서, 나는 「루공 마카르에 나타난 애매성에 관한 연구」라는 학위논문을 썼다. 그리고 그 후 얼마 동안 졸라의 작품세계를 그 자체로서, 또는 다른 작가와 비교하여 다루면서 쓴 글들을 그 논문과 함께 엮어 『졸라와 자연주의』라는 이름의 책을 나의 두 번째 저서로서 세상에 내놓았다.

*

이렇게 졸라에 홀려서 한국문학에 관한 공부를 포기하고 간신히 전공에 가까운 책 한 권을 꾸며내자, 나는 앞으로 무엇을 할까 하고 자문했다. 지천명(知天命)의 나이가 되었는데도 공부의 방향을 못 정하고 또 다른 곳으로 떠돌 판이니 한심하기 짝이 없는 노릇이었다. 자아의 혁신을 가져올 텍스트와의 만남을 문학공부의 계기로 삼고 체계화나 이론화와 같은 학문의 길을 아예 도외시해온 결과, 이제 인생과 공부를 총괄해야 할 나이에 갈피를 잃은 것이다. 지드로부터 사르트르로, 참신하고 충격적인 프랑스 소설 읽기로, 한국문학으로, 그리고 마침내 졸라로 전전해온 나야말로 "구르는 돌에는 이끼가 끼지 않는다"는 속담이 문자 그대로 적용될 수 있는 인간이었다.

그러는 중에도 마치 목에 걸린 고깃덩이를 한사코 삼켜보려고 안간힘을 쓰는 경우처럼, 어떻게 해서라도 무슨 결말을 내야겠다고 두고두고 별러온 것이 한 가지 있기는 했다. 내게는 다름 아니라 사르트르가 목에 걸린 고깃덩이였다. 젊어서부터 새롭고 괴벽스럽고 변전(變轉)하는 이 귀재(鬼才)에 끌려, 그의 글을 교재 삼아 강의를 하고, 그의 작품이나 생애를 소개하기도 하고, 또 그의 문학에 대한 전반적 성찰을 한 권의 책으로 써내겠다고 어느 출판사와 약속도 했다. 그러나 나의 작업은 뜻대로 이루어지지 못했다. 그것은 세 가지 이유에서였다. 첫째로, 그의 문학을 논하려면 그의 철학에 대한 이해가 저변에 깔려 있어야 하고, 그러기 위해서는 또 현대철학에 관한 상당한 지식이 선요조건(先要條件)으로 필요한 것인데, 그런 지식의 획득은 나로서는 쉬운 일이 아니었다. 둘째로, 문학적 차원만을 따로 논한다는 다분히 편의주의적이며 편파적인 입장에 서는 것이 가능하다 하더라도,『구토』로부터『문학이란 무엇인가』를 거쳐『집안의 바보』에 이르기까지의 그의 전체상의 굴곡을, 안이한 환원주의에 의존하지 않고 객관적이면서도 심층적으로 그리고 비판적으로 추적하는 것 역시 어려운 일이었다.

이런 두 가지 이유에 덧붙여 또 한 가지의 이유를 들 수 있다. 그것은 나의 버릇처럼 되어버린 관심의 확산이다. 나는 한참 졸라에 홀려 있던 1970년대 후반에 백기수(白琪洙) 교수의 소개로 동경(東京)대학 미학과의 이마미치 도모노부(今道友信) 선생을 알게 되었는데, 무슨 이유에서인지 그는 내게 특별한 호의를 베풀고 그가 조직한 국제미학철학연구소의 심포지엄에 참가하여 연구발표를 하도록 권유했다. 처음에 나는 철학을 잘 모르니 자격이 없다고 사양했지만, 철학자야말로 문학을 알아야 하기 때문에 나와 같은 사람이 필요하다는 그의 '감언이설'에 끌려서 그 심포지엄에 끼어들기 시작했다. 나는 그 고마운 기회를, 우선 나의 문학관의 재검토를 위한 계기로 삼았다. 다시 말해서 우리는 왜 문학을 하며 문학은 우리에게 무엇을 베풀어줄 수 있느냐는 질문을 스스로 새삼스럽게 던지고, 얄팍하지만 나름대로는 다양한 나의 체험에 의거해서 이 질문에 보다 적절히 대답해보려고 했다. 그 시도가 가령 「계책으로서의 리얼리즘」이나 「읽기에 관한 비이론적 고찰」과 같은 몇몇의 논문으로 구체화되었다. 나는 그런 글에서, 문학은 현실의 재현이 아니라 현실로부터의 이탈(離脫)을 위해서, 범용하고 견딜 수 없는 일상생활로부터 매혹의 세계로의 도약을 위해서 존재한다는 나의 평소의 생각을 어느 정도 재확인하고, 그 생각을 다른 견해와 대결시켜볼 수 있었다. 한데 이 자기정리의 작업은 두 가지 방향으로 뻗어나갔다.

첫째로, 나의 문학관은 이마미치 선생이 주재하는 바로 그 연례적(年例的) 심포지엄과의 관련 하에서 재조정되었다. 그는 1980년대 초반부터 그의 국제적 활동을 그가 '에코 에티카'라고 명명한 큰 테마로 집중시키기 시작했다. 오늘날의 기술사회는 종래의 윤리관만으로는 적절하게 대응할 수 없는 새로운 삶의 문제를 야기하고 따라서 새로운 윤리관의 제시를 요청하므로, 모든 철학자가 이 과업에 주력하자는 것이 그의 제안이었고, 우리의 심포지엄도 더욱 밀접하게 이 과제에 초점을 맞추게 되었다. 나역시 그의 생각에 동조하고, 인간의 존재양식을 근본적으로 변혁시키는 테크놀로지의 큰 힘 앞에서 문학은 무슨 의미를 지닐 수 있느냐는 문제를 살펴보는 것이 에코 에티카의 구상을 위한 간접적 공헌이나마 될 수 있겠다고 생각했다. 올더스 헉슬리가 이미 60여 년 전에 예고한 끔찍하고 '멋진 신세계'가 그대로 실현된

듯한 오늘날의 사회에서, 휴머니즘의 구호도 다른 체제로의 전환의 희망도 모두 헛되게만 보이는 사회에서, 극단적인 소외현상이 모든 계층에서 여지없이 정착되고 그것이 도리어 통상적이며 정상적인 생활의 기반처럼 되어버린 사회에서, 사유가 들어앉을 공간은 나날이 축소되어간다. 이런 시대에서 문학을 한다는 행위가 주체의 회복을 위한 출구를 마련할 수 있는 것일까? 나의 최근의 관심의 일단은 이 점에 쏠려 있다.

둘째로, 문학의 기능이 정치적, 사회적 현실의 개혁에 있는 것이 아니라 일상적 현실로부터의 초월과 비현실적 차원에서의 욕망의 충족에 있다는 생각이 굳어져가자, 나는 참여라는 개념을 중심에 놓은 사르트르의 문학관을 내 나름대로 비판해볼 수 있을 것 같았다. 젊은 시절에 한때는 정치적 참여와 문학을 결부시키려는 그의 정열에 흥미를 갖기도 했지만, 날이 갈수록 그의 생각에 모순이 있는 것이 더 분명하게 느껴진 터였다. 이미 『문학이란 무엇인가』로부터 깔려 있던 이 모순이 그 후 1970년경까지 어떤 양상을 띠게 되었는지를 나는 비교적 면밀히 검토해보기로 했다. 그 결과, 말라르메와 플로베르로 대표되는 이른바 순수문학의 매력에 끌린 것이 그의 본연의 모습이며, 참여이론은 그의 도덕적, 정치적 자아가 스스로 과한 강요된 담론이라는 것, 그리고 후일에 갈수록 참여이론은 더욱 비현실의 미학에 의해서 뒷전으로 밀려나고 논거를 상실해간다는 것을 알게 되었다. 그리하여 편리한 일본말을 사용하자면 사르트르에 있어서의 이러한 '다테마에(建前)와 혼네(本音)'의 모순과 상호간섭, 그리고 그 사이의 중점(重點)의 이동을 논구한 것이 최근에 나온 『문학을 찾아서』

에 수록된 「사르트르의 문학참여론에 대한 비판적 고찰」의 내용을 이룬다. 이 작업이 내가 평소 지녀온 편협한 문학관 쪽으로 사르트르를 편향(偏向)시킨 것인지, 혹은 반대로 그런 문학관의 덕분으로 그의 실체를 올바르게 규명한 것인지는 독자의 판단에 맡길 수밖에 없다.

*

이상 소묘한 나의 과정을 스스로 돌이켜보면서 나는 후회와 아직도 남아도는 욕망에 시달리고 있다. 만일 애당초 자아생성의 이름 아래서 이질적인 것에 홀려 문학의 세계를 이리저리 굴러다니지 않았다면, 또 심지어 어느 시기에 그런 변덕을 지양(止揚)해서 한 곳으로 정력을 집중했다면, 혹시 괄목할 만한 학자가 되고 한국에 있어서의 불문학의 발전에 제법 공헌했을지도 모른다. 어느 분야에서이건 간에 학문은, 특히 오늘날의 학문은, 이것저것에 손을 대는 나와 같은 호사가(好事家)에 의해서가 아니라, 한정된 영역을 깊이 파고드는 전문가에 의해서, 그리고 그런 사람들의 연구의 합력에 의해서 발전하는 법이다. 하기야 철없는 방황의 덕분으로, 이명현 교수의 이디엄을 흉내내서 말하자면 '가로대 불문학'을 하는 앵무새의 처지에서 다소나마 벗어났는지는 모른다. 그러나 이런 자위로 자신을 속여넘기려니 낯뜨거운 일이라는 생각이 들기도 한다.

이제 내가 공부할 수 있는 시간은 얼마 남지 않았다. 얻어들은 것, 하다 만 것, 내 속에 흩어져 있는 것들을 어떻게 해서든지 한데 모아보아야겠다고 생각한다. 왜 오늘날의 세상에서 문학을 하느냐는 나의 기본적인 질문에 대해서 독단에 빠지지 않으면서도 조리 있는 대답을 제시해보려는 것이 지금의 구상이다. 인간이 인간으로서 지니고 있는 네 가지 욕망, 즉 지식, 창조, 유희 그리고 구원을 향한 욕망을 총체적으로 충족시키려는 기도에 가장 알맞은 것이 문학이 아닐까 하고 생각하고 있으며, 그런 견지에서 쉬운 문학원론을 써보고 싶다. 그러나 아무리 쉬운 글이라도 그것이 진정한 것이 되려면 그 밑에 깊은 학식과 사유가 깔려 있어야 한다. 그래서 그런 기반을 다시 다지기 위해서 이런저런 책들을 읽고 있지만, 그 과정에서 나는 또 어떤 다른 매력에 끌리고 유혹에 빠져서, 본래의 구상을 어기고 엉뚱한 변덕을 부릴지도 모를 일이다.

『철학과 현실』, 1994년 여름호 ●

육신은 슬프다

난해하기로 유명한 말라르메의 시 중에서 그래도 가장 이해하기 쉬운 것 중의 하나로 알려져 있는 「해풍」은 "아아, 육신은 슬프다, 그리고 나는 모든 책을 읽었다"라는 구절로 시작된다. 일반적인 해석에 따르면, 육체의 기쁨을 아무리 맛보아야 그것은 결국 권태만을 가져오고 책에서 얻으려는 무릇 지식은 진리에서 멀기만 하다는 것이 그 시구의 의미이다. 그래서 시인은 신비로운 먼 나라로의 위험한 여행의 유혹에 끌린다. 그 자신의 말을 빌리자면, 우리 모두는 "우리에게 친근한 사람들과 이별하고 어디론가 떠나려는 설명할 수 없는 욕망에 가끔 사로잡히는" 것이다.

그러나 그것은 과연 위험한 출발이다. 삼라만상의 신비를 포착하려고 할 때 우리는 또 다른 뜻에서 "아아, 육신은 슬프다"는 쓰라린 느낌을 갖게 되기가 십상이기 때문이다. 인간을 유혹하면서도 결코 그의 접근을 허락하지 않는 어떤 절대의 신비가 일종의 강박관념처럼 이 한정된 몸을 괴롭히는 것이다. 말라르메 자신은 그 못 견딜 안타까움을 「창공」에서 피를 토하듯 호소했지만, 아예 절망에 빠지고 자살해버리는 수도 있다. 그것은 다만 시 쓰기라는 '말장난'을 훌훌 털고 아프리카로 떠나가버린 랭보와 같은 사람의 상징적 자살에 그치는 것이 아니라, 정말로 제 목숨을 스스로 끊어버리는 일로까지 극단화되기도 한다. 나처럼 일제시대에 중등교육이나 고등교육을 받은 사람이라면, 오죽잖은 오척단구(五尺短軀)로 우주의 철리(哲理)를 파악하려는 주제넘은 욕심을 아예 청산하려고 폭포에 몸을 던진 한 일본 청년의 이야기를 대개 기억할 것이다. 그야말로 형이상학적 자살이라고 부를 만한 것이다.

나는 지금도 육신의 슬픈 조건을 말라르메의 안타까움과 결부시켜서, 또 그 절망한 일본 청년의 자살과 결부시켜서 생각해보곤 한다. 그리고 전지전능에 가까운 초인간적인 육신을 지닌 존재가 탄생하지 않는 한 절대의 탐구는 영영 결말 없는 방황과 절망으로, 더 나쁘게 말하면 '공연한 소동'으로 그치고 말 것이라는 생각마저 든다. 결국 그런 고귀한 정신적 시도의 끝에 이르러 육신은 슬프다는 새삼스런 인식에 시달리는 아이러니를 되풀이해온 것이 인류의 정신사의 한 단면일지도 모른다.

물론 이런 고차적인 차원에서 육신의 슬픔을 체험한다는 것은 선택된 소수의 사람들의 특권이며, 속중(俗衆)에 속하는 대부분의 사람이 끼어들 수 있는 영역이 아니다. 하지만 그렇다고 해서 속중은 육신이 슬프다는 느낌조차 잃게 된 무감각한 존재라고 누가 말한다면 그것은 엄청난 모욕이 될 것이다. 다만 속중의 경우에는 그 슬픔은 인간이기에 이루지 못한 정신적 이상과의 거리감에서 비롯되는 것이 아니라, 육신 그 자체에서 온다. 그것은 무슨 병에 걸렸다거나 신체의 어느 부위가 말을 듣지 않게 되었을 때의 슬픔이다. 그럴 때에는 내 의사(意思)에 어김없이 복종하는 것처럼 보이던 육체의 전체나 일부가 서서히 또는 갑자기 반란을 일으켜서 내 손아귀에서 벗어나는 것이다. 나 역시 말라르메가 보여준 바와 같은 드높은 지향과는 거리가 먼 속중의 한 사람이라서, 내가 가끔 느끼는 육신의 슬픔 역시 순전히 육체적인 차원의 것에 지나지 않는다. 한데 때로는 이 슬픔이 엉뚱하다거나 허망하다거나 망측하다는 느낌과 합쳐질 때가 있다. 벌써 30년도 더 되었지만 내게는 두 가지로 그런 경험이 있어서 그 기억이 지금도 언짢다.

첫째는 맹장수술을 받았을 때의 일이다. 나는 수술실에 누웠다. 팔에 주사기가 꽂히고 의사와 간호사들이 준비를 했다. 그러자 어느 순간 혈관에 찬물 한두 방울이 들어가는 듯한 느낌이 들더니 전신이 와들와들 떨리기 시작했다. 한심하기 그지없었다. 그까짓 맹장수술도 수술이라고 이렇게 겁에 질리다니 심약(心弱)한 본색을 완연히 드러낸 꼴이 아니겠는가! 나는 이 부끄러운 꼴을 감추지는 못할망정 적어도 그것에 대해서 사과라도 해야겠다는 요량으로 말했다. "미안합니다. 내가 너무 떨어서 수술을 못 하는 겁니까?" 그러자 한 간호사가 대답했다. "수술은 다 끝났어요. 여기는 회복실인데 마취에서 깨어날 때는 추위를 느끼는 거죠." 정말 엉뚱하고 허망했다. 무슨 배반을 당했다는 느낌마저 들었다. 그러니까 어느 틈에 나로부터 얼마간의 시간이 빠져나가고 내 육신이 빠져나갔던 것이다. 그리고 나도 모르게 육신이 되돌아오기까지 나는 호흡하는 시체로서 전적으로 남들의 손아귀에 넘어가버렸던 것이다. 나 자신에 의한 내 신체의 자유처분권의 완전한 상실이라는 수치, 무통수술이란 이 슬픈 육체의 조건과 맞바꾸어서만 주어질 수 있는 혜택이다. 그리고 죽음이 베푸는 '영원한 평화'는 육신의 처분권이 나에게서 결정적으로 박탈되어 돌이킬 수 없이 남의 손으로 넘어간다는 수치의 대가이다.

또 한 가지의 경험으로 말하자면, 그것은 한결 더 허망하고 부끄러운 것이었다. 마취에 의한 의식상실에서 비롯된 육신의 슬픔은 불가피하고 보편적인 것이라고 말할 수 있겠지만, 이 경험은 나로 하여금 "약한 자여, 그대의 이름은 정명환이니라"라고 스스로 탄식하게 할 만큼 자기혐오를 가져왔기 때문이다.

하루는 위경련이 났다. 소화기내과의 명의이며 나의 평생의 친구였던 오인혁 교수가 약을 주었다. 그러나 아무리 약을 먹어도 그치지를 않고 이삼 일이 지나도 차도가 없었다. 오교수는 이런 별난 위경련은 처음 보았다고 고개를 갸우뚱하면서 나를 방사선과로 보냈다. 당시만 해도 내시경이 크게 발달하지 못한 무렵이었기 때문이다. 나는 위와 장에 걸쳐서 고생스런 진단을 받았는데, 나도 잘 아는 그 방사선과 의사는 현상한 여러 장의 사진을 보이며 자세히 설명해주었다. "이제 알겠나? 보다시피 자네의 위에는 아무런 고장이 없고, 또 장도 말짱하네." "그러면 왜 아프지?" "자네와 같은 병을 두고 속칭 KS병이라고 하네." 나는 껄껄 웃을 수밖에 없었다. 그러자 동시에 통증이 씻은 듯이 가셨다.

집으로 돌아오면서 어쩌면 이럴 수가 있을까 하고 생각하니 맥이 쭉 빠졌다. 그나마 한두 번 더 약한 경련이 나다가 통증이 서서히 줄고 이튿날 정도가 되어서야 완쾌하기라도 했다면 나 자신을 좀 덜 경멸했을지도 모른다. 그러나 의사의 몇 마디에 당장 거짓말같이 나은 것은, 그동안 객관적 이유 없이 격렬한 아픔에 시달렸던 것과 마찬가지로 내 정신이 얼마나 허약하고 변덕스러운지를 알려주는 너무나 분명한 증거였다. 마음에 거슬리거나 다소 괴로운 무슨 일이 있어서 이른바 심인성(心因性) 장해를 겪다가는, 이번에는 또 다른 차원의 심인성으로 완전히 회복하다니 나는 지독한 졸장부라는 생각이 절로 들었다. 내 육신이 구제할 수 없이 슬픈 존재라는 것을 느낀 것은 이때가 처음이다.

그렇다면 그 후에는 이런 일이 없었던가? 천만의 말이다. 나이가 들수록 더 자주 신경성 질환이 생겨서, 건강한 육체는 건강한 정신에 깃든다는 것이 적어도 나의 경우에는 역리(逆理)가 아니라는 사실을 되씹게 되어 울적하다. 그렇다고 해서 역으로 건강한 정신은 건강한 육체에 깃든다는 통념을 반증해주는 일이 일어나지 않는 것은 결코 아니다. 발가락에 티눈 하나만 생기면 벌써 세계관이 달라진다고 말한 사람이 있지만(몽테뉴였던가?), 며칠 감기만 앓아도 만사가 귀찮아지고 신경질이 나는 것이 나의 경우이다. 그러니까 나는 양수겸장을 당하는 장기꾼처럼 이중으로, 그러나 다같이 순전한 육체적 의미에서 "아아, 육신은 슬프다"고 뇌까리게 되는 것이다. 그리고 내가 철학적인 뜻으로 그렇게 외친 말라르메를 위시하여, 희한하고도 어려운 정신적 모험을 감행하다가 결국 좌절하고 만 시인이나 작가들에 끌리는 이유의 하나는, 아마도 생물로서밖에는 육신의 슬픔을 실감하지 못해온 자신에 대한 알량한 복수심에 있는 것인지도 모른다.

때늦은 전말서

　"철들면 죽는다"고 늘 되뇌면서 갖은 기행을 즐기던 친구가 있었다. 그러나 그 자신은 저도 모르게 철이 들었는지 육십 고개를 넘자마자 세상을 떠나고 말았다. 나로 말하자면 아직도 철이 안 들어서인지 연명하고 있다. 하지만 내 딴에는 차차 철이 들어가는 것을 느낄 수 있다. 적어도 술을 옛날처럼 철없이 먹지는 않게 되었다. 마침내 종심소욕불유구(從心所慾不踰矩)의 지혜에 가까워지기 시작해서가 아니라, 노쇠해가는 육체가 나를 별수없이 철들게 만들어가고 있기 때문이다. 어쩐지 서글픈 생각이 든다.

　그래서 주책없이 퍼마시던 시절의 가지가지의 일들이 자주 머리에 떠오른다. 하기야 유쾌한 일보다도 부끄럽고 후회막급한 일이 더 많다. 그러나 오랜 시간의 경과가 그런 과거를 덜 씁쓸하게 만들어주고 그 회상과 더불어 입가에 엷은 미소조차 떠오르게 한다. 우스갯소리 삼아 그 중 한 가지를 이야기해보려고 한다.

　아직도 밤 열두 시에 시작되는 통행금지 제도가 있었던 시절의 일이다. 프랑스에서 갓 돌아온 한 후배교수가 반가워서 저녁때 신촌 로터리 부근의 술집에서 만났다. 나는 버릇대로 아내에게 전화를 걸지 않았다. "여보, 미안하지만 좀 늦겠소" 하고 양해를 구하려고 하면, 반드시 "술 적게 자시고 일찍 돌아오세요"라는 주문(注文)이 뒤따르니, 먹기 전부터 벌써 술맛이 싹 가셔버리기 때문이다.

우리는 정신없이 마셨다. 속된 말로 술이 사람을 마셔버릴 정도가 되어 주인에게 쫓겨나다시피 자리에서 일어섰을 때는 열두시 십오 분 전이었다. 한강변에 사는 후배와 수유리에 집이 있었던 나는 제각기 재주껏 귀가하기로 하고 남북으로 갈라섰다. 나는 간신히 택시를 잡아타고 갈 수 있는 데까지 가자고 했다. 세검정까지는 갈 수 있다는 대답이었다. 나는 그 근방의 파출소에 데려다달라고 했다. 호혈(虎穴)로 들어가야 호자(虎子)를 얻는다고 했으니, 제 발로 경찰관들 앞에 나타나서 사정을 하고 또 필요하다면 큰소리라도 쳐보면 혹시 특별히 집에 가게 해줄지도 모른다는 생각에서였다. 차가 파출소 앞에 섰을 때는 벌써 열두 시가 훨씬 지났고, 나는 통금시간을 뚫고 거기까지라도 와준 기사가 고마워서 호주머니에 남은 얼마간의 돈을 모두 털어주었다.

파출소에서의 단판은 나의 완전패배로 끝났다. 당직순경은 나의 횡포에 가까운 언행을 능란하게 받아넘기고 함께 근무하고 있던 야경원으로 하여금 나를 부근의 여관으로 데려가게 했다. 2층의 한 방으로 끌려 올라가서 쓰러지듯 누웠으나 돈이 한 푼도 없다는 생각이 났다. 하는 수 없이 혀 꼬부라진 소리로 집에 전화를 걸었다. "여보, 통금시간에 걸려서 세검정의 아무아무 여관에서 자게 되었는데 숙박비가 없소. 미안하지만 내일 아침에 만 원만 갖다주시오." 아무 대답도 없었다. 다만 수화기를 내려놓는 소리로 아내의 시퍼런 노기를 느낄 수 있을 뿐이었다.

그러고 나서는 문자 그대로 곯아떨어졌다. 세상 모르고 자다가 노크 소리에 잠이 깨었을 때는 벌써 여섯 시 반이었다. "누구요?" "저예요." "아니, 네가 웬일이냐?" 나는 딸의 음성에 정신이 번쩍 들어서 문을 열었다. "너의 엄마는?" "바깥에 계셔요. 창피하다고 저만 올려보냈어요." 나는 딸이 건네준 돈으로 여관비를 치르고 나왔다.

여름철이라 벌써 뜨겁게 타오르는 햇볕을 쬐고 아내가 서 있었다. 물론 무슨 말이 오갈 처지가 아니었다. 아내로서는 그 노여움을 표현할 수조차 없었을 것이고, 나로 말하자면 그 자리에서 무슨 변명이나 사과를 시도하다가는 엄청난 역효과를 낼 것이 명약관화했기 때문이다. 우리는 곧 여관 앞을 지나가던 택시를 잡았다. 딸이 앞자리에 앉고 우리 내외는 뒷자리를 차지했다. 차 안에는 무겁고 답답한 침묵만이 겹겹이 고였다.

그동안 기사는 무슨 야릇한 꼴을 보았는지 마음의 안정을 잃은 듯한 태도였다. 딸에게 힐끔힐끔 곁눈질을 하다가는 나의 게슴츠레한 표정을 비스듬히 돌아보기도 하고 또 백미러를 통해서 제바로 뒤에 앉은 아내의 부어오른 얼굴을 살피기도 했다. 나는 "왜 그러시오? 운전이나 열심히 하시오" 하고 소리치고 싶었으나 그런 말조차도 아내의 분노를 폭발시키는 계기가 될 것 같아서 입을 꾹 다물고 있었다. 그러자 어느 순간에 딸이 입을 열었다. 상가(喪家)처럼 침울한 분위기를 다소라도 누그러뜨리고 싶었을 것이다. "아버지, 어제 교양불어 시험을 봤는데 몇 개 틀리고 말았어요." 한데 그 말이 떨어지기가 무섭게 기사는 고개를 똑바로 세우고 앞만 쳐다보면서 차를 몰았다. 그리고 자못 실망했다는 말투로 "따님이시군요" 하고 한마디 내뱉었다.

차에서 내려 집안으로 들어서자, 나는 "네 나이 오래 몇이냐!"고 꾸중하시는 어머니를 슬금슬금 피하면서 서재로 달아났다. 어머니야 곧 용서하시겠지만, 아내의 용서를 얻어내려면 시간도 벌고 또 면밀하게 작전도 짜야 할 필요가 있었기 때문이다. 그러나 내 눈에는 그 운전기사의 실망한 표정이 역력했고 웃음부터 새어 나왔다. 틀림없이 그는 한동안 이렇게 생각했을 것이다. "꼴좋게 됐군. 저 인간이 어린 여자와 밤새 희롱하다가 새벽녘에 여관을 습격한 마누라에게 꼼짝없이 현행범으로 잡힌 거다. 살펴보니 머리끄덩이를 잡아끌렸거나 치고받은 흔적은 없지만 그게 틀림없다. 저 작자들이 이제 혼쭐이 날 게다."

그러다가 딸이 느닷없이 던진 한마디가 그의 '신나는' 상상을 산산이 부숴버린 것이다. 우리들의 입장에서 말하자면 그 한마디가 그의 상상 속에서 여지없이 전락한 우리 세 식구를 구해낸 것이다. 그러나 나는 이 구원이 고맙다는 생각보다도 그의 환멸에 대해서 미안하다는 생각이 앞섰다. 그 역시 남들의 불행을 보고 자신의 행복을 확인한다는 인간의 간사한 심리에 끌렸는지, 혹은 자신도 과거에 그런 변을 당한 일이 있어서 동병상련의 심정이었는지, 또 혹은 단순히 사필귀정(事必歸正)이라고 생각했는지는 몰라도, 아무튼 간에 그는 어느 통속극(通俗劇)의 장면보다도 더 실감나는 상상의 세계가 단번에 무너져서 맥이 풀렸을 것이다.

나는 20여 년이 지난 지금까지도 이런 이야기를 아내나 딸에게 한 일이 없다. 한순간 운전기사의 뇌리에서일망정 모녀를 수치의

나락으로 떨어뜨린 죄를 진 내가 그 이야기를 다시 한다는 것은
두 사람을 또 한 번 전락시키는 꼴이 될 것 같았기 때문이다. 다
만 지금에 와서는, 너무나 때늦은 이 전말서를 두 사람이 읽게 되
면 담담한 심정으로, 그리고 욕심 같아서는 빙그레 웃기까지 하
면서 접수(接受)해주기를 바랄 뿐이다. 이 소망이 내가 진정 다
소라도 철이 들었다는 증거인지 또는 노년의 뻔뻔한 응석인지는
모르지만 말이다.

『수필』, 2001년 3월호●

이성의 언어를 위하여

지은이   정명환
펴낸이   양숙진

초판 1쇄 펴낸날   2003년 4월 7일

기획실장   박명욱
편집팀장   유재혁, 윤희영
편집팀   구경미, 김영정
디자인   노영현
영업팀   정광성, 김성룡, 최유리
관리팀   김계영, 승민영
펴낸곳   ㈜현대문학
등록번호   제1-452호
주소   130-905 서울시 서초구 잠원동 41-10
전화   516-3770
팩스   516-5433
E-Mail   book@hdmh.co.kr / webmaster@hdmh.co.kr
홈페이지   www.hdmh.co.kr

찍은곳   대한교과서주식회사

값 12,000원

ISBN 89-7275-256-8 03810